バイバイ、ブラックバード

伊坂幸太郎

双葉文庫

バイバイ、ブラックバード

バイバイ、ブラックバード　I

鹿狩りは分かる。もちろん、あのつぶらな瞳をした罪のない鹿を撃つことを積極的に賞賛したくはないけれど、ほら、その、言葉の意味は分かるでしょ。「鹿を狩る」から、鹿狩り。可愛いチョッキのようなものを着た男が猟銃を携えて、山を歩き、鹿を見つけて、それを撃つ。そんなイメージが浮かぶ。廣瀬《ひろせ》あかりは説明した。そして、ブドウ狩りも分かる、と続けた。猟銃を構え、息を潜め、獣を観察するようなのとは違うものの、ぶら下がる果実の下でそれをもぎ取って収穫するのは、「狩る」と言ってもいいだろう。刈る、という言葉に通じるんだし、それほど奇妙には感じない。

「だけど、紅葉狩りというのは違和感があるわけだ」星野《ほしの》一彦《かずひこ》は、廣瀬あかりに訊ねた。だって銃で狙うわけでもなく、収穫するわけでもなく、ただ紅葉を見て楽しむだけなのに、どうして、「狩り」になるのか分からない。「しっくりこなくて」

「『狩り』には観賞するという意味もあるんだよ」星野一彦が本をめくるような仕草をし

た。辞書を引いてみなよ、というつもりなのだろう。

駅前ビルの、地下にあるバー、その個室で二人は向かい合っていた。あと数時間で日付が変わる。日曜日のせいか客は少なく、暗い店内には静かなジャズトランペットが流れている。二人のうちのどちらかの通い慣れた店というわけでもなく、ただ単に通りがかりに見つけた場所だったが、その日に会ったばかりの男女が親しくなるのには、親しくなったと錯覚するのには、適していた。

七時間前、廣瀬あかりは生暖かい空気に満ちたビニールハウスの前で、星野一彦に会った。その時の彼は左手に練乳の入った紙コップを持ち、苺狩りのためにビニールハウスに入るところだった。苺が赤く実る季節で、天気も良かったからか園内は混み、廣瀬あかりは列の後ろのほうに並んでいた。狭い入り口から一組ずつ順番に入っていくので、どうしてもそこで渋滞が起きるのだ。

星野一彦は、「制限時間付きの苺狩りなんて聞いたことがない！」と先頭で喚《わめ》いていた。日曜であるにもかかわらず背広を着て、しかもそれは明らかに安物ではなく、濃紺で細身の洒落たデザインで、高級感に満ちている。通常の会社員としては申し分のない恰好だったが、苺狩りに臨む服装としては相応《ふさわ》しくなかった。しかも、一人だ。家族サービスのために休日出勤を早く切り上げ、背広のままやってきた、というわけでもあるまい。年齢も三十前後に違いなく、若者らしさと成熟した大人のちょうど中間あたりの年齢に感じられた。短い髪に、高い鼻、目と耳が大きく、整っているとは言いがたいものの、個性はあるわね。廣瀬あかりはそう思った。その時点で、無意識下ではあったが、早くも星野一彦に惹かれていた。

「制限時間があるのはご理解いただくしかないんです。でも、三十分もあればかなり食べられるんですよ」苺園の女性は首回りや腰回りに贅肉《ぜいにく》を携え、ふっくらとした柔らかい印象をもたらす外見だった。発する言葉も穏やかで、のんびりしていた。

「三十分で？　まさか」星野一彦は承服しかねる、という顔つきで吐き捨てるように言うと、ビニールハウスへと入っていく。「苺食べ放題って聞いてたのに」

「とにかく、食べてみてください」

やり取りを聞きながら廣瀬あかりは、「確かに、食べ放題の苺狩りで、三十分の制限時間付きとは短いかもしれないな」と思った。けちくさい気がする、と。

ビニールハウス内で苺狩りを楽しんでいるのは、家族連れか夫婦、もしくは、恋人同士という具合で、一人でやってきている人間はほとんどいなかった。それはそうだ、と廣瀬あかりも思う。ボウリング場で一人で投球しているのとは訳が違う。一人で苺狩りにやってくるなんて、よほど苺が、もしくはビニールハウスが、好きな人間だろう。ボウリングを黙々とやる人には、「お上手ですね」「練習ですか？」と声をかけられるが、一人で苺狩りをしている人間に、「お上手ですね」「練習ですか？」は言えない。

ただ、そんな居心地の悪さも、そのうち気にならなくなった。葉をめくり、赤い実を見つけ、もぐ。練乳に苺をつけ、頬張ると、慈愛に満ちた母の優しさを溶かし込んだかのような、甘いミルクの味と、苺の酸味が身体に沁みてくる。これなら、いくらでも食べられる、縦横無尽にハウス内をうろつきまわり、苺を全部、食べつくしてやろう、と廣瀬あかりは高揚した。

が、それから十分もしないうちに、腕時計を見て、「まだ、時間があるなあ」とげんなりしはじめた。その時、真正面にいたのが、星野一彦だった。彼は腰をかがめ、苺の実を摘み、すぐに口に運ぶかと思いきやうんざりした面持ちでそれを眺め、たとえば煩わしい後輩と目が合い、「ああ、まだいたのか」と洩らすような憂鬱《ゆううつ》な表情で紙コップに入れると、時間を確認した。溜め息をつき、顔を上げたところで、廣瀬あかりと目が合った。一瞬、はっとしたがすぐに顔をほころばせる。「三十分って結構、長いですね」

廣瀬あかりも同意する。苺は美味しい。が、そればかりを延々と食べ続けているとさすがに飽きる。練乳があるうちは良かったが、切れてくると食べるのがつらくなった。かといって、せっかく制限時間があるにもかかわらず、その前に退出するのも損をした気分になる。

「制限時間が三十分って聞いた時は、どうかと思ったんだけど」廣瀬あかりは答えた。「さっき、入る前におばさんに文句言っちゃったんですよ。制限時間付きの苺狩りなんて、けちなこと言わないでくれ、って」

「それ聞いてました」

星野一彦の耳が赤くなった。「聞かれてましたか。帰り際に謝っていかないとなあ、おばさんに」

「そういうところは律儀なんですね」廣瀬あかりはどの程度の敬語を使うべきなのか悩んだ。一方で、自分の非を認め、謝ろうとする態度に好ましさを覚えている。「でも、何でそんなスーツでわざわざ苺狩りに？　しかも一人で」

そこで星野一彦は、その日、二年間付き合っている女性とデートをし、夕食を取る予定だったのが土壇場でキャンセルを食らってしまい、時間を持て余したので唐突に苺狩りを思い立った、と話しはじめた。

「あれも嘘だったということね」廣瀬あかりは都内のマンションの一室で、髪を掻き毟《むし》らんばかりの様子だった。

「あれって、どれのこと」と言いながらも僕は胸が痛い。

十二月の半ば、温暖化が都市伝説にしか思えないような寒い日が続いているが、部屋のエアコンは稼動していなかった。それが廣瀬あかりなりの嫌がらせなのか、ただ、彼女が電源を入れ忘れているのかは分からない。僕の突然の訪問と、急な別れ話にかっかとし、寒さを感じる余裕がないのかもしれない。とにかく僕は冬の休日に、カーペットに膝をつき、脛《すね》をつき、正座の体勢で、ほとんど土下座の準備段階という姿だった。夕方の四時過ぎではあるが、日はまだ残っている。

「まあさ」横にあるベージュのソファに座り、足を組んだ繭美《まゆみ》が缶ビールを飲み干し、気だるそうに言う。「まあ、この男が、女の前で喋ってることの九割は嘘だから。どれも嘘だよ。そもそも、おまえとの出会いなんて嘘のかたまりだよ」

「違う」慌てて、その言葉を否定する。「あの時、付き合っていた女性に約束をキャンセルされて、苺狩りに行ったのは本当だ。君と初めて会ったあの時の話は本当なんだ」「『そして、君を愛していたのも本当だ』って言うよ、この男」繭美が長い腕を伸ばし、太い人差し指を向けてくる。身体もでかければ、腕も脚も太く、何から何まで規格外で、おまけに態度も大きく肝も据わっている。僕には、彼女が別の生き物にしか見えなかった。出会ってからすでに二ヶ月が経ち、毎日行動を共にしているものの、一緒にいる時間が長くなればなるほど、理解ができなくなった。霊長類までは一緒であっても、その後の科が違うのではないか、と会って数日で感じはじめたが、今となっては、同じ星の生き物とすら思えなくなっていた。

廣瀬あかりは居間をうろうろとしている。「急にこんな風にやってきて、君も驚いてるだろうし、動揺しているとは思うけれど」そんなことしか言えない自分がもどかしかった。

おろおろしてみっともねえな、と繭美が舌打ちをする。彼女の今までの人生は舌打ちの連続だったのか、その舌打ちはとても大きな音を出し、反響した。「あのな、いいか、動揺じゃなくてさ、怒ってるんだよ、この女は」

「怒ってるのよ」ほぼ同時に、廣瀬あかりが感情的な声で言った。「二ヶ月ぶりに連絡が取れたと思ったら、急にわたしの家に来て、しかもこんな女を連れてきて、『この女と結婚するから別れてくれ』って、これで怒らなければいつ怒るのよ」

こんな女、と呼ばれた繭美が嬉しそうに声を立てる。彼女は慣れている。外見により恐れられたり、軽侮されたり、もしくは敬遠されることに、だ。「身長が百九十センチ、体重は二百キロあるんだ、でかいだろ」と彼女は初めて会った時、聞いてもいないのに、言った。その数字が正しいのかどうかは分からないが、スポーツや格闘技をやっていない女としては、破格に大きな身体だ。しかも、肌は白く、ブロンドの髪で、「ハーフだ」と言うのだから、訳が分からない。はじめは、金髪のウィッグでもつけているのかと思ったが、地毛であるのは確かなようだ。紳士用なのか、それとも何らかの企画で作られたものなのか、いつもスーツ姿だった。どこの物好きブランドが、とこっそりタグを見れば、BALENCIAGAが多かった。白人の金髪女性で、シックな背広に身を包んでいる、となれば男の目を惹く、眩しいほどの美女を想像してしまうが、繭美の場合はまるで違った。国籍不明の怪人がスーツを着ているようにしか見えない。しかも、「ハーフだ」と言う割には、日本語しか話せない。

「わたしの一番幼い頃の記憶は、幼稚園の入園日に、近所の荻野目《おぎのめ》君に、『怪獣女』って言われたものだから、怒ってぶつかって、手首を折ってやったことだからね、もうこれはそういう人生なわけだ」と彼女はむすっと言った後で、「荻野目君からスタートです」と誰に言うでもなく呟いていた。

繭美は、廣瀬あかりの部屋のソファに堂々と座ったまま、「わたしはね、おまえなんか気にせずにさっさと籍を入れようと思ったんだよ。なのに、こいつがおまえに挨拶《あいさつ》したいって言うからな」とまくし立てる。

「おまえって何なのあんた」

「あんたって呼び方もどうかと思うよ」

僕は反射的に土下座の体勢から立ち上がり、廣瀬あかりに近づくと、「落ち着いてくれよ」と肩に触れた。触らないで、と言わんばかりに廣瀬あかりが身体を振る。心から嬉しそうな笑い声が、繭美の口から聞こえてくる。彼女の思いは想像できた。ああ楽しい、とでも思っているのだろう。あと四回はこれが見られるのかと思うとこんな楽しい余興はないね、と。

東の壁に視線を向ける。真鍮《しんちゅう》の置き台がある。腰ほどの高さの支柱に皿がいくつもついた形だ。それぞれの段に、指輪やイヤリングなど装飾品が載っている。

以前、「こういうのって不思議だと思わない?」と彼女は指輪を一つ触りながら、言ったことがある。「ぴかぴか光って、綺麗だけど、その価値って何だと思う? 他人に見せびらかすため? よく、ものすごい宝石をつけてテレビに映ってる人がいるけど、あれって何を自慢したいんだろ。自分は、生活必需品ではない装飾品に、これだけお金を費やせますよ、という主張なのかな。たとえばさ、自分には似合うけど安物のネックレスと、似合わないけど高価なネックレスがあったらさ、どっちを選ぶべきだと思う」

「そりゃあ、似合う安物のほうじゃないかな」

「だよね。だけどね、たぶん、わたしもそうだけど、実際そういう状況になったら、似合わなくても高いほうを選びたくなるかも」

「それは、いずれそのネックレスを売る時のことを考えて、とか？」

「そうじゃなくても」

「じゃあ、似合うけど安物の指輪と、似合わないけど高価な象牙があったら、象牙を身につけるのかな」

「象牙ってどういうこと」と彼女は噴き出して、「象の牙から作ったアクセサリー？」と訊ねてくるので僕は首を横に振り、「象の牙そのもの、一本。何だか高級そうだし、手に入りづらそうだし。バッグに挿《さ》してたら、一目置かれる気がする」と答え、自分の口の脇から、腕ほどの大きさの牙が生えていて、それを撫でるかのような仕草をしてみせた。

「象牙って、禁止されてるんじゃなかった？」

「オリジナリティがあっていいじゃないか」

「護身用の武器とかになりそうだね」と笑う廣瀬あかりは心底楽しそうで、僕は嬉しかった。嬉しくて、そして少し、後ろめたい気持ちになった。

罪悪感を覚える理由はシンプルだった。

彼女以外にも交際している女性がいたためだ。浮気とは違う。どの女性が一番大切なのかが分かっていないのだから、浮気よりも悪質だろう。二股か、といえばそれも正確ではなく、五股だった。その事実を知った繭美もさすがに、「五股は凄いね。びっくりだ」と、目を丸くした。「週休二日かよ。大したもんだねえ。おまえからすればどういう感覚なわけ？　せめて週に二日は休みたいな、って気持ち？　それとも、あと二日空いてるから早く埋めないとな、って焦ってたりするわけか」

別に、毎日、交際相手の誰かと会っているわけではないから、週休二日であるとか、連続五日であるとか、そういうことではないのだ、と僕は説明をした。一人の女性と一週間一緒に過ごすこともあれば、ある女性と一ヶ月に一度しか会わないこともある、と。それに、好きでこのような状態を作り上げたわけでもなく、親しくなりたい女性と自然に交際をしていったところ、五人と付き合っていただけであるし、それにしても、交際期間のばらつきはあるから、すべてがすべて同時並行とは言えない、と話をしたが、繭美は僕の説明や弁解を聞くつもりなど最初からなく、「もうさ、一週間といわず、一ヶ月日替わりを目指したらどうなんだよ。三十一股とかさ。ギネスに載るよ」と鼻をほじくった。「まあ、ギネスに載ったら、ばれるけどな。三十一人による修羅場はすさまじいだろうな」

「あのさ、おまえにも同情はするんだよ」繭美はソファで身体を起こし、廣瀬あかりを指差した。繭美が動くたび、室内の光景がゆがみ、床が揺れるような錯覚がある。「長年の不倫地獄から、この、独身の星野ちゃんに助け上げられて、ようやく普通の恋愛ができたと思っていたところだったろうに、わたしみたいなこんな女に掠め取られちゃって」

「ちょっと」廣瀬あかりは顔を赤くし、僕を睨む。どうして不倫のことをこの女が知っているのか、どうしてそのような繊細な話を喋ったのか、と憤慨しているのだろう。気持ちは分かる。が、そこで繭美を咎《とが》める立場に、僕はいなかった。

僕が親しかった知人友人について、恋人たちについて、繭美は情報を全て知っていたし、それをいつどのタイミングで喋るかは彼女の自由だった。


〈あのバス〉で連れて行かれる前に、何人かの女性たちに会わせてほしい、と頼んだ時、繭美は、「お別れの挨拶なんか意味ねえよ。おまえがいなくなって、はじめは寂しがるかもしれないけどな、そのうち忘れるぞ」と断言した。

それでもいいから別れを言わせてくれ、と僕は頼んだ。「〈あのバス〉が僕を連れに来るまでにまだ二週間あるんだろ？　時間はまだあるじゃないか」

「おまえは、連れて行かれる立場なのにどうしてそう威勢がいいんだろうな。わたしは、とっととおまえが運ばれて行ってほしいんだよ」繭美は、ドナドナの曲を口ずさむ。売られていくよ、悲しい目で見ているよ、と。

バスに乗るまでの二週間、僕が逃げないように、と監視しているのが繭美の役割だ。

「何だったら君が、僕が変な行動を取らないように同行してくれてもいい。最後に、知り合いに挨拶をさせてくれ」

どうしてなのか自分でも分からなかったが、僕は必死で、それこそ情けないくらいの切実さを滲ませ、懇願した。

「何でそんなに必死なんだよ、おまえ」

「僕は一人っ子だったんだ」

「知ってるよそんなことは。全部、調べてあるんだから」

「小学生の頃、学校から帰ってテレビを観ていたら、母親が、『挽肉《ひきにく》を買ってくるね』と言って出かけた」

行き先は近くのスーパーマーケットだったから僕は特に気にかけることもなく、テレビを眺めていた。当時、大好きだった変型ロボットの活躍するアニメを夢中で観た。その番組が終わると、続けて、別のアニメがはじまった。次の番組になり、さらに夕方のニュースが放送され、そのあたりで不安がじわじわと身体の奥から湧き上がってきた。ぐつぐつと弾ける、温泉の泡のように、一つまた一つ、と心の底から不安が破裂する。母の帰宅があまりに遅いことに疑問を感じ、そわそわとした。立ち上がって窓の外を見る。すぐに部屋に戻り、玄関の魚眼レンズを覗く。テレビを消し、またつける。電話を手に取るが、かけるべき番号も分からず、すぐに置く。

「事故にでも遭っていたらどうしよう、と思ったら、本当に事故に遭ってた」

「知ってるよ。調べてるんだ」繭美は退屈な自慢話でも聞くような態度で、耳の穴に入れた指を捻るようにしている。

「その時の僕の心細さは調べられてないだろ?」

「だから、何だよ? その話、まだ続くのかよ」

「僕は、来ない相手をずっと待ってる寂しさに詳しいんだ」

「それはあれか、おまえの恋人が、いなくなったおまえをずっと待っていたら可哀想、ってことか。おまえは馬鹿か。いや、馬鹿だから、〈あのバス〉で連れて行かれるんだけどな。おまえのことなんて待ってねえよ、誰も」

「そうだとは思う。ただ、それにしてもきちんと別れないと、彼女たちは次に進めないじゃないか」

「そりゃそうだ。おまえと付き合ってるつもりでいたら、時間の無駄だ」

「だからお願いだ」希望は通らない、と分かっていながら訴えずにはいられなかった。

「しょうがねえな、一応、電話で確認だけしてやる。けどな、期待するな、十中八九、無理だからな」

「分かってる」

すると驚くことに、希望が通った。十中の一もしくは二だった。携帯電話でどこかに電話をかけた後で、繭美はむすっと、「構わないんだと」と言った。

「どうしてだろう」許可をもらったことは嬉しかったが、疑問はあった。

繭美は顔を歪めた。「面白そうだから」と言うが、その顔はまるで面白くなさそうだった。「あっちはそう言ってたぞ。物好きなもんだ。同時進行で、五股もかけてる男に興味があるのかもしれねえな。その別れ行脚《あんぎゃ》がどうなるか、知りたいらしい」

君の仲間は、それが上司なのか同僚なのか、はたまた雇い主なのかはっきりしないが、その相手たちはどこまで真面目なのか、と僕は呆れる。日本の企業なのか、それとも海外の組織なのか。が、とにかく、幸運には違いなかった。望みは叶ったのだ。思わぬ許可に調子に乗ったわけではないが、さらに僕は、「できたら、僕がいなくなることはみんなに言わないでほしい」と注文を出した。繭美はまたしても、「おまえ、自分の立場分かってんの?」と鼻に皺《しわ》を寄せ、どんな顔でそんな図々しいこと言ってるのかその顔をよく見せろ、と丸い頭をぐっと近づけてきた。

「やっぱり、駄目かな」

「いや、まあ、駄目でもないな。でもな、条件がある」大きな身体から見下ろしてきた。

「条件?」

「わたしはな、待ったりするのが死ぬほど嫌いなんだ。わざわざ行ったのに空振りってのが許せねえんだよ」

「そうならないように、ちゃんと相手に事前に連絡をして、約束してから会うよ」

「待ち合わせで、待ってること自体が不快なんだっての」

「それなら、なるべく相手の自宅を訪れるようにしてみる」

「たとえそうだとしてもな、相手がトイレに入ってたり、寝てたり、コンビニに行ってたりな、そういうことがあるかもしれねえだろうが」

そこまで考えていたら、きりがない、と僕は呆れ、「もし呼び鈴鳴らして、それでも相手が出てこなかったら諦めてもいい」と申し出る。

「よし、じゃあ、三回な。三回鳴らして、出てこなければもうおしまいだ」

「十回」僕は食い下がった。「せめて、十回までチャンスをくれないか」

「三回も十回も変わらねえよ。往生際悪いな。あとはな、おまえが言わないでくれ、と頼んだ、おまえの事情については黙っててやる。おまえが〈あのバス〉で連れて行かれることだとか、連れて行かれてどうなるのか、そういうのは言わないでやる。まあ、陳腐な上に、暗い話だからな、言わぬが花だ。ただ、そのかわり、それ以外のことは何を喋っても怒るなよ。わたしが女にどんな悪態つこうが、おまえの悪口を言おうが、文句を言うな」

もちろん僕は、条件を受け入れるしかなく、だから今、廣瀬あかりに対し、彼女が不倫の話題を口にしても、それを叱ることができない。

廣瀬あかりは怒りで顔を真っ赤にし、僕を睨み、次に繭美に鋭い目を向ける。それが愉快なのか繭美は、「もともと、おまえの不倫相手だったのは、あれだろ、ディズニーの偽物みたいなキャラクター作って大儲けした奴だろ。太陽君は別だっけか。犬だか熊だか忘れたけど。わたしならそっちの金持ちを手放さなかったね。この、軽薄な星野ちゃんに比べれば、妻子あるそっちの男のほうがマシだ」と続け、廣瀬あかりを絶句させた。どうしてそんなことまで知っているのか、と彼女は、僕に眼差しを向けるが、絶句しているのはこちらも一緒だった。彼女が、ある男性と不倫関係にあったことは、僕も知っていた。苺狩りに一人でやってきたのは、その不倫関係にまつわるもやもやに嫌気が差し、まともな精神状態ではなかったからだろう、と簡単な自己分析をし、話してくれた。が、不倫相手がどのような男だったのかまでは聞かなかった。彼女は口にしなかったし、僕も特別、知りたいと思わなかった。

繭美は平然とした面持ちで、鼻歌でもはじめるような気配だった。彼女のグループは、僕のことを徹底的に調べた。借金の沼に沈んだ僕から、どうにか金を回収しようとさまざまな人間関係を洗い、そこから僕の五股についても把握したのだろうが、それにしても、廣瀬あかりの不倫相手まで調べているとは驚きだった。

「残念だけどな、わたしは、こいつと結婚しちゃうんだ。わざわざお別れの挨拶に来てあげたんだから、明日からは、そのプチディズニーと復縁するなり、別の男を探すなり、新しい世界へ進んでいけばいいさ」繭美は立ち上がる。体格の良い彼女が突然立つと、モンスターが臨戦態勢に入ったかのような迫力があり、こちらはびくっと身構えてしまう。が、丸顔を見れば、その瞳や鼻などの各部位についてはそれなりに整っているからまた、違和感があった。痩せれば、見栄えのするハーフの女性となる可能性も否定できないが、彼女が痩せる方法は想像できず、それこそ、「奈良の大仏が痩せたら、スリムなジーンズが穿けるだろうね」というのと同様の、意味のない仮定の話にしか思えなかった。もし痩せることができれば、そりゃそうだろうね、と言うほかない。

★

「わたしと結婚するって言えば、みんな納得するだろうよ」三日前、繭美は繁華街の中にぽつんとある小さな神社の階段で、腰を下ろして言った。

申し訳程度の鳥居と狛犬があるだけの場所だったが、表通りの車の走行音や雑踏の騒がしさが消え、静かな空気で満ちている。僕は腰までの丈のコートを羽織っていたが、生地がぼろくなっているからなのか、冷たい風が肌を冷やすので、じっとしていられなかった。ダウンコートを着た繭美はただでさえ大きな身体がさらに膨張したかのようだった。買ったばかりのタイ焼きを頬張っていた。その温かい湯気だけでも分けてもらえないものか、と切実に思った。

「相手の女たちもね、こんなわたしみたいな、でかくて、国籍不明の女と結婚しようなんて思う男にこだわるわけがないんだよ。プライド的にも許せない。そうだろ」

「そうかな」

「そうだよ」

「対抗意識を燃やしてしまうなんてことはないのかな。誰だって、自分の物が他の人の手に渡るとなったら惜しくなるじゃないか」

「そういう可能性もなくはないな」繭美はうなずく。「でもまあ、その奪った相手が、わたしみたいな奴だったら、諦めるよ、たいがいは」

「確かに、お姉ちゃんには敵いそうもないもんな」突然、思いもしないところから声がしたので顔を上げると、狛犬の座る脇に、白髪の男が立っていた。広げていたスポーツ新聞をしまいながら、にやにやしていた。「俺、耳はいいんだよな」と言うが、距離にして十メートルはありそうだったから、いったいどれほど聴力に優れているのだ、と感心した。

「あのさ、おっさん、何歳?」繭美は首を伸ばし、語調を強くした。「わたしより年上だよな、絶対。わたし、二十六だから、倍以上? 三倍? お姉ちゃんなんて言ってくるんじゃねえよ」

まいったまいった、と男は頭を掻き、「でも、妹よ、なんて言うわけにもいかねえだろ」と苦笑する。

ふん、と繭美は乗り出した身体を元に戻し、僕のほうへ顔を向ける。「相手の女が別れたくないって言い出したら、どうしたらいいか分かるか」

「どうやるんだ」

「とんでもないものを取り出して、『これを食ったら、別れてくれるか?』って言っちゃうんだよ」

「とんでもないもの、って」

「犬の糞でも、鉛筆でも、電話帳でもいいよ。とにかく、『そこまでして、わたしと別れたいのか』って呆れさせたらこっちのもんだ。考えてみろよ、おまえさ、犬の糞食おうとした奴と付き合っていたいと思うか?」

「それはそれで個性的で、ぞくぞくするね」狛犬の飼い主じみた雰囲気でそこにいる白髪の男が、口を挟んできた。なんともまあ、すごい地獄耳だな、と呆れた。


「それなら、こういうことにするぞ」

そして今、廣瀬あかりのマンションのソファから腰を上げた繭美は、黒い光沢のあるバッグから小さな紙切れを取り出した。「この男がこれを達成したら、別れろよ」

廣瀬あかりの眉間に皺ができた。その縦線は、彼女を老けさせる。「何それ」

「何それ」僕も言わずにはいられない。

廣瀬あかりが紙をひったくるようにし、その紙切れに目を落とす。「何これ」

彼女は訝りながら、怒り、その紙を落とすものだから僕は慌てて、確認した。「五周年記念ジャンボラーメン大食いチャレンジ」と手書き文字が躍っている。

「その店、ここの近所だろ。さっき、ここに来る途中でもらったんだけど、それで決めればいいだろうが。三十分で全部、食い切れたら無料だ」

「何を」廣瀬あかりが甲高い声を発する。「何でこんなことで決めるのよ」

繭美はまったく動じない。胸を張った堂々たる立ち姿は、アメフトの選手さながらの貫禄があり、誰彼構わず、体当たりを食らわせる準備ができているかのようだった。

「あのな、よく考えろよ。わたしなんて自分の結婚を、このジャンボラーメンに賭けようとしちゃってんだよ？　堂々たるもんだよ。太っ腹も太っ腹。それがおまえは何だよ、おたおた、きりきりして。そんなんだから」

「そんなんだから、何？」

「そんなんだから、大事な彼氏を、化け物みたいなデカ女に取られちゃうんだよ」

廣瀬あかりの目は完全に吊り上がり、整った細い鼻の、その穴も興奮で膨らんだ。「ねえ、星野君、本当にこんな女と結婚するわけ。結婚したいの？」

「そりゃ結婚したいよな、なあ」繭美が鼻息を荒くする。

僕はぐっと言葉に詰まりかけたが、すぐに、「ああ、そうだよ」と言い切った。

「あるわけないわよ」

「あるわけないことが起きるから、生きてるのは楽しいんだよ。それとも、でかい女は結婚しちゃいけねえのかよ」

「何か弱みとか握られてるんじゃないの？　この女に借金があるとか？　借金なら、わたしもできる限りは助けてあげたいけど」

「勝手に借金って決め付けないでくださーい」繭美が小学生が同級生に苦情をぶつけるように、言った。

「そうじゃない。僕は本当に彼女と結婚するんだ」僕は勢い良く、言う。一度、言葉を止め、繭美にちらっと視線をやる。「愛してるからだ」

繭美はといえば口をすぼめ、目を大きく見開き、妙な顔をしていた。笑ってしまわぬように、口内の肉を噛んでいたりするのかもしれない。そして彼女は、ぱんぱん、と大きな手のひらを叩いた。「じゃあ、さっそく行こうかラーメン屋。まだ夕方だけど、食えるだろ？」と言い、廣瀬あかりに、「ほら」と発破をかける。「そういえば、おまえたちが出会ったのは、苺狩りなんだろ。時間制限付きの食べ放題の苺狩りだ。それなら、別れを決めるのに、時間制限付きの大食いってのはちょっと似てるだろうが。これも運命だよ運命」女は運命という言葉に弱い、という言葉は、偏見に満ちたでまかせに過ぎないだろうが、その時の廣瀬あかりは、まさに、「運命なら仕方がない」と思ったかのように足を踏み出し、動き出した。僕もそれに続き、部屋のドアに近づくが、もうここには来ないのだな、と思うと胸の中の、透明の、珠のようなものに罅《ひび》が入る感覚に襲われた。痛みとも痒みとも異なる罅《ひび》が胸にできる。廣瀬あかりの部屋をぐるりと見渡す。この場所に初めて来た時の記憶が蘇ると、目尻が湿るような予感がし、慌てて首を左右に振った。

ラーメン屋は五周年を謳う割には空いていた。店内に入ると向かい側にL字型のカウンターがあり、それを囲むようにテーブルがいくつか用意されている。黒を基調とした、ブティックや美容院にも似た内装で、壁に貼られたメニューもなければ、無造作に詰め込まれた割り箸もない。店に入った途端、繭美が、「気取ってる店だね、こりゃ」と批判したが、僕も同感だった。外から見るより店内は広いようだったが、テーブルとテーブルがぽつりぽつりと離れ小島のように配置されているのは気取りを通り越して、何らかの前衛芸術のようだった。右側の一番奥まったところのテーブルに腰を下ろした。

いらっしゃいませ、と現われた店員は黒のシャツを着た細身の男だった。これもまた、ラーメン屋にはそぐわない、庶民性とはほど遠い、恰好良い服装だ。凝った造型のグラスを三つ置き、メニューを出してくる。

「ジャンボラーメン」繭美はメニューを受け取りもせず、乱暴な声で言った。

黒服の店員がその鋭く短い声に、うっと言葉を詰まらせる。「お三人ともですか?」

「『三人』に、『お』とかつけるんじゃねえよ。四人の時、どうすんだよ。食うのはこの男だけだよ。わたしがジャンボラーメン食うように見えるかよ」と人差し指でテーブルを突いた。

見えます、と店員は答えたいのを必死で堪えているに違いない。

黒服の店員はめげることなく、「では、ほかのお二方のご注文は」と訊ねてくる。

「水でいいよ。水で。な」繭美が言い、廣瀬あかりも勢いに押され、うなずく。ですが、と店員が言いかける。お客様には注文をいただかなくてはならないのです、と訴えたいのだろう。

「こいつがジャンボラーメンに挑戦するのを、わたしたちは見るんだよ。見に来たのに、食ってどうすんだよ。いいじゃねえか、ケチ臭い。そんなんだから、がらがらなんだよ」カウンターの向こう側の店主らしき男が、「ちょっと、お客さん」と大きな声を出した。カウンター席に座る背広の客が声に驚いたのか、肩をしゅっとすぼめている。「あんまり、ひどいこと言わないでくださいよ。文句つけてくるなら、出て行ってください」

「ごめんよ」繭美はあっさりと謝罪するが、心はまるでこもっていなかった。「いいから早くはじめようぜ。ジャンボラーメン」

店員はさすがに笑顔が浮かばないようだったが、それでも怒りを鎮め、「ジャンボラーメンですね」と応じた。

「こんなに気取った店で、ジャンボラーメンという名づけ方はどうなんだよ」と繭美がぼそっと言った。僕も反射的に、「だね」とうなずき、廣瀬あかりも同意した。

テーブルにデジタルの時計が置かれる。「これで三十分計ります」と黒服の店員がむすっと言い、カウンターへと戻っていった。

「よし、じゃあ、まあ頑張れよ」隣に座る繭美が、僕の肩を思い切り、叩いた。大袈裟《おおげさ》ではなく、重い物で殴られたように感じた。

向かい側に座る廣瀬あかりは頰を引き攣《つ》らせ、「こんなのおかしい」と今さらながらに言う。「こんなので、男と女が別れたりできるわけないじゃない」

「うるせえなあ」繭美はジャケットのポケットから小箱を取り出した。開けると中には絹のような上品な布が敷かれ、金色の耳搔きが載っている。それをつまむと、左手で箱を閉じ、耳を搔きはじめる。廣瀬あかりが眺めてくるので、「耳搔いたら、悪いのか」と言い返していた。

「そうじゃないけど」廣瀬あかりは長い睫毛のついた目をまたたく。「色っぽい顔に見えて」

はあ、馬鹿じゃねえの、色気があるわけねえだろうが、と繭美は声を抑え、脅すように言う。そして、黒く光るバッグに手を伸ばした。何を出すのかは見当がついた。彼女がそこから、小さな辞書を出すのを何度も見たことがあるからだ。彼女は慣れた手つきで、その、年季の入った、よれよれの辞書をめくり、あるページを開くと、廣瀬あかりに見せる。「見ろよ、わたしの辞書に、『色気』はない。だろ」

彼女の辞書にはサインペンで黒く消された箇所がいくつもある。僕もそれをことあるごとに、見せられた。「常識」も「気遣い」も「マナー」も「悩み」も、すべて黒く塗り潰されていた。辞書を持ち歩いていることと、彼女がハーフであることとは関係があるのかどうか、そもそも、ハーフである事実も証明されてはいないのだが、気にはかかる。

廣瀬あかりは気圧《けお》されている。「あ、うん」

「はい、お待ちどおさまです」

音が鳴り、テーブルに鞄でも置かれたのかと思えば、それがラーメンの丼だった。僕はおろか、廣瀬あかりも小さな悲鳴のようなものを上げた。何人分なのかは分からないが、小さな円形テーブルほどはありそうな巨大な丼で、中に、太い麵がぎっしり詰まっている。スープもなみなみと入っている。

「これはなかなか」巨大な岩や、大河を前にした思いで、僕は言葉に詰まる。

「想像以上だな、こりゃ」繭美は驚きつつも、舌なめずりをした。

「これは無理でしょ」廣瀬あかりは苛立ち、苦笑する。

「では、スタートしますよ。いいですか」店員には相変わらず、愛想がない。そういえば、繭美の辞書には、「愛想」の項目もなかったな、と僕は思い出す。

「これ、食えなかったらいくら?」繭美がふと、店員に確認した。

「三千円です」

「高《たけ》えなあ」繭美は反射的に声を張り上げる。「ぼったくりすぎだろ」

「でも、それをご了解いただいた上での、ご注文だと理解しています」

はじめます、の声とともにデジタル時計のボタンが押され、僕は箸を手に取った。大海を前にどこから泳ぎはじめるかと途方に暮れるかのように、丼を見つめる。思わず口を突いたのは、「千里の道も一歩から」という陳腐な格言だった。

「ああ、それ、わたしの祖父《じい》ちゃんが言い出した言葉だ」繭美が厳しい目を向けてきた。

「その言葉、意外に浸透してるのかよ」

「君のお祖父さんのオリジナルではない」そこで、彼女が外国人とのハーフだとすれば、そのお祖父さんはどこの国の男性だったのか、と疑問が過《よ》ぎる。

「オリジナルに決まってんだろ。祖父ちゃんが誰かからパクったって言うのかよ」

面倒臭くてそれ以上、返事はしなかった。


箸で麺を掬うと口に放り込む。が、熱くて一回、吐き出してしまう。口内がさっそく被害を受けた。繭美が、「汚《きたね》えなあ」と笑いながらも、「早く食えよ。結婚できねえぞ」と囃《はや》してくる。僕は頭の中を空っぽにする。とにかく口の中に麺を押し込んでいくしかない。ふうふうと上品に息をかけ、冷ましている余裕などないから、火傷《やけど》は覚悟の上で吸い込んでいく。口に頬張ったら、それがすぐに喉を通っていくわけではない。口に入る量と、咀《そ》嚼《しゃく》できる量、喉を通過していく量には自ずと差が出る。ラーメンは口内に滞る。喋ることはおろか、息をするのも困難になった。右手に持った箸には麺が絡まっている。

隣から、「これ以上に醜い食べ方はない、っていう食べ方だね」と言う繭美の声が聞こえてきたが、そちらを窺う余裕などない。「あんたさ、こんな男のこんな姿見たら、もう、未練も何もなくなるだろうに。千年の恋も醒める。このチラシにさ、書いておくべきだな。千年の恋も醒めます、ジャンボラーメン！　って」

繭美はもちろんのこと、廣瀬あかりの表情を見ることもできなかった。怒っているのか、顔をしかめているのか、それとも僕のこの情けない姿に同情を寄せているのだろうか。千年の恋にこだわるような深刻な表情をしているのか、それとも、残る恩讐だけのためにそこに座っているのか、分からない。

途中でいったん、箸を置いた。口を激しく動かしながら、コップをつかむ。水で口の中の物を、それはもはやラーメンとも食べ物とも思えなかったが、とにかく胃の中に押し流してしまいたかった。

僕たちのテーブルの近く、と言っても少し距離はあるのだが、その二人掛けテーブルにもう一組、ジャンボラーメンに挑戦している人間がいることに気づいたのは、しばらくしてからだ。最初からいたのか、もしくは途中でやってきて注文をしたのか、分からない。

大量のラーメンを相手に朦朧《もうろう》としている上に、丼から立ち上る湯気で視界も頼りなく、よくは把握できないが、こちらと似たような時計が置かれているのが目に入った。

一度、休憩を取るために箸を置いた時に、そちらのテーブルを眺めた。

男女が座っている。

男のほうは地味な顔立ちで、腫れぼったい一重瞼のせいか表情も暗く、全体的に冴えない外見で、育ちの悪い茄子のような顔だった。ブランド品ではあるのだろうが、大きめのジャケットがあまりに似合っていない。必死の形相でジャンボラーメンと向き合っている。口に放り込んだ麺が熱かったのか、慌てて口から麺を出す姿には、醜さすらあった。それを見ながら、片肘をついている女は、分かりやすいくらいの美人だった。値が張りそうなアクセサリーを耳やら首やら手首やら指につけ、服も、シックで高級感に満ちていた。ふと、以前、廣瀬あかりと交わした、「自分に似合う安物のネックレスと、似合わない高価なネックレスがあったら」という会話を思い出した。脇には、光沢のあるブランドのロゴが大きく貼られたバッグが置かれていたが、そこから象牙が覗いていないかどうか確認したくなる。いったい何の仕事をしている女性なのか見当がつかない。クラブのホステスというには健康的に感じられたし、モデルなどの仕事をこなしているような風格もない。

二人は恋人同士とは思えなかった。たぶん、男が、女に惚れているだけの、一方通行だろう。もっと言えば、女が、男を利用しているのではないだろうか。詐欺とまではいかないまでも、男が抱く恋心を利用して、何かを得ている。何を得ているのかといえば、たぶん、彼女を装飾する高級品か、もしくはその代金ではないか。それくらい不釣り合いに見えた。

と思っていると、汗にまみれた顔をしたその男が、「僕、これ全部食べてみせますから」と大きな声で宣誓した。食べながら喋ったものだから、口の中の麺がテーブルに飛び散っている。「うわ、やめてよ、汚い」と女が声を発する。

僕の前に座る廣瀬あかりも、何事かと振り返り、その二人の存在に気づいた。

「おい」繭美はたまたま横を通った店員を呼び止めた。「あのさ、あいつ、今、麺を口から飛ばしたんだけど、あれは反則じゃねえの?」と訊ねた。大きな声だった。指摘された男は顔を引き攣らせ、必死の形相になると飛んだ麺の欠片《かけら》を摘まみ口に入れはじめる。残飯を漁《あさ》るかのような雰囲気に、隣の女があからさまに不快な顔をした。

「あれくらいなら」店員は無表情に答えた。「構わないんじゃないでしょうか」

「ふうん」と繭美は気のない返事をする。

いつまでもそちらを眺めて、休んでいるわけにはいかない。僕も、あの男性と負けず劣らずの必死な状態だった。少しの時間ではあったが、ぼうっとしていた自分に驚き、箸をつかむ。ラーメンはずいぶん、伸びてきた。

コップの水を飲み、流し込む。

「ちょっとは休憩したほうが」と廣瀬あかりが心配してくれ、僕はその心遣いに、うっかり泣きそうになった。

「いや、大丈夫」と答える。顔が青褪めてくるのが自分でも把握できた。巨大な丼にはまだ、麵が残っている。スタートからまったく減っていないのではないか、と愕然とする。箸で麵をつかみ、持ち上げるが高く上げられず、丼に戻す。もう、その食べ物は不要だ。寄越さないでくれ、と身体が拒絶している。澱《おり》のようなものが身体に溜まっている。ラーメンへの憎悪で出来上がった、精神的な澱、だ。箸で、麵を撫でるだけになる。ふうふう、と息が荒くなった。

「見ろよ、こいつのこの頑張りを」繭美が、僕を指差し、廣瀬あかりを窺った。「どれだけ、あんたと別れたいか、その気持ちを察してあげなよ」

廣瀬あかりは、親の仇でも見るかのような恐ろしい顔で繭美を睨んだが、その後で僕を眺め、親に裏切られたかのような寂しさを浮かべた。どうしてここまでして、という顔だった。僕の胸にやり切れない痛みが走る。

「あのさ」廣瀬あかりがそこでぼそっと言った。「前も言ったけど、男の人ってどうして、美人に弱いんだろうね」

突然、どうしたのだ、と僕は顔を上げてしまう。

「前に付き合ってた男もそうだったし」

「偽ディズニーか」繭美が鼻で笑う。

「テレビに出てる女優を見ては、鼻の穴を膨らませて。星野君も、ぼうっとドラマの女優を眺めている時とかあったでしょ」

「そうじゃない」僕は答える。

「そうじゃないも何も、結構、気にしてたよ」

「そういうわけじゃないんだ」僕が気にしていたのは、特定の女優に限るし、それも理由があった。

「男は結局、外見に騙されちゃうんだ、ってわたし寂しかったんだよね」

「そういうんじゃない」僕はしつこく言い返した後で、「その証拠に、僕の結婚相手は、彼女だ」と繭美に目をやる。

繭美は芝居がかった仕草で身体をくねらせ、「ほんと、男って美人に弱いのよね」と言った。「こんな身体だけれど、くびれはあるのよ」とスーツの腰の部分を手で押さえた。

制限時間まで残り十分となったあたりで、食べる速度は急激に遅くなった。箸こそ置かなかったが、丼を前に動きを止めざるを得ない。大きく呼吸をする。喉にせり上がってくるものがあり、慌てて口に手を当てた。口の中に、生温かい液体が溢れそうになるが、どうにか食道に戻す。廣瀬あかりが、「平気？　無理しないで」と立ち上がった。繭美がそれを制止する。「吐いたら負けだよ、星野ちゃん。わたしと結婚できないよ」

僕はうなずいた。いったい何のためにこんなことをやっているのか、という疑問はすでに湧かない。やがて〈あのバス〉に乗せられ、ドナドナよろしく連れて行かれることを考え、胃のあたりが震えた。恐怖に背中の毛が逆立つが、今はそのことを頭から振り払わなくてはいけない。ラーメンだ。今は、ラーメンのことだけを考えないとならない。

例の、二人掛けテーブルでも、ジャンボラーメンとの攻防は続いていた。一重瞼の、茄子のような輪郭の男がぜいぜいと喘ぎ、丼を見つめている。ゆっくりと観察はできないが、一瞬見えた丼には、まだ、たくさんの麺が残っているように見えた。

ぜえぜえ、と呼吸音がうるさい、と思ったら自分自身のものだった。箸を置き、また水を飲む。繭美が僕を面倒臭そうに眺めながら、溜め息をつく。だらしねえなあ、と笑う。

しばらくすると二人掛けテーブルの女が、がたっと立ち上がった。

「どうしたの?」男が、ラーメンを口に頬張ったまま訊ねる。どうしたんだろう、と僕も思ったが、すると彼女は、不自然に可愛らしい声で、「ちょっと、スープが飛んじゃったみたい」と自分の白いシャツの袖《そで》を、取り出したハンカチでぽんぽん叩いた。

あ、ごめん、と茄子顔の男が慌てて立ち上がろうとするが、そこでまた彼の口から麺が飛び出した。それを拾うために、腰をかがめるとテーブルにぶつかり、音が出た。繭美はそれを見て、笑った。袖を拭いていた女性は、「あ、食べてていいから。わたし、ちょっとトイレで洗ってくるね」と色めくような声で言う。男に背中を向け、トイレへと向かったが、その彼女の顔にはあからさまな不快感が滲んでいた。

「たいした汚れじゃないだろうに、染みの一つに何をむっとしてるんだろうな」繭美がうんざりした声を出した。「今頃、シャツ脱いで、ごしごしこすってるんだろうね。なあ、おまえ」と茄子顔の男に声をかけた。

「え」男は状況が分からず、箸を持ったまま、こちらを向いた。

「え、じゃないよ。あのさおまえ、そのラーメンを食べたらあの女と付き合ってもらう、とかそういう約束でもしてるわけ？」

ずけずけと質問する繭美と茄子顔の男を眺めながら、僕は丼から麵を引っ張り上げ、少しずつではあるが啜ってみる。

「だってそうじゃなきゃ、おまえ、そんなにムキになって、ジャンボラーメン食わないだろ」

「付き合うとかじゃないです。一緒に映画を観に行くってだけで」と男が答えた。ラーメンまじりの、粘った喋り方はやはりスマートではない。

「おいおい嘘だろ」繭美が大きく嘆いた。店員が飛んでこないか、僕は心配になるがそれを気にしている余裕もなく、れんげを使い、スープを飲んだ。湖を匙で掬うかのような無力感だけがある。「一回デートするだけのために、そんな、クソまずいラーメン食ってるのかよ。というか、あんたさ、あの女にいくら貢いでるんだ」

さすがにその言い方は失礼ではないか、と思った。が、とにかく、僕は麵を啜りながら、自らの口や胃に、「これはラーメンではない別のものだ」と言い聞かせる思いで嚙み砕くしかない。ラーメンとは別の、腹の中のラーメンを消化する身体に良いものだ、と。

男は箸を置き、汗を拭いているようだった。「あの」と声を出した。目を一瞬やると、彼の顎に麺の欠片が付いている。みっともなさよりも哀れさが溢れていた。

「あの、そうですね、いくらくらいかと言うと」男は生真面目で素直なのか、答える必要のない無礼な質問に答えようとする。そして、金額を口にした。その額は、交際もしていない女性に一人の男が出すには常識外れの金額で、ただ話を聞いていただけの廣瀬あかりも、「そんなに?」と驚いた。僕も驚いた。「ひどすぎる」と言ってしまうが、食べた物が飛び出しそうで、すぐに口を閉じた。

男は赤面したまま反論もせず、箸を持ち直すと丼を睨んでいた。

「あのさ、わたしがずばり言っちゃうけど、がんばったって無理だぞ」繭美がぶっきらぼうな言い方をした。

もごもごと男が何かを言う。

「何喋ってるのか、聞き取れねえよ」繭美が低く迫力のある声を出した。

男はコップに口をつけ、青白い顔で水を飲んだ後で、「無理なのは分かってるんです」と改めて言った。「もう食べられません。もともと、小食の僕がこれに挑戦したのが間違いでした」

繭美が手を振る。「そうじゃないそうじゃない。ジャンボラーメンのことじゃなくてだよ。あんたが、あの女と親しくなれるわけないってことをわたしは言ったんだよ。たとえ、そのラーメンを、汚い食い方で、たいらげたとしても、あの女は別にあんたに好意は抱かねえぞ。それどころか、映画を観に行くのだって、ああだこうだと言い訳して、取りやめにするだろうな。間違いねえよ。な、あんたもそう思うだろ」と廣瀬あかりの顔を見た。

突然、同意を求められた廣瀬あかりは、あんた呼ばわりの言い方にむっとしたようだったが、すぐに、「まあ、たぶん、そうかも」と答えた。「彼女はたぶん、そういう」と言葉を選びつつ、「タイプだと思う」と顔をしかめ、女が消えていったトイレの先に視線をやった。

「だろ、第三者が見れば一目瞭然だ。おまえのその、ラーメンの苦行は嫌がらせか面白半分でやらされているだけで、成功しようが失敗しようがあの女と仲良くなれるわけではない」

入り口ドアが開き、新しい客が入ってきた。カウンターから店長が声をかけ、店員が駆け寄っていく。

「たぶん、あの女の武勇伝にされちまうぞ。『わたしに夢中になって、こんなに大きなラーメンに挑戦した男もいたのよ、うふふ』なんてな。はじめは、このジャンボラーメンを機会に、おまえを厄介払いするつもりなのかと思ったけどな、さっきのあの、変な甘ったるい喋り方を聞いてりゃ、ありゃ、まだおまえに媚《こび》を売って、利用する気、満々だな」

「それでもいいんです」茄子に似た顔の男は、先ほどよりも大きな声を出した。「いえ、まあ、僕も分かってはいるんですよ。彼女が、僕をどう思ってるのか、とか」

「なのに、ジャンボラーメンに挑むのか」

茄子顔の男はしょんぼりした。ただ、顔を上げると今度は少し明るい表情になり、「たぶん、意地です」と言った。

「意地？」廣瀬あかりが聞き返す。

意地？　僕はいつの間にか箸を持ったまま、動きを止めていた。彼の言葉に気を取られた。

「彼女は、僕にこれが食べられるわけがないって思ってるんです。だから、映画の約束とかしたんです」

「それは今、わたしが言ったばっかりだ。何だ、分かってるんじゃねえか」

「でも、予想を裏切ることもある、って見せつけたかったんですよ。男を見損なうなよ、って」

ほお、と繭美は感心するような声を出したがすぐに、「でも、食えねえじゃねえか、結局」と嘲笑した。

その時、脳裏を過ぎったのは、初めて、廣瀬あかりのあのマンションに行った日のことだ。苺狩りでの出会いから、三度目のデートをした時だった。「パソコンの使い方が分からないから、手伝ってくれ」と彼女は言い、僕はそれを家に呼ぶ口実だと受け取った。過去に交際した女性の中には、似た理由でこちらを誘ってきた人がいたからだ。ゲーム機の配線が分からないから、と言うので部屋に入ってみればゲーム機はすでに設置済みで、そのことを問い質すよりも先に、二人で寝室に向かう、という展開で、僕はそれには少し戸惑ったのだけれど、廣瀬あかりの場合は本当に、パソコンの設定が分からなかったらしかった。

「弟がもう使わないから、って送ってくれたんだけど、不親切なんだよね。説明書もないし、ほら、インストールとかも必要みたいだし。どうせ、わたしには使いこなせないだろう、って弟は思ってるんだよ。できない人を見て、見下す男っているでしょ」

「いるのかな」

「うちの弟がまさにそれだから。自分のほうが情報を知ってる、とか、自分のほうが操作がうまい、とかね、そういうことでいちいち優位に立とうとするの。面倒臭いのよね、そういうの。腹立たしいし。だから、予想を裏切って、びっくりさせてあげたくて」

そうか、この人には弟がいるんだな、とその時の僕は思い、彼女が生きてきた、僕の知らない今までの時間を想像し、彼女の抱えてきた悔しさや頑張りなどに、頭の中の手のようなもので触れようとするが、それは白くもやもやとした、曖昧模糊《あいまいもこ》としたものとしてしか思い描けない。彼女と一緒にいれば、だんだんと輪郭のはっきりした場面として浮かび上がるのだろう、と思うと、わくわくした。


ふう、と息を吐き出し、僕は膨れた腹を抱え、ベルトを緩めようと手を伸ばすが、そんなものはとっくに緩めていたことに気づく。できることはすでにやっているのだ。身体からラーメンが逆流しないようにと、ぎゅっと唇を閉じる。これはもう、おでんの巾着に近い、と思った。口を開けたら、中の物が飛び出す。そうでなくても、このままでいると肌や髪の毛から、ラーメンの汁や麺が汗のように滲んでくるようにも感じる。

丼を見つめる。

それから時計に視線をやり、廣瀬あかりを窺う。彼女は、その、丼に残った麺の量を確認すると、力なく微笑んだ。「このままだと、食べ終わるかもだね」

残り時間が五分強ということを考えれば、どうにか食べられないこともない分量だった。けれど、無理だ、と僕は分かっていた。限界だ、限界だ、と思いながらもどうにか身体や頭を騙し、ラーメンを詰め込んでいたのだがさすがにもう一杯だ。体内に余白はない。三口はおろか一口も難しい。足をもつれさせ、ふらふらと揺れる、ダウン寸前のボクサーを、僕は思い浮かべていた。もちろん、何か特別なことが起きて、たとえば、聖なる男が唐突に降臨し、僕の隣に隠れ、店主に気づかれないような小声で、「さあ、ラーメンを貸してごらん。私が食べて差し上げよう。よくがんばったね」と引き受けてくれることでもあれば別だが、そうでもない限り、このラーメンは消えないはずだ。

廣瀬あかりはどうするのだろうか、と思った。ジャンボラーメンを食べ切ることに失敗した僕に対し、「じゃあ、別れないのね」と当初の賭けの条件を持ち出すのか、それとも、「賭けがどうこうというよりも、こんなにみっともない男は、こっちからごめんだ」と言って来るのか。もしかすると、繭美の目的はそれだったのかもしれない。ジャンボラーメンの行方はどちらでも構わず、成功しようが失敗しようが、僕の醜く必死の食べっぷりを彼女に目撃させ、幻滅させようとしたのかもしれない。例の、「犬の糞を食べてみせる作戦」の要領だ。

でも、できるだけのことはやるべきだ、と僕は箸を持つ手に力を込め、身体を起こす。

丼に挑む気持ちで顔を寄せるが、その時点で胃の中の物が飛び出しそうだった。うっ、と口に手を当て、前を見ると二人掛けテーブルの彼が見えた。

女はなかなか帰ってこない。化粧でも直しているのだろうか。ぜえぜえと青い顔で、悔しそうに眉をひそめる彼をじっと見つめているうちに、僕の腹にはある思いが湧き上がった。

「おい」と僕は言っていた。繭美を呼んだのだ。彼女は、僕のその乱暴な呼びかけに目をぱちくりさせたがすぐに、「何だよ。ラーメン食えよ」と目を三角にする。

「おい、ちょっとトイレに行ってくれよ」

「はあ？　トイレ？　わたしが小便したいって何で分かるんだよ。これから夫婦になる二人ってそういうものなの？」とからかうように、乙女が身をよじる真似をする。

「そうじゃない」僕は早口で喋らないと、食べ物を洩らしてしまいそうだった。「トイレの近くで、さっきの女が出てきたら、どうにか引き止めておいてくれよ」

「何で、おまえにそんなことを命令されなきゃいけないんだ」

「いいから。頼むよ。いいだろ」

繭美は明らかに不機嫌そうだったが、それ以上、何も言ってこなかった。僕に迫力があったとは思えないから、実際、彼女はトイレに行きたかったのかもしれない。椅子から立つ。「おまえ、わたしに席を外させて、その間にこの女と良からぬ相談するんじゃないだろうな」と念を押してくるので、僕はさすがだな、と思った。そんなことまで頭が回らなかったが、そういう機会を作ることはできる。けれど今は、そんなつもりもなければ、余力もない。

店員が、今入ってきたばかりの客のところへ注文を取りに行くのが見え、「今だ。早く」と頼んだ。繭美は不本意そうではあったが、その場を離れる。体格のいい彼女が立ち上がるとやはり、店内の空気が揺れ動き、ぐねんぐねん、と波打つかのようだ。

僕はそこで立ち上がった。最後の力を振り絞るつもりで、足を踏ん張り、腰を上げる。湯船で立ち上がった身体からお湯がざばんと流れ落ちるかのように、僕の肌から、麺やらスープが床にだらだら垂れていく、そんな錯覚に陥った。

「どうしたの？　大丈夫？」と廣瀬あかりが心配そうに声をかけてくれたが、それに答えることもできない。足を引き摺り、僕はどうにか二人掛けテーブルの、茄子顔の男の隣に、近くの椅子を移動してきて、座った。

え、と彼がこちらを見るが、それを気にすることなく僕は手を動かした。

まず、彼の丼を手元に寄せ、持っていた箸を構え、よし、と覚悟を決めると、口を思い切り開き、丼の麺を流し込んだ。ためらってはいけない。一気に、身体が拒否する余裕もないほどに、一息に、胃に入れてしまうのだ。後先は考えず、ひたすら喉に麺を入れていく。

一度か二度、胃のほうから逆流が起き、喉まで飛び出してくる気配を感じたが、止まるわけにはいかない。箸をひたすら動かし、最後は、丼に直接、口をつけスープを飲んだ。耳や鼻からその液体が飛び出さないのが不思議に思えた。丼を戻す。どん、と大きな音が鳴ったがそのまま、また立ち上がり、座っていた椅子を元の場所に戻すと、中腰で這うような恰好で自分の椅子に帰る。

廣瀬あかりが驚き、こちらを見ているのは分かった。一瞬、視線も合った。けれど僕はすぐには何も言えず、腹を天井に向け、ひいひ、ふうふうと、出産前の妊婦が陣痛に耐えるかのように、ただ、呼吸をする。

少ししてから女が戻ってきた。茄子顔の男の隣にやってきて、「そこにいた、大きい女の人に睨まれちゃった。あれ、どういう人なのかな。外国人なのかな。日本人には到底見えないんだけど、大きくて金髪だし」と言っている。わざと僕たちに聞こえるように喋っている様子でもあった。椅子に座ったところで、「え」と大きな声を発する。「食べたの?」と目を丸くした。「嘘でしょ、まだ、だいぶ残ってたよ」

彼女は、不快な驚きに動揺しながらも、どうにか可愛らしさを失わないようにしていて、その点は賞賛できた。

男は顔を引き攣らせ、視線をこちらに移動させた。僕は相変わらず、呼吸法を駆使してラーメンの逆流を抑えている。

「その人、食べてましたよ。気合いで」廣瀬あかりが言った。

僕はとても救われた気持ちになった。どうにか、うなずく。

女がどんな反応を示しているのかは見えなかった。何しろ、こちらは首を動かすのもままならない。「へえ、そうなんだあ、食べたんだねえ」と確認とも質問ともつかない、意味のない言葉をだらだらと続けている。ふうん、と。

茄子顔の男は根が正直なのか、「でも」「あの」としどろもどろになり、僕に助太刀してもらったことを告白したくて仕方がないようだった。が、結局、打ち明けはしなかった。そんなことをしてしまったら、僕の行動が無意味になることくらいは分かったのかもしれない。

繭美が戻ってきて、「いやあ、トイレに入ったら意外に、便意を催しちゃってさ。大きいほうもしてきたよ。条件反射ってやつだね。で、どうだよ、食べられたか」と僕の前の丼を覗き込む。「駄目じゃねえか、根性なし」と大声を出した。途端にカウンターから、

「お客さん、静かにお願いします」と、店員の声が飛んでくる。

「静かにラーメン食えるかよ」繭美が言い返した。

テーブルの上のタイマーが鳴った。時間切れだった。

うっぷうっぷと椅子の上で溺れるかのような気分だった僕はどうにか呼吸を整えると、思い切って口を開き、「そいつはやるよ。やる時はやる男だよ」と二人掛けテーブルの女に言った。直後、食道を遡ってきた麺のせいで、慌てて唇を閉じた。


「おまえ、あいつのラーメン、食べてやったんだろ」繭美が訊いてくる。

店を出て、マンション前で廣瀬あかりと別れた後だ。まだ、身体がラーメンで充満している感覚が残ってはいたものの、どうにか歩くことはできた。外は暗くなり、街路灯が照りはじめている。

「何のことだよ」

「最初は、あの、へなちょこ男がいつの間にかラーメン食い終わっていたのに驚いて、で、あいつもなかなか凄いなあ、なんて感心してたんだけど、すぐに分かったよ。おまえが、あいつの分を食べてやったんだ」

肯定も否定もする気になれなかった。どうでも良かったし、自分でもどうしてあんなことをやったのか論理的に説明できる自信はなかった。

結局、廣瀬あかりは、僕と別れることに納得した。ジャンボラーメンの賭けの結末から言えば、彼女には、「大食いに失敗したのだから、別れない」と主張することもできたのだろうが、マンションの前に来たところで、「別れるよ」とさっぱりした表情で言い、僕を驚かせた。

「だよな。あんなに汚い食べ方をして、おまけに食べきれないで三千円払ってるんだから、呆れて当然だよ。ようやく、この男のみっともなさに気づいたのか」繭美は嬉しそうに、大きくうなずいた。

「そうじゃなくて」廣瀬あかりは感情的ではなく、どこか余裕すら浮かべて、否定する。僕を真っ直ぐに見たかと思うと、「星野君はやっぱり、いい人だなあ、と分かったし、不思議な人だなあ、と再確認できたから」と口元を緩めた。

「いい人で不思議、っていうか、馬鹿なんだよ馬鹿。生きていく能力が低いんだ」繭美が茶々を入れるが、廣瀬あかりはそれをはなから無視した様子で、「だから、星野君がそれで幸福になるんだったら、わたし、別れるよ」と言った。

もしかするとその時の彼女は、「いや、君と別れても幸福になるわけじゃない。本当は別れたくないんだ」と僕が考えを翻《ひるがえ》し、本心をぶちまけることを期待したのかもしれない。ただ、僕には別れることしかできなかった。

「あの女が、おまえに感動していただろ。あの店で、感動的なことなんてやったか？　わたしは見ていない。でも、だから想像してみたんだよ。おまえがどういうことをやったら、感動的かってな。そしたら、ひょっとすると、おまえが、あの情けない男のかわりにラーメンを食ってやったんじゃねえか、と思ったわけだ。おまえは自分のラーメンを食べる最後の力を、あの男のために使っちまったわけだ」

「想像力が君にもあるのか」

「あるわけないだろ」彼女は日の落ちた歩道で立ち止まり、バッグから例の辞書を出すと、街路灯の下でめくり、「想像力」の項目が消えていることを示した。「想像力が豊かな奴は生き残れねえよ。やりきれないことが多すぎる世の中なんだから、何にも考えないほうがいいさ。たとえば、ほら、おまえ、〈あのバス〉のことをどれだけ分かってる？」

僕は暗くなりはじめた空がぐっと、こちらに寄ってきたような、つまりは天井の低い世界に押し込められたような息苦しさと恐怖に、胃が痛くなる。「まぐろ漁船のような？」と思いつくがままに言うが、それを繭美は一笑に付した。小馬鹿にするのではなく、心から哀れんでいる顔だった。「まぐろ漁船なんて、別にそれほど怖くないだろうに」と言うだけで、詳しくは語ろうとしない。「でも、あれだ、あの廣瀬あかりってのは、自分に酔ってたんだよ。ああは言ったけど、おまえが自分のところに戻ってくるのを待ってるぜ」

「かもしれない」

「このまま無理を言い続けると、おまえに嫌われるから、まずは一回、物分かりがいいふりをしただけかもしれない」

「その可能性はある。だけど、それでも、これで、別れを告げることはできた。このまま、僕がいなくなっても、彼女はそれなりに納得するよ。僕が、母親を待っていた時の心許なさよりはマシだ」

薄暗い道を進んでいくと、すれ違った若い男女がじっと視線を寄越してきた。巨体ともいえる、繭美の姿が新鮮だったのだろう。

急に小便がしたくなった。トイレなどあるわけがなく、電信柱に駆け寄る。通りに背中を向け、ジーンズのファスナーを開けた。

隣にいる繭美が、「小便のかわりにラーメンが出てくるんじゃねえか?」と笑ってきた。ありえる、と思った。それから、「鹿狩りは分かる」と言っていた時の廣瀬あかりの表情を思い出した。初めて会った、あの日だ。「紅葉狩りっていうのは変だよね。絶対、変だよね」と主張する彼女を眺めながら、温かい気分になった。いつかこの子と、紅葉狩りに行ければいいのにな、と想像していたものだったが、結局それも叶わなかった。

小便が飛び出し、深夜の驟雨《しゅうう》が響くかのように、地面をびちゃびちゃ濡らしはじめると、次はどの女と別れるんだよ、と訊く繭美の声が聞こえてくる。彼女は街路灯の下で辞書になにやらペンを走らせていたが、いったい何の言葉を消していたのかは不明のままだ。

バイバイ、ブラックバード　Ⅱ

「フレンチ・コネクション」を観たことがありますか。ジーン・ハックマン演じる主役の刑事が、麻薬組織と対決するという、筋書きとしてはあまり新味はない映画ですが、神話のような、独特の奥行きがある作品なんです。その映画の中で刑事が、街中の建物の屋上からライフルで狙われるんですけれど。

男はそう言った。霜月《しもつき》りさ子の返事を待たずに、映画の場面を語りはじめる。好きな映画についての熱い思いを、目をキラキラさせ、口に唾を溜めながら、わーわー喋られてしまうと、聞いている側は煩わしさを感じずにはいられないが、彼はいたって申し訳なさそうに、事情を分かってほしいがためにしぶしぶ説明せざるを得ない、という様子だったのでさほど不快ではなかった。

ジーン・ハックマン演じる刑事は、犯人を追う。犯人は駅へ逃げる。高架線路を走る電車のため、駅は高い位置にあった。ホームまで階段を昇ったものの、犯人は電車に乗り、逃げてしまう。刑事はまたすぐに階段を降り、道路に戻る。さらに、車で追いかけようとするのだけれど、肝心の車がない。車道に立ち、走ってくる車に立ちふさがる。「止まれ」と警察手帳のようなものを見せる。最初の二台ほどは刑事を避け、行ってしまうので、次の車は絶対に逃さぬように真正面に立ち、無理やり、停止させた。

「そして、運転手を引き摺り下ろすようにして、その車を奪うんですよね。刑事は車に乗るとその高架線路の真下を走って、電車を追いかけはじめて、電車と競走みたいに」霜月りさ子が言うと、その男はまさに豆を顔面に撃たれたかのような表情で、きょとんとし、「あ、観たことあるんだね」と言った。

「有名な映画ですから。『エクソシスト』の監督ですよね」

「必死に喋った僕が馬鹿みたいじゃないですか」と言った彼は、路肩に停車したミニバンの横に立っていた。ハンドルを持つ霜月りさ子とドア越しに、立ち話をしている。

「でも、お話に臨場感があって、良かったですよ。映画を思い出しました」少し笑いながら霜月りさ子は、その男の外見を確かめる。年齢は三十前後だろう。若者とも中年とも言いがたい雰囲気がある。短い髪に、高い鼻、目と耳が大きく、整っているとは言いがたいものの、個性はある。そう思った。実のところを言えばその時点で、彼女はその、星野一彦に惹かれていたのだが、自覚していたわけではなかった。五年前に夫と離婚して以降、子育てと仕事に専念してきた霜月りさ子からすれば、どこかの男に好感を抱くことは、余計で、厄介な出来事に過ぎず、譬《たと》えて言うなら、ピアニストが日々の練習を休んでテレビゲームをやるような怠慢にも思え、そのような恋愛感情は体内の奥深い場所へ押し隠すべきだ、と無意識が働いていたのかもしれない。

臨場感があって良かった、という言葉を真に受けたのか、星野一彦はさらに話を続けた。好きな映画についての熱い思いを、目をキラキラさせ、口に唾を溜めながら、わーわーと喋りはじめ、鬱陶《うっとう》しくなった。

刑事の運転する車による激しい追跡を熱く語り、「いよいよ、ジーン・ハックマンがその駅で犯人を見つけて、ようやく」と星野一彦は銃を構える恰好をしてみせる。

「あのさ、おじさん、どうしたいの」後部座席にいる、霜月りさ子の息子である海斗《かいと》が、子供用の椅子から身を乗り出すようにし、行儀悪い口調で言った。

「海斗」と霜月りさ子はたしなめる。その後で、「で、あの映画がどうかしたんですか」と訊ねた。

星野一彦と会ったのはほんの五分前だ。

海斗を連れ、大型スーパーへ出かけ、夕食の食材を買った帰り道、片側二車線の道路を走っている際、車道の真ん中に立っていたのだ。背中を向け、霜月りさ子の運転するミニバンのことには気づかなかったらしく、危うく轢《ひ》きそうになった。急ブレーキを踏み、かろうじてミニバンを停めると、ショックのあまり、しばらく動くことができなかった。後部座席を慌てて振り返れば、当の海斗はけろりとしているので、胸を撫で下ろす。が、さすがに腹が立った。運転席の窓を開け、「危ないじゃないですか」と震えた声で抗議した。すると男は狼狽しつつも近づいてきて、「あの」と言葉を探し、そして発した台詞《せりふ》が、「フレンチ・コネクション」を観たことがありますか、だった。

映画の話を興奮しながら喋っていた彼は、霜月りさ子の言葉で急に我に返ったかのようで、「ああ」と恥ずかしげに首を振った。「実は、あれと同じことが起きたんです」

「あれと?」

「『フレンチ・コネクション』です」

霜月りさ子は眉間に皺《しわ》を寄せる。「刑事さんなんですか?」

「いえ、違います。普通の会社員です」

意味が分からず、さらに顔をしかめると星野一彦が頭を掻く。「ジーン・ハックマンは犯人を追うために、走ってきた一般人の車を奪いましたよね」

「運転手を無理やり引き摺り出して」

「ああいう時、刑事に車を取られちゃった運転手はその後、どうしたんだろう、とか思ったことありませんか?」

「よく思います」

「それが、僕です。車を持っていかれて、おたおたしていました。待ち合わせがあるんですけど、乗せてくれませんか」


「あれも嘘だったんですね」霜月りさ子は言った。マンションの十階、エレベーターの隣にあたる部屋で、そのダイニングテーブルにお茶を運んできたところだ。

椅子にちょこんと座った僕は、彼女のその言葉に胸を締め付けられる。横に腰を下ろした繭美は相変わらず、巨体をふんぞり返らせた状態で、今にも鼻をほじくるような、傲岸不遜な態度を見せている。「そう、嘘なんだよ。こいつの言うことは全部、嘘。だいたいな、刑事が犯人を追いかけるために車が必要で、走ってくる車を無理やり停止させる、なんてことがあるわけがないだろうが」と熊が威嚇するかのような声で、言った。

霜月りさ子はようやくそこで腰を下ろした。僕と繭美の向かい側に座る。初対面のその、態度も大きければ身体も大きな繭美が煩わしいのか、それとも怖いのか、目を合わせたくないのかもしれない。彼女はまっすぐに僕を見ていた。とはいうものの、繭美の身体は、いくら目を逸らしても、それこそ正反対の方向を見たとしても、視界に入ってくるに違いなかった。身長二メートル弱の、気球に手や足がついたかのような大きな体で、いわば、あのプロレスラー、アブドーラ・ザ・ブッチャーそっくりの体形をしているのだが、顔は意外に可愛らしく、美しいブロンドの髪をしている。BALENCIAGAの黒のジャケットのせいか、服装は颯爽としているのだから、バランスが異様だった。

「星野さん、どういうことなのか、もう一度説明してください」

霜月りさ子は小柄で、髪は短く、童顔で、背筋が伸びている。歳は三十五で、僕よりも少し年上だったが、二重瞼の目には愁いがあり、化粧が薄いこともあってか、素朴な色気が漂っている。僕は、彼女の眼差しにいつも、ほっとするような、はっとするような、気持ちになる。今、自分の隣に座る繭美を見ると、ぎょっとし、歯の根が合わぬような気分になるのとは好対照だ。

「もう一度説明も何もさ」繭美が小箱に入った耳掻きを取り出し、耳をほじくりはじめる。「さっき言った通りだよ。わたしとこの男は今度、結婚する。で、一応、おまえにもそれを教えてやろうと思って、挨拶《あいさつ》に来たんだよ。優しいだろ。たぶん、世界中の人間を優しい順に並べていったら、わたしは三番目くらいじゃないの？」大口を開けて、投げ遣りに言う。「一位はマザー・テレサで」

「二位が知りたい」僕は質問してしまう。

「二位はほら、昨日、わたしが行った肉屋のおやじだよ。おまえも一緒にいたじゃねえか。余ったコロッケ、一個サービスしてくれた。優しいだろ」

何と返事をしていいものか困る。じゃあ存命中という意味では、あの肉屋の店主が一位なのか。

霜月りさ子は、繭美を見やり、その後でもう一度、今度は少し縋《すが》るような気配を浮かべながらも、「星野さん、そうなんですか」と確認した。すぐに、「その順位は恣意的《しいてき》なものだから」と答えそうになったが、もちろん霜月りさ子が言ったのは、優しい人間のランキングの話ではなく、結婚のことだとは気づいた。「そうなんだ」と答えた。たとえ、嘘であっても、いや実際には嘘なのだが、それを打ち明けるべきではない。「だから、もう君と会うこともないと思う。お別れを言いに来たんだ」

「でも、ずいぶん立派なマンションに住んでるよな。来て、びっくりしたよ。小学一年生の息子と女が二人で住むのに、こんなに贅沢《ぜいたく》な住居が必要なのか？」繭美は独り言のように言う。「あれだっけ？　離婚した旦那から慰謝料が、がっぽがっぽ入ってきたんだっけ。

確か、おまえが勤めてる銀行の系列の、証券会社の社員だよな」

僕は舌打ちをこらえる。がっぽがっぽ、という表現が下品だったからだ。「彼女は離婚の時、このマンションをもらって、それ以外は要求していないんだ」と霜月りさ子の名誉を守るような思いで、説明する。「慰謝料だってもらっていない」

離婚の原因は、夫の浮気だった。彼女はそのことにショックを受け、同時にひどく怒り、「海斗はわたしが働いて、自分で育てるから、助けはいっさい必要ない」と啖呵《たんか》を切ったらしい。確かに彼女は大手銀行に勤め、一定の収入もあり、金銭的に大きな問題はないようだったが、それにしても一人で子供を育てるのは簡単なことではない、と傍《はた》から見る僕にも分かった。

彼女の部屋に来るのが何度目になるのか、すでに数え切れない。霜月りさ子とは、あの、「フレンチ・コネクション」の話で知り合った一年半前から、二週に一度くらいの周期で会った。大半はこのマンションに来て、海斗君と彼女の三人で夕飯を食べ、それは僕が買ってきたフライドチキンであったり、彼女の手料理であったりしたのだけれど、とにかくそれを楽しみ、後片付けをし、トランプをしたりテレビを観たりして、過ごした。海斗君が眠った後でこっそりと彼女と抱き合うこともあったが、それは珍しいパターンで、たいがいは夜遅くまで二人でたわいもない会話をし、借りてきた映画を観た。

「星野さんと知り合えて、ラッキーだったなあ」霜月りさ子は時折、言った。「あの夫と別れて正解だったかも」

離婚した夫のことはほとんど聞かなかった。彼女がどの程度、喋りたいのか判断がつかなかったし、こちらも知りたいと思わなかった。

「『もっとお洒落して、女を感じさせろ』とか言ってたのよ、あの人。こっちは子育てでそれどころじゃないし、勝手だと思わない？」と笑いながら、愚痴をこぼしたことはある。

「りさ子さんといつまでも恋人みたいな関係でいたかったんだろうね」結婚経験のない僕にもそれくらいは想像できた。

「でも、女を感じさせろ、って抽象的な上に偉そうだと思わない？　じゃあ、可愛い洋服を買ってよ、って言うと今度は、『必要ない』って言うし。わたしね、ブランドのバッグだって欲しかったのに」

「欲しければりさ子さん、自分で買えそうだけど」

「自分で買うほどには欲しくないんです」彼女は顔をくしゃっとさせる。「誰かからもらえるなら嬉しいけど。だって、高級ブランドのバッグって、ほんと、高いんですよ。中古の軽自動車とか買えちゃうくらいで。信じられます？」

「でも、バッグはガソリンを食わない」

僕のつまらない返事に彼女は律儀に微笑んでくれて、「じゃあ、バッグをいつかちょうだい」と手を出し、「それにしても、星野さんと会えて、ラッキーだったなあ」とまた言い、少し神妙な顔になった。「わたしね、あんまり人生に期待していないんですよ。毎日、真面目に生きていても、そんなにいいことってないですし、大変なことはあるけど、それもまたしょうがない、という感じで。いちいち何かに期待したり、落胆したり、そういう感覚もだんだん、なくなってきているんです」

「味気ないじゃないか」

「はっとすることってあんまりないですよね。というか、わたしはそれでいいんだと思っているんです。ただ、星野さんと会えたのは、ラッキーでした」と彼女はくり返した。

そう言われると僕はやはり嬉しかったし、胸が弾んだが、一方で後ろめたい気持ちにもなった。霜月りさ子との交際と並行し、付き合っている別の女の人たちのことがあったからだ。ブランドのバッグ、と言われた際には、廣瀬あかりと交わした、「似合うけど安物の指輪と、似合わないけど高価な象牙があったら」というような会話を思い出し、にこやかな気持ちになったが、そのこと自体が、目の前にいる霜月りさ子に失礼だった。

部屋の隅に、こぶりなクリスマスツリーが飾られている。僕の腰くらいまでの高さの、おもちゃの樹で、簡単な電飾と雪がわりの綿が絡まっていた。

去年の十二月は、僕と海斗君でそのツリーを組み立てた。幼稚園児の海斗君は箱から電飾を引っ張り出し、「ねえ、星野のおじさんはサンタさんに何もらうの」と言った。

「僕はもらえないよ。もう大人だから」

「何で、大人はもらえないの。何で？」

改めて問われると理由は分からなかった。

「確かに、もらえても良さそうだよな」

「いい子にしていないと駄目だけどね」

「海斗君は何をもらうの。サンタから」

すると彼は即座に、「カフェレンジャーになりたい」と答える。当時放映されていたヒーロー戦隊物のテレビ番組のようだ。子供らしい大きな夢だ、と苦笑していると、「じゃあ、なるんじゃなくて、会いたい」と言う。それならば、と僕は思った。「カフェレンジャーショーみたいなのに行けば、会えるかもよ」

「そういうんじゃなくて、もっと、仲良く会いたいんだよね」

「仲良くってどんな風に。握手くらいはしてくれるよ」

「もっと仲良くだよ。名刺交換とかしちゃうくらいに」

僕は噴き出した。戦隊ヒーローが名刺を持っているとも思えなかったし、幼稚園児が名刺交換を知っていることにも驚いた。
「海斗君のお母さんは、たくさん名刺交換してるんだよ。仕事一生懸命やってるから」言いながら僕は自分の鞄から名刺を取り出して、「星野一彦と言います」と仰々しく、彼に手渡した。海斗君は喜んでそれを受け取ってくれ、自分も何かを渡したいのか部屋の中をがさごそ探しはじめる。ひとしきり探した後で、「名刺を切らしています」と言うので、また笑った。幸福感に満ちた思い出だった。海斗君とそういった会話をしながら、「来年の今頃も、海斗君と一緒にこうしてクリスマスの準備をしているのだろうか」と想像をしていたのだけれど、まさか、得体の知れない巨体の女を連れて、「彼女と結婚するから、もう会えない」と霜月りさ子に言いに来ることになるとは思ってもいなかった。

「あのさ、おまえにもね、同情はするんだよ」繭美はダイニングテーブルの椅子の上で、身体を弾ませるようにし、おそらくははしゃいでいるのかもしれないが、霜月りさ子を指差した。「離婚して女手一つで、子育てを頑張って、で、この、独身の星野ちゃんと知り合えて、恋愛のときめきを取り戻したかと思ったら、急に音信不通になった。でもって、久々に連絡があったと思ったら、こんな大女と結婚します、って言うんだからな。そりゃショックだよな」

霜月りさ子は、「それは」とぼそっと言った。「ショックですよ」

「しかも、車を当て逃げされたばっかりだろ。ついてないねえ」

「え」僕は驚きの声を上げた。

霜月りさ子も一瞬、息を呑み、繭美に視線をやった後で僕を見つめた。「どうして知ってるんですか？」

そんなことまで調べているのか、と怖くなる。霜月りさ子が怪しんでくるのを心配した僕は、とうの昔に怪しまれているのだろうが、「いや、彼女は」としどろもどろに言った。

「占いというか直感というか、そういうのがすごいんだ」

自分の身体が揺れた。隣から繭美に、どん、と突かれたのだ。あまりの勢いに椅子から転げ落ちる。必死に起き上がった。

「馬鹿言うな」繭美は口を尖らせている。「あのな、わたしは、占いだとか霊感だとか、そういうのが本当に嫌いなんだ」と言うが早いか、バッグをまたがさごそとやる。何が出てくるのか、おおかた見当はついた。辞書だ。ぱらぱらと開くと、「ほら、わたしの辞書に、『占い』も『霊感』もないだろうが」と霜月りさ子に見せている。「見ろよ。な、な、載ってないだろ」

「これ、サインペンで消してるんですか？」霜月りさ子が感心とも呆れともつかない声を出す。

「わたしのこの太い指じゃ、こんなに細い線は引けないとでもいうのかよ」

僕はげんなりする。「彼女はそんなこと言ってないだろ。君はどうしてそうも何だって、自分勝手に解釈して、被害妄想に持っていくんだ」

繭美がむっとし、辞書を向けてくる。僕は受け取らない。おそらく、「被害妄想」の項目も塗り潰されているのだ。それよりも、と霜月りさ子に向き直る。「車、当て逃げされたのかい」

霜月りさ子はうなずき、壁にかかった時計を眺める。午後の二時を回ったところだ。海斗君は四月から小学校に入学した。普段は彼女も銀行で働いているため、放課後には同じ敷地内の児童館で時間を潰す。

「あ、海斗君には今日のことは」

「話していないから。今日、銀行を休んだことも内緒にしてます」

僕が、霜月りさ子に電話をかけたのは三日前だ。この二ヶ月間、音信不通だったことを詫びもせず、ただ、「会って、報告したいことがある」と言った。彼女はすぐに用件を察したのか、「それは、わたしが前の夫に離婚話を切り出した時と似ている」と笑った。もしかするとそこで、「そんな話じゃないよ」と否定されることを期待していたのかもしれない。僕がその場で否定しなかったことで、彼女には意図が伝わったはずだ。

「あのな、さっきこのマンションに来た時、下の駐車場で、おまえの車が目に入ったんだよ。でかい黒色のミニバン。フェンスのところのプレートに霜月って書いてあったからな、珍しい苗字だし、間違いねえだろ。で、助手席側の後ろがべっこり潰れてるのが見えた。ああ、こりゃやっちまったな、とぴんと来た」繭美は推理を披露するかのように、とうとうと喋り出す。耳搔きをくるくる回す。「最初は、どうせおばさんは運転が下手だからな、自分で事故ったんだろう、と思った。けどな、あの横腹が凹んでる様子は、誰かに当てられた感じだろ。コンビニの駐車場に停めてる時に、入ってきた別の車が、どん、ってぶつかってきたパターンだ」

霜月りさ子は目を丸くする。鼻の脇から口元にかけての皺が目立ちはじめてはいるものの、驚きの表情は少女のようでもあった。「昨日の夕方なんです。日曜日だったから、海斗を連れて出かけた帰りで、コンビニエンスストアの駐車場に停めて買い物をしていたら、ぶつけられちゃって」彼女は、マンションからさほど離れていない場所にある店を口にした。大通りから一本入ったところで、店舗の前に四台分の駐車場が備わっている。僕も何度か訪れた。海斗君とペットボトルのお茶を買おうとし財布を忘れて出直した、そんな思い出もあった。

「だけど、当て逃げかどうかはどうして分かったんだ」僕は、繭美に訊ねる。「誰かがぶつけたとしても、逃げたのではなく、ちゃんと謝罪してくれた可能性もあるだろ」

「あのなあ」繭美は面倒臭そうに言い、劣等生は食い殺すぞ、と威嚇するかのような形相を見せた。「夫に浮気される。親しくなった男は大嘘つきで、おまけに、大女のハーフに奪われる。そんな奴は、もう、ついてない星の下に生まれてるわけよ。車が凹まされたとしたら、犯人に逃げられてるに決まってんだ」

霜月りさ子は、繭美の理屈にもなっていない理屈をぼうっと聞いていたが、「説得力ありますね」と自嘲気味に答えた。

「りさ子さん」と僕は思わず、彼女に声をかける。こんな偉そうで、人の気持ちを蔑《ないがし》ろにするのが趣味のような女の言うことを真に受けてはいけない、と。「それに、僕のどこが嘘つきなんだ」

「ジーン・ハックマンに車を取られた、とかそんなことがあるわけねえだろうが」

「ジーン・ハックマンは譬えだ。刑事が、車の前に立ちはだかっていたから、慌ててブレーキを踏んだ。何事かと思えば、運転席から僕を引っ張り出して、そして、乗っていった」

「だからなあ」繭美が苛立った声を出す。が、彼女はさほど苛立ってはいないのだと僕にも分かった。一緒に行動しているうちにだんだんと把握できたのだが、常に不愉快そうで、絶えず不満を抱えている様子で、いつも何かに怒っているように見えるのが、繭美という人間なのだ。それほど不愉快ではなく、さほど不満もなく、怒ってもいない、そういう時にもそう見えてしまう。彼女が本当に、外国籍の親を持つハーフなのかどうかは定かではないが、そういったずれた感情表現も、文化の違いから来ているのではないか、と想像したくなる。「だから、そんなことがあるわけない、って言ってるだろ。日本の刑事がそんなことするのか」

「実際にそうだったんだ」

「でもって、そんな刑事に車を貸しちゃう奴がいるはずがない」

「ここにいるんだ」僕は自分を指差す。「そりゃあ、僕だって冷静になればいろいろ思うところはある。だけど、突然ああいう風に刑事がやってきて、手帳を見せて、『東署の刑事だ。車、あとで返す』なんて乱暴に言われたら、意外に貸しちゃうもんなんだ。信じてしまうんだ。それを経験で学んだ」

「あとでちゃんと車、返してもらったんですもんね」前に座る霜月りさ子が目を細める。

共通の思い出話をそっと取り出し、披露するかのようだった。

「謝礼とか表彰とかはあったのかよ」

「いや、ない。ガソリンは足してあった」

「怪しいじゃねえか。だいたい、その刑事は何の犯人を追ってたんだ」

「教えてくれなかったけど、たぶん、何かの凶悪犯だったんじゃないかな。それこそ、狙撃犯みたいな」

「あるわけない」繭美は断定する。「何て刑事だよ」

「ああ、それはよく覚えてるんだ。不知火《しらぬい》刑事。珍しい名前だろ」

そこでマンションが揺れた。地面から巨大な力で突き上げられたのかと思ったが、ようするに繭美がテーブルを叩いたのだった。テーブルの上の湯呑みが危うく倒れそうになった。というよりもよくぞ倒れなかった、というほどの揺れだった。

「おまえな、不知火なんて名前の刑事がいるわけがねえだろうが。不知火刑事なんて、いかにもそれっぽいだろ」

「それっぽいならいいじゃないか」

「できすぎって話だ。それにな、不知火なんて名前の男は、白新高校のピッチャーだけなんだ」

繭美の言葉には迫力があったが、今までとは少し異なる熱がこもっていたため、僕は、おや、と彼女を見つめる。「白新高校って何だ」

「ドカベン読んでねえのかよ、男のくせに」繭美はこの二ヶ月の間で、もっとも軽蔑した目でこちらを見た。まさか、ブロンドの髪の女性に、ドカベンについて力説されるとは思わなかった。「山田太郎をあれだけ追い込んだのは、不知火しかいねえんだよ。しかも、片目が不自由だったんだ。伊達政宗の元祖みてえなもんだ」

「いや、順番が逆だと思う」僕は指摘したが、繭美はまるで気にしない。仕方がなく、「甲子園で活躍した投手なのか」と訊ねると、「明訓高校のせいで出場できなかったんだよ」と意味の分からないことを言う。

はあ、と僕はぼんやりと返事をした。「村田兆治よりも凄いのか」

「何でここで村田兆治が出てくるんだよ」繭美は面食らったようだったが、それでも、「いい勝負だな。どっちもいい投手だよ」とうなずいた。「とにかくな、不知火は、あの不知火しかいるわけない。刑事の名前が不知火のはずがあるかよ。その名前からして、おまえが騙されているのは明らかだ」

いったい何の話をしていたのかも見失ってしまい、頭に濃い霧がかかり、このまま何も考えられなくなるのではないか、と思いはじめた時、「分かりました」と霜月りさ子の声が聞こえた。その声は強くもなければ感情的でもなく、静かに零《こぼ》れ落ちた雨垂れのようでもあった。

「分かりました？　ああ、不知火がどんなに凄い投手か分かりました、ってことか」と繭美は得心がいったようだった。

そんなはずがない、と僕は思ったし、実際、霜月りさ子は違う答えを口に出した。

「そうじゃなくて、星野さんが今日、報告してくれたことについてです。結婚される話です。わたしは分かりました。というよりも、何かを言える立場じゃないんですよね」彼女のまばたきが増える。頬のまわりが少し引き攣《つ》るようだったが、目を細めて口角を上げ、表情を和らげようと努力している。海斗君の我儘《わがまま》に対して、苛立ちを抑え、必死に母親としての態度を取ろうとする時と同じだ。無理をしている。が、その無理はとても偉大なものに思えた。

繭美が威勢良く、手を叩いた。「いいじゃない。おばさん、見直したよ。物分かりがいい上にさっぱりしてる。あ、でも先に言っておくけど、金は払わないよ。当て逃げの修理代欲しさに、手切れ金とかそういうのを期待してるんだったら大間違いだから」

僕はさすがに、「おい、いい加減にしろよ」と声を荒らげた。何もそこまで霜月りさ子をからかう必要はない。「人を傷つけて何が楽しいんだ」

繭美は、僕の強い口調くらいでは動じない。むしろ、落ち着き払ったまま、売られた喧嘩は値札を見ずに買うことにしている、と言わんばかりの身の乗り出し方で、顔をぐっと近づける。丸く、大きなその顔面は接近するだけでも威圧感があった。まず、「ルールを忘れるな。おまえは、わたしの発言を止められない」と潜めた声で言い、「それにな、人を傷つける以上に楽しいことがあったら教えてくれよ」と堂々と続けた。

僕は、霜月りさ子をまっすぐに見る。罪悪感と悲しさで目も合わせず、立ち去りたかったのだが、二つの理由からそれができなかった。一つは、こうなったのはすべて自分の蒔いた種であるから、居心地の悪い場面から逃げ出すのは卑怯だ、と思ったからだ。そして、もう一つは、もしかするとかなりの確率で、霜月りさ子と会うのはこれが最後だと感じていて、だから、それならば少しでも彼女を見て、姿を記憶に残しておこうと思ったのだ。

僕はあと二週間もすれば、〈あのバス〉に乗せられる。〈あのバス〉がどこへ、何の目的で、人を乗せていくのかはまだ教えられていないが、繭美や繭美の仲間たちの話を聞いている限りでは、平和な環境とはほど遠い場所へ行くのに違いなかった。

〈あのバス〉に最初、五人が乗りました。ある駅でその五人を下ろしました。しばらくして、来た道を戻るために全員をまた乗せて、〈あのバス〉は帰って来ました。さて、戻ってきたのは何人ですか?

藺美は、「よくある洒落たクイズだ」と前置きして、そう言ったことがある。五人、と答えればもちろん誤りだ。「〈あのバス〉で乗っていった先は、とてもじゃないけど人間の生活が送れないからな。帰ってくる時にはすでにみんな、人とは呼べねえんだよ。だから、答えはゼロ人だ。全員、人じゃない」

何と悪趣味で、おぞましいクイズなのか、と僕は慄《おのの》いた。

霜月りさ子が時計を気にする。海斗君が帰ってくる前にさっさと僕たちに出て行ってほしい、と願っているのか、それとも、僕との最後の時間を少しでも延ばしたいと思ってくれているのか。

藺美が立ち上がった。「じゃあ、話は終わったな。わたしたちは結婚する。祝福してくれよ」

隣の僕の肩をつかみ、そのまま引っ張り上げようとするので、僕も慌てて椅子から立ち上がる。

玄関まで見送りに来てくれた霜月りさ子は、「あの」と声をかけてくれた。「結婚する星野さんにこういうことを言うのもなんですけど、この一年半、楽しかったです。会えて良かったです」

言葉に詰まる。胸からこみ上げる思いが、僕の内なる紐を引っ張ろうとする。紐が解けた途端、自分の涙腺が緩み、心の柱がふやけ、謝罪を叫び、その場にぺしゃんこになるのは間違いがなかった。小さく相槌《あいづち》を打つ。歯軋りのような返事しかできない。

「海斗には」と彼女が続けて口にした瞬間、僕は目や鼻の付近をぎゅっと絞られるかのような感覚に襲われ、慌てて、背中を向けた。ドアを開け、外に出る。「海斗には、星野さんが転勤したと言っておきますから」と後ろから声が飛んでくる。

「おい、先に行くな、わたしを置いていくなよ」繭美が騒がしく、追いかけてきた。遠慮なく、横から僕の顔を覗き込むと、「しかも泣いてるんじゃねえよ」と肩を平手打ちしてきた。あまりに痛くて、僕の涙はさらに止まらない。


珍しく、というよりも初めて、繭美はもっともなことを言った。霜月りさ子のマンションを後にし、駅までの道すがら、たまたま通りかかった甘味処に入ってからだ。

あんみつの大盛り、大盛りがないなら今すぐ作れ、と店員を脅しつけた繭美はおしぼりで手を拭き、僕に向き直ると、「あのな、おまえは、わたしと会う前から、五人の女と並行して、付き合っていた。そうだろ」と太い指を突き出した。

僕はうなずく。涙は止まっていたが、気を抜くとまた、流れはじめそうだ。

「ってことはだ、わたしたちが関わっていなくても、いつかはこうやって、女と別れる時が来たわけだ。さっきのあの、子連れの女に、『実はほかに女がいるんですよ』なんて言って、残酷に捨てる可能性はもともとあった」繭美が何を言いたいのか、僕にも分かりかけてくる。「つまり、今回の、〈あのバス〉のことがなかったとしても、おまえはあの女を捨てていた。そういうことだろ？　終わりは遅かれ早かれ来たわけだ。なのに、何も悪いことをしていないのに僕ちゃん悲劇に遭遇しちゃった、みたいな態度を取るんじゃねえよ」と早口で言う。

もっともだ、と思った。

「な？　どうなんだよ。それに、今は五人だが、これまでにも別れた女はいたんだろ？六人だったり、八人だったり、三人だったこともあるんじゃねえか、どうせ」

確かにその通りで、いつの間にか連絡が途絶えた女性もいれば、僕から別れ話を持ち出した相手もいた。交際期間はまちまちで、開始と終わりの時期はみんなずれている。

「だいたい、今付き合っている五人とは、最終的にはどう決着つけるつもりだったんだ。五人から一人を選び出すつもりだったのか？　まさか、永遠に、五股関係を続ける予定だったわけじゃあるまいし」

「いや」僕は顔をしかめて、恐る恐る口に出す。「誰か一人を選ぶつもりなんてなかった。僕は、どの人と一緒にいるのも楽しかった。それこそ、ずっとこういう関係が続いていけばいいと思ってた」

「全員と、か」

「全員と、だ」僕は今までもそう思ってきた。

「で、さらに惹かれる女性が現われたら、そいつとも並行して、付き合う予定だったんだな。友達百人作るんだ、ってやつか。おまえは小学生か。あのな、わたしが今、タイムマシンを拾ったら、まず間違いなく、おまえを小学校時代に送り返す。で、やり直せ。小学生からやり直せ」大きな声ではないものの、泥をこねて作った団子を次々投げてくるような雰囲気で、彼女は言葉をぶつけてくる。そこで店員がやってきて、丼を優しく置いた。大盛りのあんみつが到着したのだ。繭美は途端に機嫌が良さそうになり、「お、大盛り、やればできるじゃねえか」と言う。

僕はその、非常に美味しそうなあんみつの山を眺めながら、手元の湯呑みに口をつける。駄目でもともとの思いで、「大盛りを頼んだのは、僕に分けてくれるつもりだからか」と訊ねたが、案の定、繭美は表情を強張らせた。「おまえ、冗談にもほどがあるぞ。金がない奴は、お茶をちびちび飲んでろよ。見せてやるだけでもありがたく思え」

もちろん、反論はできない。金がないからこそ僕は、〈あのバス〉に乗ることになり、この体長二メートル弱の女に監視されている。

藺美はあんみつを、見惚れるほどの力強さでたいらげていく。

湯呑みを大事に手に持ち、唇を湿らすかのようにゆっくりと飲み、少しして僕は、「頼みがあるんだ」と言っていた。

藺美は素早く、睨みつけてくる。うっかり近づいた僕に、「これを渡すものか」と落ちた菓子パンを抱え込むように、昔、子供の頃に、空き地でばったりと会った野良犬を思い出した。うっかり近づいた僕に、「これを渡すものか」と落ちた菓子パンを抱え込むようにし、唸り声を轟《とどろ》かせた。

「あんみつはやらねえぞ」

「そうじゃないんだ」

「じゃあ、ラーメンでも食べに行きたいか」藺美が意地悪そうな目を、こちらに向ける。

僕は即座に、首をぶんぶん左右に振る。ラーメンは先日、身体の血管にまで麺が入り込むほど大量に食べたばかりだった。たぶん、金輪際、ラーメンは食べられないのではないか、と心配もしているのだが、一方で、「あんみつなら大食いできるかもな」などと思う自分もいるから、我ながら呆れてしまう。喉元過ぎれば、というやつだ。

「当て逃げの犯人を見つけたいんだ」僕は探るように言った。

繭美は、大盛りのあんみつがない、と聞いた先ほどと似た顔になった。つまり、信じがたいものに遭遇した、という表情だ。「何を言ってんだ、おまえ」

「君が言ったように、りさ子さんは本当についてないと思う。男運は悪いし、車を当て逃げされた。でも、その当て逃げの犯人くらいは見つかってもいいんじゃないか」

「おまえは馬鹿か」

「その、彼女が当て逃げされたコンビニに行ってみるだけでいい」

「犯人なんて見つかるわけがないだろうが」スプーンについている餡《あん》を舌で綺麗に舐めながら、繭美は言い切る。

「店員に話を聞くだけでも」

繭美は仏頂面で、かたくなに首を横に振った。何もかもが気に入らない様子で、どうしておまえの望みを叶えねばならないのか、と怒った。

僕はひたすら頭を下げ、お願いをする。交渉するにしても、財産も特技もないのだから、彼女に示せる交換条件など何もない。「たぶん、ここで君が一緒にコンビニに行ってくれたら、僕の中では、マザー・テレサの次に優しい人間として位置づけられるよ」と言うのが精一杯だ。「肉屋の店主を抜くだろう」

繭美は面倒臭そうに、息を吐いた。「タイムマシンがあったら、おまえを小学校に送り返すのはやめた。おまえの生まれる前に行って、おまえの親たちに避妊を勧める」

コンビニエンスストアの店員は、前髪の一部が、ソフトクリームのように尖った、凝った髪型をした若者だった。「昨日の夕方、駐車場で当て逃げをした犯人のことを知りたい」と言い出す僕に、不愉快丸出しの顔をした。隣には、体格のいい格闘家のような女がむすっと立っているのだから、不気味に感じているのかもしれない。「何か、一つでもいいから商品、買ったらいいのに」とぼそっとこぼすのが聞こえた。それを耳ざとく拾った繭美は、「うるせえな、こんな店で買いたいものなんて一つもねえんだよ」と早くも、攻撃的な態度を取る。

彼女はおそらく、他人との人間関係を円滑に維持しようという考えがはなからないのだろう。好き好んでなのか、やむをえなくなのかは分からないが、とにかく、何かと接するたびに軋轢《あつれき》を生むという意味では、ハリネズミかスパイクタイヤか、もしくは繭美か、という具合ではなかろうか。

「ちょっと」若者が、繭美を睨んだ。「何の嫌がらせなんですか」

「嫌がらせじゃないんだ」僕は、繭美の前に手をやる。この野蛮そうな動物はちゃんと制御できるんですよ、と相手にアピールするためだ。「昨日の夕方、そこの駐車場に黒のミニバンが停まっていた。そして、当て逃げされたんだ。夕方、シフトに入ってた店員さんと話がしたいんだけれど」僕は、店員に訴える。繭美はそこでおもむろに、その場を離れ、ふらふらと店内をうろつきはじめた。奥へと行き、ジュースの収納された冷蔵棚の前を通ると、雑誌のコーナーへと移動している。

「昨日も俺ですよ」店員の若者が億劫《おっくう》に告白したので、僕は慌てて、前を向く。「あ、君が？」

「ですよ。昨日も昼間から六時まで俺がいました」

「じゃあ、話は早い。昨日、駐車場で当て逃げがあったんだ。覚えてないかい」

「それ、お客さんの車？」

「知り合いのミニバンなんだ。三十代の母親と小学一年生の子供で、この店で買い物をして、帰ろうとしたら助手席側がぼこっと凹んでて」

「そんなこと言われても分からないですよ」

「子供は海斗という名前で、少し生意気だけれど、可愛いんだ。昼寝をすると決まって、寝言を言う。母親のほうは小柄だけど姿勢が良くて、目は二重で、しっかりとした性格なんだ。時々、泣くのを我慢しているけど」説明しながら僕は、霜月りさ子と海斗君の並ぶ姿を頭に浮かべた。彼らとはもう二度と会えないのだ、と気づき、痛みを胸に感じる。

若者は残念そうに、口を尖らせ、肩をすくめた。「その説明、ぜんぜん、分からないです」と短く答える。愛想は良くないが、悪い人間にも感じられなかった。喋り方や表情に、やわらかみがないだけで、おそらくそれは生来のものなのだろう、わざと意地悪く反応しているわけではないに違いない。

「それよりも」と彼は雑誌コーナーに一瞥《いちべつ》をくれた後、カウンターから身を乗り出すようにし、僕に顔を近づけた。「あの、女の人、あの人、何者すか。怖くて、でかいですけど」身体も大きければ、態度も大きい、何から何まで規格外の女を前にして、彼も戸惑っているのだろう。何と答えるべきか悩んだ。僕の足元あたりに、スポーツ新聞が並んでいて、その一つ、胡乱《うろん》な記事で有名な新聞に、「知能実験中のゴリラが逃走中」なる見出しが載っているのが見えた。はっとする。目を上げると、店員も、僕の視線を追っていたのか、その見出しを読んだらしく、目を丸くして、僕に視線を向けてきた。しばらく、まじまじと見詰め合う。僕は曖昧《あいまい》に、意味ありげな仕草でうなずいた。彼は表情を強張らせていた。

僕は笑いをこらえる。

タイミングを計ったかのように繭美が戻ってくる。「なあ、見つけたぞ、駐車場を映してるビデオがあるじゃねえか。ほら、あそこに一台。あれなら、その当て逃げを映してる可能性が高いぞ。あの、防犯ビデオを見せろよ」と外を指差しながら、のしのしと接近してきた。

店員は慌てて、姿勢を戻し、反り返る。まさに知能を持った狂暴なゴリラを前にしたかのような怯えを浮かべた。ちらちらと新聞のある場所に視線が行く。

「ビデオ見せろよ。そうすりゃ解決だ」繭美が力強く言った。

なるほど防犯ビデオか、と僕も感心する。

「いや、ビデオは」店員が言い淀む。

「あるだろ。ほら、あそこでこっそり駐車場を映してるだろうが」

「いえ」店員は言いにくそうに答える。「ああいう防犯ビデオは、警察にしか見せられないんです。前に店長に言われました」

ちっ、と繭美が舌打ちし、まったく役に立たない男だな、と小声で愚痴をこぼしたのだが、少しすると僕のことを思い切り叩いた。腕が取れるかと思うほどの力強さだ。「そういや、警察って言えば、おまえじゃねえか」

「どういうことだ」

「おまえのお友達、不知火刑事の出番に決まってんだろ」

二十分後、僕はハンドルを握り、必死に車を運転していた。いったん停止し、落ち着きたいにもかかわらず、車は先へ先へと進んでいく。自分の意志では止められず、ひたすら前進するほかない、という意味では、まるで人生のようだと思い、その喩えの陳腐さに恥ずかしくなるが、その恥ずかしさも、車の加速により後方に吹き飛んでいく。ハンドルを握っているのは僕だが、アクセルを踏んでいるのは僕ではない。助手席にいる繭美が横から右足を、運転席のところに押し込んできて、無理やりアクセルを踏んでいるのだ。樽《たる》のような巨体から伸びる脚は予想以上に長かった。こちらの右足の置き場を横取りし、ぐいぐいとアクセルを踏む。速度は増し、反対に、道は細くなっていく。古い商店街の通りで、二台がすれ違うのはほとんど無理と思える道幅だった。

「おい、車間が空いてきたぞ。もっと近づけ」繭美が、前を行く青のコンパクトカーを指差す。「馬力からすればこっちのほうがあるに決まってんだ。追いつかなかったら恥だぞ」

「でも、まだ、この車、慣れないんだ。危ないから足をどかしてくれ」繭美の脚が邪魔で、ブレーキが踏めない。

「いいから、ハンドルをちゃんと操作しろよ。こういうのは勢いでびびらせねえと駄目なんだ」

前を見ると路上駐車の車がいる。慌てて右にハンドルを傾ける。ぶつからずに横を抜けると今度は前方から白のベンツがやってくる。血の気が引く。咄嗟に反応ができず、白い車は僕たちの車に立ちふさがるかのように、巨大に思えた。もうぶつかる、と顔を伏せた瞬間、車が左に勢いよく曲がる。助手席の繭美がハンドルをつかんで、強く回したのだ。

「おまえがびびってどうすんだよ」と平然と言い、アクセルを踏む。僕はハンドルをつかみ直し、前を向いた。「最初から君に運転してもらえば良かった」

「免許持ってねえから、何かあった時に面倒だろ」

「何かあった時ってのは何だよ」

「前の車にぶつかるとか、そういうことだよ」

歩道にいる人たちが乱暴に駆け抜ける僕たちを訝しげに見送る。

「おまえが、不知火刑事に早く電話をしないからこうなったんだろうが」繭美が唾を飛ばしてくる。先入観のせいなのか、彼女の唾のかたまりは固く、小石のように感じられた。

「電話する暇なんてなかっただろ」

コンビニエンスストアで店員が、「防犯ビデオは警察以外には見せられないんです」と言った際、繭美はすぐに、「不知火刑事に電話しろ」と騒ぎはじめた。おそらくは僕の、不知火刑事にまつわる話を嘘だと決め付けている彼女は、これを機に、不知火刑事を呼べ呼べ、と責め立て、僕を困惑させようという魂胆だったのかもしれない。店員は、「何ですか、不知火刑事って」と眉をひそめた。

そこで自動ドアが開き、ある客が店に入ってきた。

ひょろ長い体形の、背広を着た男だ。年齢は三十代くらいだろうか、僕よりは年上に見えた。風邪なのかマスクをしている。彼は店内に足を踏み入れると同時に、レジを見て、そこで寄り集まっている僕や繭美を一瞬だけ視野に入れると雑誌のコーナーへと移動した。

「あいつ、怪しいぞ」男をじっと眺めていた繭美が振り返り、僕にそう言った。

「あの人が？　マスクをしてるから？」

「そうじゃねえよ。今、こっちを見て、目を逸らしたじゃねえか。疚《やま》しいことがあるに違いない」

「君の姿を見たら、誰だって、目を逸らす」

「眩しいからか？」繭美が、にやにやしながら言う。いつだって外見を嘲笑され、畏怖されてきた者の開き直りの返事だったが、彼女のにやつきが少女のようにも見え、一瞬ではあるけれど、僕は本当に眩しさを覚えた。

繭美はすぐに歩きはじめ、店の外へと向かう。おそらく、彼女の辞書には、「説明」や「報告」もないのだろう。こちらに何も告げず、自動ドアをくぐって出て行く。僕も後に続こうとしたが、繭美が戻ってきて、「おい、おまえ」と窓寄りの売り場に指を向けた。雑誌を読んでいたマスクの男がこちらを向き、明らかにぎょっとしている。「おまえ、車、当て逃げしただろうが」と繭美は店内に響き渡るような声を出した。「おまえの車、あの青いやつだろ。後ろのバンパーと板金がぼこっと見事に凹んでるじゃねえか」

え、と思い、外の駐車場に出てみた。青のコンパクトカーがお尻を向け、一台停まっている。その右後部が確かに、歪んではいた。

「あ、ほんとだ」店員の若者もいつの間にか横にいる。「この車、時々、見ますね」と言った。

店の中から獣の咆哮《ほうこう》が、繭美が発する威嚇の怒声が、聞こえてくる。何を喋っているのかは把握できなかったが、驚くことではないだろう。あの繭美の感情や言葉など、理解できなくて当然だ。彼女が人間の言葉を発し、僕たちとコミュニケーションを取れることのほうが驚きなのだ。なぜ、彼女が吼《ほ》えたのかはすぐに分かった。マスクの男がどたばたと飛び出してきたからだ。火事場から荷物を抱えて逃げ出すような勢いで、一心不乱に青い車に乗る。待てよ、と繭美は、彼女の星の言葉で叫んだのだ。

男の乗った車は、エンジンがかかる前に発進したのではないか、と思いたくなるほどの早急さで、出発した。

車道へ出て行く青い車を見送っている僕は、後ろから駆けてきた猛獣に襟《えり》をがぶりと噛まれ、引っ張り上げられ、連れ去られる。「追いかけるぞ、おい」

指摘したいことや注意したいことが山ほどあった。が、とりあえずその中の一つだけを口に出す。「車がない」

「車はある」繭美は即答したかと思うと、車道に飛び出し、ちょうど走ってきた黒のセダンの前で手を広げた。距離はそれほど近くなかったため、セダンは急ブレーキをかけながらも無事に停車したが、そうでなかったとしても彼女自身のその巨体が緩衝材となった可能性はある。「おい、早く来い」と繭美が呼んだ。そして彼女はあれよあれよという間に、席から運転手を引き摺り出していた。

「運転しろ」と彼女に言われるがままに僕は運転席に飛び乗る。もはや、自分が何をしているのかも分からない。「車借りるぞ。東署の不知火だ!」と繭美は、運転手に言い残し、助手席に飛び込んできた。車を発進させた。

「だいたい、前の車が、当て逃げ犯かどうかも分からない」ハンドルを握る腕がくたびれてきたが、休むことはできない。少しでも手を緩めると、歩道に乗り上げるなり路上駐車の車に激突するなり、何らかの事故が起きそうだった。

「わたしが声をかけたら、逃げたじゃねえか。疚しくない奴が逃げるわけねえだろ。それに、車も凹んでた。ありゃ、犯人だ」

「君に怒られれば誰だって逃げたくなる。車の凹みも、りさ子さんたちの当て逃げとは無関係かもしれない。だいたい、昨日、当て逃げした所にまた、のこのこやってくると思うか?」

「世の中、意外に図太い奴が多いんだ。わたしなんて、前の日に駐車場で人にぶつかったってのに、それから毎日そのファミレスに通ったぞ。もちろん免許なしでな」

「君は特別なんだ」

「眩しいか?」

道が丁字路にぶつかる。前方の青い車は右に折れた。信号が黄色になるのが見えた。通常であれば、ブレーキを踏み、大人しく停まるべきタイミングであったのだが、もちろん繭美には、彼女の星からすれば、そのような感覚は常識的ではないのだろう。「ハンドルうまく回せよ」と言うが早いかアクセルをさらに踏み込む。加速によって、胃が浮かぶかのような恐怖に襲われる。そこで放心状態になってしまったら万事休すだ、ということくらいは分かった。瞑《つむ》りたい目を必死に開け、ハンドルを回す。

無事に右折ができ、ほっとしたのも束の間、繭美は当然のようにアクセルを吹かそうとした。が、青い車が停まっていた。ぶつかる、と僕は悲鳴を上げながらも、どうにかブレーキを踏む。つんのめるように、車が停止した。僕たちの身体は、前に放り出されるくらいに少し浮き上がった。

道が、工事中で行き止まりになっていた。もしかすると右折前に、行き止まりを予告する看板があったのかもしれないが、目に入っていなかった。青い車の、マスクの男も同様だったのだろう、慌てて停車したに違いない。

繭美は判断と行動が素早かった。助手席から飛び出すと、すぐに歩道を走る。青い車からよろよろしながら出てきた男に駆け寄っていく。

男は歩道に上がったものの、足取りも覚束ない様子で、一方の繭美は戦車がキャタピラで進むかの如く、しっかりとした足の運びだったから、これはもう、その勝敗は火を見るより明らかで、ほどなく、繭美が男に体当たりを食らわせた。その場に通行人はおらず、しかも工事に携わる人たちは作業に夢中だった。誰も見ていないうちに、男が転んだ。繭美は本当に手際が良く、倒れたマスクの男を引っ張り上げると歩道の隅へと移動させる。

大きな頭陀袋《ずだぶくろ》を引き摺るかのように、古びたビジネスホテルの裏手へと消えていく。僕も慌てて、後を追った。

繭美の体格が丸みをおびているからなのか、それとも手馴れた様子だからなのか、彼女が、男を壁に押さえつけ、右肘で殴る光景は、殺伐としたものではなく、プロレスのショーのような安心感を滲ませていた。さすが、体形は反則が得意だった外国人レスラーに近いだけある。ばすん、と肘で殴り、さらに、ばすん、と続ける。マスクの男は目を白くさせ、気を失う寸前だ。

「おい、ぼさっとするな」と彼女が、やってきた僕に声をかける。「早く、そいつの財布を出せ」

僕は落ちているバッグを拾い、慌てて、中に手を入れる。「あった。でも、これをどうするんだ」

「弁償させるに決まってんだろうが。当て逃げの修理代もらわねえとな。あとは、迷惑料とかわたしたちへの慰謝料とか」男のことを左手で壁に押しつけながら、繭美は淡々と言う。いったい慰謝料とは誰の何を慰めるためのものなのか、と呆れた。どう考えても、失神状態にある男のほうがそれをもらう権利があるように思える。

「違う!」男がそこで最後の力を振り絞ってみせた。「当て逃げなんて知らない」と。

「うるせえな。この期に及んで、何言ってんだよ。じゃあ、何で逃げたんだよ」繭美が右腕を、彼の喉元にぐいっと押し当てる。男は声も出なくなる。「おい、紙幣とクレジットカードを抜き取れ」

僕は命令に従い、財布の中を覗く。紙幣は十万円分ほどある。自分のやっていることの善悪はさておき、胸が弾んだのは事実だ。クレジットカードは二枚あった。他にも何かないか、と財布を検《あらた》めていると、小銭入れの脇から透明の小袋が零れ落ちた。粉薬が入れられたようなビニール袋が三つほど、地面に落下する。「あ」

「どうしたんだ」

僕はそれを拾って、まじまじと眺めた。

「おい、動くな」と背後から声がした。

長髪で鼻が高い、脚の長い男が立っていた。銃は構えていなかったが、眼光が鋭く、威圧感に満ちている。左手には、手帳が広げられている。「警察だ。動くな」と低い声で言う。

不知火刑事だった。

数日後、僕と繭美は深夜の一時に、街路灯の下にいた。暗く、風が冷たい。繭美の恰好は、何と言ってもこのシーズンに最適な服装であるから、それなりに防寒性があるに違いないが、僕は丈の短いコートで、寒くてたまらなかった。

「何で、わたしがやらなくちゃいけないんだよ」繭美が不満げに言ってくる。

「だって、僕は、海斗君に面が割れてるし。今さら、ここまで来ておいて、何を言ってるんだ」

「今、深夜一時だぞ。小学生が起きてるわけがねえだろうが」

「目を覚ますかもしれないだろ。念のためだよ」

電信柱の陰で、寒い寒いと手をこすりながら立っていた。

「じゃあ、これを」と僕は持っていた大きな箱を繭美に渡す。彼女は渋々、自分の持っている大きな袋を広げ、それを中に入れた。箱を見下ろしながら、「こんなに高いものを買いやがって。誰の金だと思ってんだ」と嘆く。

「彼のカードだ」

「犯罪じゃねえか。泥棒野郎」

僕はそれには答えなかった。実際、泥棒行為には間違いない。先日、僕たちが車で追いかけ、繭美が殴って捕まえたマスクの男は、結局、駆けつけてきた不知火刑事に逮捕された。非合法の薬を所持していた現行犯だ。不知火刑事は最初、僕のことを見て、「どこかで見たことがあるぞ」と悩んでいるようだった。以前、車を貸したことを話すと、「ああ、あの時のか」と急に表情を緩めた。「実はさっき、車を奪われたという通報があったんだ。黒のセダンを二人組が乗っていって、しかも、俺の名前を口にしたという。で、駆けつけてきたんだが」

「不知火さんの真似をしたんです。緊急事態でしたから」僕はしゃあしゃあと言い訳をした。

「こいつが、怪しげな薬を持っていたからな」繭美も罪悪感など欠片《かけら》も見せず、嘘をつく。「逃げられたら困るだろ。で、あんたを呼ぶようにしたんだ。手柄にしてやろうと思ってな」

不知火刑事は何も言わず、周辺を見渡し、その場に落ちている粉薬のビニール袋を拾い、破き、中の粉を指を使い、舐めた。味わうかのような、沈思黙考するかのような間がある。不知火刑事の出で立ちや行動にはどこか、映画の中のジーン・ハックマンにも似た、不良刑事の趣があり、彼は一般的な常識やルールに縛られていないのではないか、自分の損得について計算をしているのではないか、とそんな予感がした。

「よし」やがて、彼は言った。「その男は、俺が捕まえたことにする。ここは俺が預かる。おまえたちはここからいなくなれ。暴走行為は見逃してやる」

え、と僕は戸惑ったが、繭美は飲み込みが早かった。「そりゃどうも。ありがとさん」とその場を立ち去ろうとする。

「この間のお礼だよ。車、無茶して借りただろ。あれ、ばれたら面倒だったんだ。助かった」小さく敬礼した右手を気障《きざ》に振り、不知火刑事は、ふっと息を洩らした。

はあ、と僕は小さく混乱しつつも頭を下げ、「これで、貸し借りなしですね」と余裕のある風を装い、答える。

不知火刑事は満足げに何度かうなずく。

「じゃあ、おまえ、これ。こいつを頼むよ」繭美は、刑事相手であっても粗野な態度は変わらない。マスクの男のまさに首根っこと言える場所をつかむようにし、不知火刑事に手渡した。

不知火刑事は、繭美の巨体に目を瞠りながらも、さすがというべきか落ち着き払い、手錠を用意する。

横から眺めていると、向き合う繭美と不知火刑事が、牽制し合う野生動物に、たとえば狂暴な熊と俊敏な狼のように見えた。

「おまえさ、どこ高校出身なわけ？」繭美がぼそっと訊ねる。

不知火刑事は唐突な質問に訝った。が、すぐに、「白新高校だ」と答えた。

「そうか。なら、いい」

反応に困ってしまう。

そして僕たちはこれ以上、関わらないようにとその場を離れ、乗ってきた黒のセダンもそのままにし、退散した。

男の財布を尻ポケットに入れたままだと気づいたのは、ホテルに帰ってからだった。故意ではなく、入れっぱなしにしていただけだったのだが、「財布を返さなくては」とはまるで思わなかった。真っ先に頭に浮かんだのは、「このお金で何かを買ってあげたい」という気持ちだ。

「何かを、って誰にだよ」翌日、相談すると、繭美はこれきりというくらいに顔をしかめた。ファストフード店で大きなハンバーガーを頬張っていた。

「もちろん、りさ子さんにだ」僕は言う。あの、男運に恵まれない上に車を当て逃げされ、それでも腐らず、怒らずにいる彼女に、何かいいことが一つくらいあってもいいだろう、と。そして、繭美の噛むハンバーガーを眺めながら、水を楽しむ。

「プレゼント一つで、あの女の人生がプラスに傾くとは思えねえぞ」繭美は嫌味ではなく、本心からそう感じているような言い方だった。「おまえの自己満足でしかない」

違う、とは言えなかった。ただ、自分勝手に別れて、二度と会わないような僕にはせいぜい、その程度のことしか無理だった。

「で、何が入ってんだよ、これ」そして今、街路灯の下で、繭美は白い袋の中に入った箱を、顎で指すようにしている。「というよりも、いつ買ったんだ、こんなものを」

「昨日だ。君がトイレに行くと言って、デパートに入っただろ。あそこにちょうど、ブランドショップがあったから」

「ブランドショップ?」

「バッグだ。バッグを彼女にあげたい」

「バッグ!」繭美はこの世でもっとも下らない贈り物を耳にした、という表情で、大袈裟《おおげさ》な甲高い声を出した。「そんなのはな、どこかの、軽薄な国のお姫様がこぞって欲しがるプレゼントじゃねえか。ブランドのバッグか」

「そうだ」僕はうなずく。恥ずかしがることはない、と思った。「ブランドの、めちゃくちゃ高価なバッグだ」

「おまえは」繭美は白い袋を肩に背負い、鼻に皺を寄せた。「わたしの予想以上に、がっかりさせてくれるな。駄目な男だとは思っていたが、そこまで通俗的だともう笑えねえぞ」

ブランドバッグ一つでそこまで軽蔑されてはたまらなかったが、反論はしなかった。霜月りさ子はブランドバッグを欲しがっていた。正確に言えば、欲しいと言ったことがあった。どこまでが彼女の本心かは判断できないけれど、僕と彼女の会話の思い出の中に、「ブランドバッグ」の話題があるのは間違いなく、それを忘れないでいることは大事なことに感じられた。もちろんその大切さを第三者に、繭美に、理解してもらおうとは思わない。

「君がなかなかトイレから帰ってこないから、その間に買えたよ」

ああそうかい、と繭美は言った後で、「でもな、何で、わたしがやらなくちゃいけないんだよ」と先ほどと同じ抗議をした。

「ああ、それは、さっきも言ったけれど、海斗君に見られたら、僕だと、ばれるかもしれないからだ。サンタクロースが、知っている男だったら寂しいだろ」

「だからって、何でわたしがサンタなんだよ」

繭美は赤い生地の、白い縁取りがついた、サンタクロースの衣装を着込んでいる。彼女の大きな身体に合うものなどないだろう、と半分諦めていたのだが、世の中にはさまざまな商品が生産されているらしく、ディスカウントショップに入れば、すぐに見つかった。もちろんそれも、あの男のカードで支払った。

正直なところ、繭美がその衣装を着てくれるとは思ってもいなかった。ふざけんじゃねえぞ、自分の立場が分かってんのか、寝言言ってんなよ、と激怒され、罵《ののし》られ、却下されるものだとばかり想像していた。鉄拳の一つや二つは予想していた。わたしに何のメリットがあるんだよ、と問い質されるだろう、と。実際のところはどうだったか。激怒され、罵られ、却下された。わたしに何のメリットがあるんだよ、とぐいぐい詰め寄られた。ただ、僕は粘った。頭を深々と下げ、土下座に近い形で、懇願した。「彼女にクリスマスプレゼントを贈りたいんだ」

「贈ればいいだろうが、勝手に」

「できれば、クリスマスイブの夜中に忍び込んで、枕元に置いてあげたい」

「何だそりゃ。馬鹿かおまえは。そりゃ、住居侵入じゃねえか。犯罪だぞ」

「犯罪かもしれない。でも、夢がある」

「夢なんてねえよ。ただの犯罪だ。それを言ったら、女を襲うのが夢でした、って男はどうなんだよ」

「大人にはサンタクロースが来ないなんて、誰が決めたんだよ」僕はそこで感情的になって声を張り上げたが、繭美は気にすることもなく、「あのな、おまえ、ちょっと頭がおかしくなってきたぞ。他人の家に忍び込んで、サンタクロースの真似をする、なんてな、当事者からすれば恐怖だよ、恐怖」と教え諭すかのように指を向ける。

「いいんだ」僕はさらに頭を下げた。「世の中にはあまりいいことがなくて、それが普通で、だからあんまり人生に期待していない、って人を、少しでもはっとさせたいじゃないか。そう思わないか?」

「残念ながら」繭美はむすっとしていた。「まったく思わないねえ」

手強かった。けれど、僕は希望を捨てていなかった。繭美は、僕の言動を馬鹿にしたり、会った相手に皮肉をぶつけることは多かったが、風変わりな出来事には関心があるように思えたのだ。常識や流行、一般的な判断基準には抵抗があっても、それから外れることには、たとえばあの不知火刑事のような存在などには、寛容なのではないか、と僕は思っていた。繭美自身も日々の時間に退屈を感じているのかもしれない。彼女の自尊心や信念を損なわないように、と気を遣えば、サンタクロースの真似も引き受けてくれるような予感があった。

最後の最後、僕は、一か八かで彼女の辞書に賭けた。貸してくれ、と頼んだ。「たぶん、君の辞書には、『サンタクロース』はあるはずだ。君だって、存在を否定していないんじゃないのか」

繭美は珍しく、ほんの僅かではあるけれど、気後れするかのような色を浮かべた。もちろんすぐにいつものあの豪胆な態度に戻り、ふん、と鼻息を荒くしたが、「辞書を見せる謂《いわ》れはない」などと急に弱腰の返事をした。

「サンタクロースはサインペンで消していない。そうだろ?」

それで納得したのかどうか、僕のしつこさに嫌気が差したのかもしれないが、繭美は、僕の要望を受け入れた。信じがたいことだったが、深夜の一時にサンタクロースの恰好をし、僕に付き合ってくれた。頼んだ本人である僕が言うのも何だけれど、最初に彼女の姿を見た時には、「どうしてまた」と言ってしまった。

「うるせえな。いろいろあるんだよ」と繭美は面倒臭そうに応じただけだ。

霜月りさ子のマンションはすぐ向かい側にあった。クリスマスイブとはいえ、深夜ともなると窓の灯りはほとんどが消えている。「これで部屋に入るように」と僕は、まだ返していなかった彼女の部屋の合鍵を、繭美に渡す。「プレゼントを置くだけでいいからな」

と念を押した。「ほかのことはしないでくれ」

分かってるっての、うるせえな、と繭美は顔をしかめた。「ガキへのプレゼントはいらねえのかよ」

「それは母親の役目だから」そうなのだ。子供の喜びを、母親はちゃんと用意しているはずだ。ただ、その母親自身は、誰からも喜びをもらえない。母親のためにサンタクロースが登場しても良いではないか、と僕は思った。

「でも、万が一、ガキが目を覚ましたら、びびるだろうな。サンタがこんな巨体だとは思ってもいねえだろう」

「あ、そうだ、忘れていた。これも」僕はコートのポケットから、小さな紙を数枚取り出し、彼女に手渡す。

「何だよこれ」

「作ったんだ。手製の名刺。デパートにちょうど機械があったから」

「名刺って何だよ」彼女は言いながら、その、ごくオーソドックスなデザインの名刺を眺める。

「サンタのだ。もし、海斗君が起きたら渡してあげてほしいんだ」

サンタクロースが名刺交換するのかよ、と繭美は喚《わめ》き、その台詞は夜の街中にわんわんと響いた。たぶん、海斗君は、「名刺を切らしている」と言ってくれるのではないかな、と期待する。

バイバイ、ブラックバード　Ⅲ

いったいどこへ行くつもりなんですか、と訊ねてきた男を、如月《きさらぎ》ユミは警戒した。腕時計を見ると深夜の一時過ぎだ。デパートやオフィスビル、ブランドショップなどが並ぶ大きな通りだったが、どの建物もシャッターを下ろし、静まり返っている。建物という建物がみな目を瞑《つむ》り、寝息を立てているかのようだった。

自転車を停めた地下駐車場から上がり、大通りに沿って歩いていたところ、背広姿の男が突然、声をかけてきたのだ。短いながらも、寝癖が残っているかのような髪の毛は、無邪気な少年じみており、高い鼻と大きな耳が目立つ顔立ちも悪くはなかった。ただ、この深夜に声をかけてくるのはどうにも怪しい。もしかすると、夜のさびしさを一人でもてあましている女、つまり、たやすい女だと決め付け、一緒に遊ぼうと声をかけてきたのではないか、簡単にあんなことやこんなことの誘いに乗ると思ったのではないか、と想像する。男には不自由してないし、わたしちょっと急いでいるんでサヨウナラ、と台詞《せりふ》を吐くことも考えた。台詞の後半は本当だ。前半は嘘だ。男には不自由している。

「いったいどこへ行くつもりなんですか」男は及び腰だったが、聞かずにはいられないという様子で、そのおどおどした態度に、如月ユミは緊張を弛めたが、もちろん気を許す気にもなれない。「どうして、教えないといけないわけ」

「だって」

「だって僕、じゃないって。じゃあ、わたしが反対に質問してもいい？　ねえ、あなた、こんな時間にどこ行くつもり」

「あ、僕は」男がそう答えようとしたところで、如月ユミは手のひらを開いた。「やっぱり、ストップ。わたしが当ててみせるから。こういうのやってみたかったんだよね」

「こういうの、とは」

「推理」如月ユミは言い、依頼人の頼みを聞き、難事件を解決する探偵の漫画を思い出す。ああいった漫画の主人公はたいがい、人物の服装や姿勢、その持ち物から物事の真実を推察し、相手を驚かせるのだ。「まず、あなた、背広姿でしょ。ということはたぶん、会社員か何かじゃない？」

男は困惑したように顔をゆがめ、「その通りだけど、むしろそう推理できない人を連れてきてほしい」と言う。

「今は、深夜一時過ぎでしょ。しかも、あなたの顔は素面《しらふ》のそれ。ということは飲んでいたわけじゃない。ずばり残業で遅くなったんでしょ」

背広を着た男は自分の顔を手で撫でるようにし、「いや、少しお酒が入っているんだけど」と言いにくそうにぼそぼそ溢《こぼ》す。それから、そのようなものは推理でも何でもなく、誰でも思いつくようなことを口にしているだけではないか、と指摘してきた。

「コロンブスの卵って知ってる?」如月ユミは、相手を嘲るような気持ちで言う。

「知ってるけれど、この場合はその表現は関係ないと思う」

「あなた、何だか意地悪な人だね。会社員で、残業してるってことは、二つに一つ。よっぽど仕事が遅いか、逆に、すごく仕事ができて、いろんなことで頼られちゃうか」

「僕は実は無職なんだ。大学を卒業してから一度も働いたことがない。ただ、権利というか特許というか、それを持ってるから、生活できているんだけれど」

如月ユミは予想外の答えに好奇心を抱く。「権利って何の」

「ほら、君も携帯電話やパソコンのメールを使う際に、括弧の中に『笑』という字を書いたりするだろ」

「ああ、かっこわらい、ね」

「そのパターンで、括弧書きの中に、『泣』と書く場合もあるし」と男は言って、宙に指を動かし、「(泣)」と描いた。

「汗と書くパターンもあるけど」

「それだよ！」

「それだよ？」

「その、括弧書きに、『汗』と書く表現、かっこあせ、が僕の発明なんだ。著作権というのかな。その収入で生活できている。まともに働いたことがないから、それだけに、一般大衆の生活に興味があってね。だから、時々、こうして背広というのを着てみるんだ。一種のコスプレだよ」

「本当に！」如月ユミは目を見開き、驚きが口から零《こぼ》れ落ちるのを抑えるために、とっさに手を口元へ移動させる。肩に背負っていた、束ねたロープが危うく落ちそうになった。

「君がメールで、かっこあせ、と打つたび、僕にお金が入ってくる仕組みなんだ」

「すごい」如月ユミは偉人を前にしたかのような緊張を感じ、次に何と言葉を続けるべきか悩んでしまった。

するとすぐに男が噴き出し、「嘘だよ嘘だよ」と手を振った。「君があまりにも、会社員だ残業だ、って決め付けるから、そうじゃないパターンをでっち上げてみたんだ」

如月ユミは事態が飲み込めず、ぽかんとする。

「あるわけないじゃないか。そんな権利」男はこめかみのあたりを掻きながら、弁解口調で言う。「まさか本気にしたわけじゃないだろ」

「本気にしたって」如月ユミは腹が立ち、声を荒らげる。馬鹿にしないでよ、本気にしたじゃない、どうしてくれるのよ、と深夜の路上でわんわんまくし立てる。男はその大声にたじろぎ、慌てて、「悪気はなかったのだ」と説明をする。

「人をナンパしようとしたくせに、嘘までついて、ひどい男だ」

ナンパのつもりではない、と男はぶるぶると首を横に振る。「僕だって、声をかけたくなかったんだけど。社会の治安を考えたら」

「社会の治安ってどういうことよ」

男が、如月ユミの肩を指差した。「だって、この深夜にそんな風に、ぐるぐる巻いた頑丈なロープを担いでいるんだから」

如月ユミは自分の右肩の、その重い束を見やる。

「それから、ほら、真っ黒のつなぎを着ているだろ。まるで」

「まるで、何なのよ」

「泥棒みたいじゃないか」だから声をかけずにはいられなかったのだ、と続ける。

如月ユミは怯まなかった。顎を上げ、胸を張り、「当たらずといえども遠からずね」と答える。

「え」男はその場で凍りついたようになった。「本当に？」

「高い建物の上のほうの部屋に侵入するにはどうしたらいいか分かる？　非常階段とかで一回、屋上に出ちゃうわけ。で、そこから今度はこういうロープで降りて、ベランダとかにそっと入るの。知らないの？」

「そういうんじゃなくて」男の態度がはっきりしないことに如月ユミも少し、もどかしさを覚える。「あのね、どいて、早く行かないと」

「どこに泥棒に入るんだ」

「だからあ」面倒臭かったが、時間がもったいないため早口で説明する。「泥棒そのものじゃないんだって。盗んだりしないから」

「じゃあいったい」

「そんなに根掘り葉掘り質問して、何なの？　ストーカー？」

「いや、これは一般市民として、社会の治安を」

「ほら、明日からバーゲンでしょ」

「知らない」男は即座にかぶりを振る。

「信じられない。バーゲンの日程、覚えていないなんて」如月ユミは口をまた手で押さえる。「そこのファッションビルが全館バーゲンなわけ。明日というか、もう今日だけど。で、みんなが開店を前に行列作ってるの」

男は背後を振り返り、「え、こんな時間から？」と目を丸くする。

「とっくに大行列。でね、わたし毎回、思うんだけど、せっかく並んでもね、店の中に入ったらもう、用意ドン、って感じになっちゃって、早いもの勝ちになるの。エスカレーターを走ったり、階段を駆けたりして、いくら早く並んでも、足が速くて図々しい人が一番乗りなの。上の階のお店ほどそうなるわけ」

「あ、まさか」

「何よ、まさか、って」

「今から上の階に忍び込んで、開店した時に一番乗りしようというわけじゃないだろうね」

「何で駄目なのよ。別に、服を盗むわけじゃないんだよ。ちゃんと買うし」

「そうじゃなくて」男は柔道や空手の選手のように両腕を構えた。どこからどうつかみかかれば良いのか、と悩んでいる仕草だった。「だいたい、屋上からロープで降りて、建物に侵入するなんて、そのビルはそういう構造になっているのか」

「そういう構造って」

「窓から入れるわけ」

「調べてないけど、入れるでしょ。わたしが読んだ本だとそうなってた。漫画だけど」

「漫画かよ！」男は大きな声で、まるで叱るかのような言い方だったため、如月ユミもむっとする。「どいて。わたし行くから」

「やめたほうがいい。怪我をする。命だって危ない」

「何でよ。あの漫画みたいに三姉妹じゃないから？」

「そういうんじゃない」

男はほとほと疲れ果てた表情になり、深呼吸を何回かする。「たぶん、今から行列に並べば、一番乗りは無理にしても、それなりに早い順番で店に入れると思うんだ。僕が一緒に並んであげてもいいから、正面から入ろう。先に走ってあげてもいいし。そのほうが絶対に安全だ」

如月ユミは、男が何を言っているのか分からず、まじまじと眺めてしまう。「いい服、残ってると思う？」

「きっと残ってる。ほら、ロープは僕が持っているから」と男は右手を伸ばしてきた。あら優しい、と小さく驚きながら、この目の前の男はなかなかいい人かもしれないな、と思いはじめていた。

「あれも嘘だったんだ!」如月ユミは言った。部屋の隅に三面鏡があり、その隣の小さな本棚に漫画本が入っている以外には、テレビもCDラジカセもない殺風景な部屋で、僕は正座をしていた。板張りの床に直接、膝をつけているので脚が痛い。隣にいる繭美はその巨体をふんぞり返らせ、壁に背をつけ、退屈そうにしている。

五階建ての瀟洒《しょうしゃ》なマンションの四階、如月ユミの住んでいる部屋だ。リビングと、もう一部屋があるだけの間取りだった。

「嘘ってどれが?」僕はおずおずと確認する。

「ほら、初めて会った時に、わたしがロープを使おうとしたら、危ないからやめろって言ったじゃん。そのかわりに一緒に、バーゲンに並ぶって。でもさ、本当はぜんぜん危なくなかったんじゃないの? 嘘だったんでしょ」

「そんな嘘をつく理由がないよ」僕は二ヶ月半ぶりに如月ユミに会ったが、相変わらずのその奇妙な発想に、戸惑ってしまう。疑うポイントがまるでずれている。

「だって、あんなにわたしと仲良かったのに、急にいなくなって、でもって久しぶりに電話があったと思ったら、『結婚することになった。別れてくれ』でしょ。しかも、こんな」

「しかもこんな?」繭美が挑むような、迫力のある声を出した。

「こんな、大きくて、個性的な女の人と結婚するってさ」如月ユミは臆せず言う。「もう何が本当なのかさっぱり分からないじゃん。嘘ばっかりだ」

彼女は耳に少しかかる程度の、極端に短い髪型のせいか、快活な少女のようでもある。すらっとした体形は少年じみてもいて、初めて会った時の印象のせいか、颯爽《さっそう》と出現する怪盗と言われればそれに相応《ふさわ》しい外見かもしれなかった。

「嘘ばっかりということはないよ」僕は弁解を試みる。「まあ、あの、『かっこあせ』は嘘だったけれど」

「そんなの信じる馬鹿、いるわけねえだろうが」隣に座る繭美が、自分の爪をつまらなそうに眺めながら言う。

「わたし、少しでも星野っちにお金が入るように、メールを書く時はできるだけ、かっこあせ、って入れていたのに」

「え、あの時、すぐに、嘘だと説明したじゃないか」

「覚えてないって」

「おいおい」繭美が身体を起こし、珍しく動揺していた。「おまえのその嘘も相当ひどいが、この女もかなりのもんだな」

如月ユミが、繭美をちらっと見た。大きな熊の扱いに困っている、そんな具合でもあった。これほど迫力のある女性は、そうそうお目にかかれない。

「何だか、なまはげを思い出して、嫌だなあ」如月ユミは顔をしかめ、しみじみと言った。「ああ、なまはげ。彼女を見ると？」僕は、繭美の大きな身体に目をやり、なるほどな、と思った。繭美を見て人間を思い出すよりは、なまはげの鬼の面を思い出すほうが自然に感じられたからだ。どちらかといえば顔は可愛らしいが、ブロンドの髪であることと相まって、通常の人間とは異なる違和感に満ちていた。

僕は、繭美に向かって、「あのさ、彼女は秋田の出身でね」と説明する。如月ユミは十代までは秋田県で生活していた。子供の頃に、伝統行事であるなまはげを経験したらしいが、両親が凝り性だったからか、家にやってきたその鬼は、血糊や効果音をふんだんに使い、大暴れをしたという。あまりの恐ろしさに言葉も出せず、震える彼女を見て、両親は満足げに微笑むだけだったようだ。「あの時に、親は信じちゃいけないな、って学んだよ」と真剣な面持ちで言ったことがある。

「わたしんちだけじゃなくてね、うちの町のなまはげの恐ろしさは半端じゃないからね。この間、たまたま地元の友達と会ったんだけどね」

「その友達って、女の子？」反射的にそう確認している自分に苦笑してしまう。別れ話にやってきたのだから、彼女が、男と会っていたところで気にする必要はないではないか。僕にその資格はない。

「秋田の友達も言ってたよ。うちのなまはげはR指定にしないと駄目だって。怖すぎて、吐き気を催すほどだから」

「子供のための儀式なのに、R指定のなまはげ、というのは本末転倒じゃないか」

「何で、わたしを見て、そのR指定のなまはげを思い出さなきゃいけねえんだよ」繭美はつまらなそうだった。おもむろにジャケットのポケットから小さな箱を取り出したかと思うと、蓋《ふた》を開け、中に入っている耳掻きをつかみ、耳をほじりはじめる。

「あ、可愛い耳掻き！」如月ユミが高い声を出し、いいなあ、と繭美の手を指差した。今は耳掻きのことなどどうでも良いと思うのだが、無邪気と言うべきか、彼女は思ったことを口にせずにはいられない性格なのだ。彼女の頭の中は可愛いものへの執着と購買欲で大半が埋まっているのではないか、と思うこともあった。

「可愛い？」そう言われた繭美は居心地が悪そうな、しかめ面になった。そして、バッグの中に手を入れる。取り出したのは辞書だ。「見ろよ、わたしの辞書に、『可愛い』なんてねえだろ？」とめくった頁を如月ユミに突き出している。

「わざわざ消してるんですか？　凄いですね」如月ユミは素直に感心している。「他にどういうのが消えてるんですか」

「教えねえよ」繭美はすげなく答える。

「『寝耳に水』は載ってる？」

「何だよそれ」

「今のわたしの状態だって。ねえ、星野っち、本当に、この人と結婚するわけ？」

僕は言葉につまりながらも、うなずく。「彼女と結婚するんだ」

「こういう女の子がタイプだったっけ？」

それにはすぐにはうなずけなかった。果たして繭美が、「女の子」なる可愛らしい存在であるかどうか疑わしく、それ以上に、熊のような巨体で、ずけずけと相手の嫌がることばかりを口にするような捻くれた性格の彼女を、好きなタイプと言い切れるほど僕も覚悟はできていなかった。同じ質問をぶつけた際に、女性がよく口にする答えを思い出し、真似をした。「タイプとかは特にないんだよ。自然と好きになった人がタイプ、というか」

言ってから自分で、そんな馬鹿な、と内心で声を上げそうになる。いったいこの繭美のどこに惹かれて、自然と好きになると言うのだろうか。

「ふうん」如月ユミは承服しがたそうに息を洩らす。「まあ、好きな異性のタイプってのは本当に怪しいからね。わたしが会った、その地元の友達だってさ、昔は、『誠実な男ら』なんて言ってたくせに、今は、女たらしのチンピラみたいなのと付き合ってるんだよ」

「とにかく、別れてほしいんだ」僕は感情がこみ上げてくる前に、言った。


「おまえにもね、同情はするんだよ」繭美は床から腰を上げる。のしのしと歩き、本棚のところまで行き、しゃがむようにすると中の漫画を覗き込む。

「あ、そういえばその本棚、星野っちが作ってくれたんだよね。懐かしいなあ」如月ユミが大きなクッションに寄りかかりながら言った。

「ちゃんと図面見ないで作っちゃったんだよな」もちろん、覚えている。漫画本が部屋に溢れているのを見るに見かねて、通信販売で僕が買った本棚だ。彼女の誕生日のプレゼントだったと思う。埃《ほこり》を防止するガラス付であること、収納量を確保するためスライド式であること、その二点にこだわった。組み立てが容易である点にもこだわるべきだった、ということには作っている最中に気づいた。図面の説明が不親切で、板をどちらに向けたら良いか分からず、かなり進行してから、「全部やり直し」となることも数回あり、汗をかき、ネジを回し、そのうち放り出したくなったが、床に積まれた漫画本を見ては、「これをしまわなくてはならないのだ」と自らを奮い立たせ、こらえた。朝からはじめた組み立てが、午後までかかり、途中で外に出た如月ユミが、「星野っちの完成を待ってるのが退屈だから、時間潰しに、『ドラゴンボール』買ってきちゃった」などと古書店で購入してきたと思しき漫画本の束を抱えて帰ってきた時には、眩暈《めまい》を感じ、突っ伏してしまいそうになったが、それでも挫折はしなかった。

「ああ、ここネジが曲がってるじゃないか」繭美が本棚の隅に目を寄せ、嬉しそうに指摘する。

「本の重さで歪んだんだ」

「組み立てた奴の性格が出てるんだろ、これは」繭美は言って、漫画本の背表紙を眺める。

「『ルパン三世』とか、三姉妹のやつとか、泥棒の漫画、好きなんだな、おまえ。あとは、登山の漫画か」

「ロープつながりだよ」如月ユミは自慢げに説明する。

「おまえさ」繭美が顔を上げ、困惑気味に、「どういう思考回路なんだよ」と言う。

彼女のそんな態度を見るのは初めてのことで、僕は少し、心地好《よ》かった。この星の人間とはとうてい思えない、傍若無人の星から来た宇宙人のような彼女も、如月ユミは異星の存在に思えるのだろうか。

「知らないよ。回路見たことないから」と真面目に答える如月ユミを見ながら僕は、「僕だけだ。僕だけがここで、まともな地球人だ。だからしっかりしないと」と自分に言い聞かせる。

「そういや、こないだ、都内の老舗《しにせ》質屋に強盗が入ったってニュースやってたぞ」しゃがんだままの繭美が引き抜いた漫画本をめくりながら、太い声で言う。「あれ、おまえがやったんじゃねえのか。南米だかどこかの外国人が主犯だって言うけど、日本人も何人か関与してたらしいしな」

「知らないわよ、そんなの」と答える如月ユミはもちろん真面目な面持ちだ。「その質屋ってどこにあるの」

「どこって何だよ」

「ビルの上の階?」

「新聞の写真を見た限りじゃあ、一等地にどんと構えた店舗だったぜ。ビルの上の階じゃなくてな」

「わたしがそんな店に入るわけないでしょ」

「どうして」と訊ねたのは僕だった。突拍子もない理由が発表される予感があった。

「だって、一階だったらロープ使えないし」

「何でもかんでも、ロープかよ」繭美が頬をひくつかせ、吐き捨てる。「でも、この、歪んだ本棚は早く捨てちまったほうがいいぞ。この最低の男の記憶は全部、抹消しちまえ」

「抹消とは言いすぎだ」

「おまえはどうせベネズエラに行くんだぞ」

「ベネズエラ？」不意に登場した、南米大陸の国名に、僕は眉根を寄せる。

「まあ、たとえば、な」

どういうたとえなのだ、と呆然としていると、繭美が手を挙げた。「おい、便所どこ？貸してくれよ。というか、貸してくれなきゃ、ここでするぞ。漫画本をトイレットペーパー代わりにしてやるよ」と平然と、どういうわけか誇らしげに、申し出ている。

如月ユミは不愉快そうに顔を歪めたが、リビングから廊下に通じる扉を指差し、「あそこ出て、左側」と説明する。「ちゃんと座って、やってね」

「座るに決まってんだろうが！」と繭美が喚《わめ》く。

「そんなの分かんないでしょ。常識が違うかもしれないじゃん」と言い返した如月ユミは実際、繭美のことを、謎の生物と見做《みな》していたのかもしれない。

繭美がどたどたと部屋から出て行く。これきりというほどの大きな音を立て、扉が閉まり、部屋というよりもマンション全体が振動した。

「ごめん」二人きりになった僕の口から真っ先に飛び出したのは、シンプルな謝罪だ。

「いいよいいよ」如月ユミは軽快だった。「でも、じゃあ、星野っち、さよなら」

「え」

「え？　結婚するんでしょ、あの人と。お別れじゃん。じゃあね、星野っち。わざわざ、報告しに来てくれてありがとね」

「え」

あまりに彼女が平然と、快活に言ってくるので動揺してしまう。先日、別れ話をした霜月りさ子も物分かり良く、「じゃあ、別れましょう」と応じてくれたが、彼女にはまだ寂しさや強がった様子が滲んでいた。それが望ましいとは言いがたいが、目の前の如月ユミのあっけらかんとした、屈託もなければ苦悩もない応答に、物足りなさを覚えたのも事実だった。我ながら身勝手ではある。ただ、彼女と過ごしてきた時間が束ねられて、あっさり燃やされてしまうかのような気分だった。

繭美が戻ってきた。扉の向こう側からは豪快に水が流れている音が聞こえてくる。彼女の力をもってすれば、トイレで洪水を起こすことも可能ではないか。

「すっきりしたなあ」と手をパンツの尻で拭きながら、僕と如月ユミを交互に眺めた。そして、そこに漂う空気の変化を察知したのか、「お、どうした?」と言った。

「どうもしないよ。星野っちに、ばいばーいって言っただけ。結婚して幸せにー、って」手を振るその満面の笑みには偽りはなさそうだ。

「うん」と僕もうなずくしかない。

「正直ね、わたし、それどころじゃないの」如月ユミが言うので、僕は、自分がふられたかのような悲しみに包まれる。


「つまんねえなあ」繭美は心の底から嘆くようだった。はあ、と溜め息を長く、吐き出す。如月ユミのマンションからの帰り道、大通り沿いのファミリーレストランに、僕たちはいた。繭美は高く聳《そび》えるフルーツパフェをスプーンで削りながら、舌なめずりをしている。僕はといえば、水をちろちろ舐めるだけだった。「おまえさ、本当にあの女と付き合ってたのかよ。何だよあの、バイバイは」

「確かに僕もショックだった」正直に認めるしかない。「ただ、付き合っていたのは本当だ。僕たちは恋人同士だったし、楽しい思い出もたくさんあった」

「『それどころじゃないの』だぜ。まあ、笑えると言えば笑えるけどよ、つまんねえよ。わたしはさ、おまえが別れを告げて、その相手の女が寂しそうにするのを見るのが楽しみなんだからな。ふられた女の傷に塩を塗るみたいにして、嫌がらせをしてやりたかったのに、何だよあの女、すげえ余裕だったじゃねえか」

「期待に応えられなくて、申し訳ない」僕はなぜか、繭美に頭を下げる。「でも、考えてみれば、彼女はああいう子なんだよ。ちょっと変わってて」

そうだ、如月ユミはそういう子だったではないか。

初めて会った時からして、夜のデパートに侵入しようとしていたくらいだ。大事な恋人との別れに、けろりとしていたとしても、何ら不思議ではない。彼女も内心では、僕との別れがつらいに違いない、と自分を慰める。「あのさ、ベネズエラって何のことなんだい」

生クリームを口のまわりにふんだんにつけた繭美が動きを止め、「何だよいったい」と不機嫌そうに言った。

僕は一瞬、獲物を食べている最中の熊が、「食事の邪魔するんじゃねえよ」と言わんばかりに睨んでくる場面を思い浮かべる。

「さっき、言ってたじゃないか。僕がベネズエラに行くとか行かないとか。たとえ話とか何とか」

「ああ、あれな。まあ、可能性の話だ」

僕はあと少しすれば、〈あのバス〉に乗せられる。お金のトラブルがそもそもの原因ではあるが、それ以上に、知らない間に僕がどこかの恐ろしい人物の機嫌を損ねていたらしい。そこが地面だと思い、寝そべったら、虎の尾があった、という具合だった。いや、尾だったらまだ良かったが、股間を踏んでいた。

繭美のような、強烈な監視者が付き添うことになり、軟禁じみたホテル生活がはじまったが、〈あのバス〉に乗って、どこへ連れて行かれ、何をされるのか、何をされないのかはまるで知らされていなかった。今まで繭美の口から出た情報はといえば、〈あのバス〉で連れて行かれる先は、保険をかけて重労働を強制されるまぐろ漁の船など比較にならぬほどの恐ろしい環境であること、〈あのバス〉に乗った人間はもはや普通の人間としては戻ってこられないこと、くらいだった。その情報だけでも怯えるのには充分とも言えたが、気にはなる。

「おまえさ、ギアナ高地って知ってるか。ベネズエラにあるんだよ。日本なんてすっぽり入っちまうくらいの大きさの、未開の土地だよ。世界最後の秘境とか、よく言われてさ。わたしもね一度、写真で見たけど、まあ、凄いんだよ。テーブルマウンテンつって、風とかの関係で、頭がごっそり削れて、テーブルみたいになった山が広がってんだよ。でこぼこの土地に、珍しい植物がたくさん生えて。雨水とかが、その山から流れて滝になってんだけど、それがまた壮観でな。一キロくらい上から水が落下してくるんだけどな、下まで落ちる途中で、水が蒸気になっちゃうんだよ。すげえだろ。滝の流れが途中で消えるんだぜ。自然のでかさに圧倒されるぜ、ありゃ」

「それがどうかしたのか」

「〈あのバス〉の行き先はそのギアナ高地かもしれねえぞ、って話だ。いや、あそこはまあ、観光地にもなっているからな。行くとしたら、その奥だ」

「奥があるのかい」

「そりゃああるだろうな。テーブルマウンテンの奥に、さらに誰も知らない、恐ろしい未開の土地があるわけだ。テーブル型どころか、浴槽みたいな形の山とかな」

「それはもう、山というか」

「浴槽マウンテンに置いて行かれるかもしれないってわけだ」

それは、と僕は水を飲むが、あまりに予想外の話に動揺していたため、むせてしまう。咳き込む僕を、繭美はわざとらしく、醜いものを眺めるように見た。

「それは」気を取り直して、もう一度、言った。「〈あのバス〉に乗ると、ギアナ高地のような突拍子もない場所に連れて行かれるかもしれないぞ、という比喩《ひゆ》の一種か」

繭美は最初、黙ったままスプーンを置いた。太い人差し指を伸ばし、パフェのクリームをそれで掬うようにすると、素早く振った。飛ばされた生クリームにぎょっとするが、気づけば、僕の鼻の頭にねちゃりとそれが付着したのが分かる。「あのなあ、星野ちゃん。比喩じゃねえよ。本物の話だよ。ギアナ高地におまえを連れて行って、広大なテーブルマウンテン、その奥の、誰もいない土地にぽつんと置いていく。そういうこともあるってわけだ」

「何のために」

「理由はないだろ。いいか、おまえがどう認識しているのか分からねえけどな、今のおまえは金は持っていねえし、価値なんて何もないわけだ。石ころみてえなもんだよ。道端で見つけた、ちっちゃな石ころ。拾ったものの、何の役にも立たない。売ることもできなきゃ、飾りにもならねえ。そうなったら、どうする？　おまえならどうするよ」

「どうだろう」

「遠くへ投げ捨てるしかねえだろうが。もしくは、川に投げて、ぴょんぴょん跳ねさせるくらいしか使い道はねえよ。おまえの場合もそれと一緒だ。想像してみろ、広大な高地を。二千メートルくらいの高さに、平らな土地が広がってるんだ。気が遠くなるだろ。そこにひとりぼっちにしてみる。それくらいしか、使い道がねえってわけだ」

「泣きそうだ。同情してくれるかい」

繭美はむすっとした顔つきのまま、自分の脇に置いたバッグに手を入れた。

僕は開いた手のひらを振り、「いいよ、見せなくて」と言う。例の辞書を取り出し、「同情」の項目が消えているのを示そうとしたのだろう。

「でも」僕はそこで、別れたばかりの如月ユミを思い出す。「彼女、それどころじゃない、って言ってたけど、何でそんなに忙しいんだろう」

繭美が片眉を上げ、軽蔑の眼差しを向けた。「また星野ちゃんの我儘《わがまま》がはじまったか」

「我儘って何だよ」

「自分から別れを告げたくせに、もやもや引き摺って、その女のことを気にするなんて、勝手すぎるじゃねえか」

言葉もない。確かにその通りだ。如月ユミが、僕のことなどさっさと忘れ、次の恋人を探すためにパーティに参加しようと、バーゲンセールの行列に一緒に並んだどこかの男と親しくなろうと、関係がなかった。彼女は彼女の人生を歩いていき、僕は〈あのバス〉に乗り、たとえばギアナ高地に向かう。

「教えてやろうか」

「え？」

「あの女が何するつもりなのか」繭美が一通り食べ終えた器を、スプーンでかつんかつんとこすっている。味のついたものは根こそぎ食べてみせよう、という執念が滲んでいた。

「知ってるのか」

「さっき、あの女のマンションで便所を借りただろ。で、廊下を通った時に納戸があったからな、覗いてみたんだよ」

「他人の家の納戸を勝手に覗くのは、とてもいいことだと思う」僕は嫌味が嫌味らしく聞こえるように、棒読みした。

「そしたらだ、一番手前に、ロープがどん、と置いてあってな。分かりやすいことに地図が載ってたわけだ」

「地図？　ギアナ高地の？」

繭美は急に怒った表情になり、ためらうことなく手元のガラスの器を押した。器は転がり、僕のほうへと勢い良く転がった。落ちたり、割れたりしたらどうするのだ、と驚くが、彼女からすれば、落ちても割れても気にならないのだろう。「何でそうなるんだよ」と言う彼女は、的外れの答案を提出した生徒に苛立つ教師のようでもあった。「そうじゃねえよ。日本の街の、地図、住宅地図だ。ほら、携帯のカメラで撮っておいたぞ」彼女は自分の携帯電話を取り出し、操作するとこちらに向けた。

そこには住宅地図の一部分が写り、手書きで丸印が描かれている。数字も記されていた。

「何この、丸は」

「分からねえのかよ。あの女が狙ってる場所だろうが。マンションだろ。で、この九〇一ってのは部屋の番号だろうな」

「じゃあ、こっちの数字は？」九〇一の横の、四桁の数字を指差す。

「おおかた、マンションに入るのに使う、暗証番号とかじゃねえか」

ぽかんとしている僕の、その開いたままの口の中に、繭美はさらに、「便所に入ったらドアにカレンダーがかかっててな、明後日のところに花丸がぐりぐり書いてあって、ご丁寧に、『決行！』とかメモもついてたぜ。分かりやすい女だねえ、ありゃ。明後日、そのマンションに侵入する気満々だ」という言葉を放り込んでくるので、それがずしんと重く、僕の顎はさらに外れそうになった。少ししてからやっとのことで、「この鼻のクリーム、拭いてもいいかな」と訊いた。

年の終わりに向け、ラストスパートをかけるかのように、寒さが増してきていた。僕は一着しか持っていない、黒のコートを着ていた。繭美はといえば、黒いセーターを着込んだだけで、コートや上着を羽織っていなかった。忘れたのか、と訊ねると、馬鹿にすんな、と怖い声で言ってくる。

「そうか、辞書か」と僕は閃《ひらめ》いた。「君の辞書には、コートや外套《がいとう》という項目も消えているんだな」

「馬鹿にすんな」繭美が叩いてくる。彼女の振る手には破壊力があり、僕の肩は、大袈裟《おおげさ》ではなく、外れそうになる。「わたしの身体がでけえから、コートなんて着られないと思ってんだろ」

「そういうつもりで言ったんじゃないんだ」思えば、彼女はこの間、ダウンコートを着ていた。彼女の着るものはシックな色合いで、趣味が良く、今の黒いセーターもブランドこそ分からないが、高級なのは分かる。黒い服の上でブロンドの髪が映えた。ただ、「黒は痩せて見える」の法則はほとんど効果を発揮していない。

「あのな、泥棒ってのは俊敏に動けなきゃ意味ねえんだよ。厚着して、のっそりのっそり歩いてたら、すぐ御用だ。だからな、こういう時には、おまえみたいにコートを着てくる奴のほうが駄目なんだ」

「駄目と言われても」

「それに、だ。狭い通路を逃げる羽目になった時、上着が引っかかったらどうすんだ。間が抜けてる」

「君の場合は、コートとか着ていなくても引っかかるんじゃないか」

彼女はそれを無視する。

「その靴は」僕は、繭美の足元を指差した。靴と呼ぶよりは靴下と言ったほうが近いような、履物だった。

「泥棒足袋《たび》だ、泥棒足袋。知らねえのかよ。おまえ、人んちに泥棒入るのにいちいち、靴を脱ぐ気だったのか？　玄関で靴そろえて、あら行儀が良いわね、どこのおぼっちゃま、とか言われたいのかよ」

「僕たちは別に、泥棒に入るために来たわけじゃないだろう」と前方にある建物を見上げる。「彼女を止めに来ただけだ」

如月ユミが、ここから見えるあのマンションに侵入しようとしている。繭美が、如月ユミの部屋で目撃したロープや地図、カレンダーから推測しただけとはいえ、僕も、「そんなことがあるはずがない」とは言い切れなかった。ロープを使い、無謀に、泥棒まがいの行動を取るだなんて、普通の人間であれば絶対にやらない。如月ユミの場合は、大いにありえた。

「別に止めなくてもいいだろうが」繭美は頬を膨らませる。そうすると眼のくりくりとした小動物のようにも見える。いや、彼女のスケールと迫力からすると、巨大な小動物、か。「勝手にやらせりゃいいよ。お手並み拝見だ。で、金目の物を盗むつもりだったら、横取りしてやろうぜ」

「無理だ」

「何が無理だよ」

「ロープで、九階の部屋に侵入するなんて、素人《しろうと》の彼女にできるわけがない。落ちて大怪我するか、そうでなかったら、すぐに捕まるのが関の山だ」

「それはそれで見ものだろうが。屋上から落ちるところ、見物しようぜ」

僕は怒る気もなく、溜め息をつく。繭美がどう言おうと、如月ユミに危険が迫るのであれば助けたい、と思った。

マンションをまた、見る。

十階建ての、瀟洒な外観の建物だ。繭美が調べたところによれば、有名なデザイナーが設計した、築二年の分譲マンションだということだ。建てた会社の思惑とは異なり、思うようには売れないらしく、まだ未入居の部屋があるらしい。「セキュリティが万全ってのが売りみてえだけどな、セキュリティなんてのは強化すればするほど面倒臭くなるんだから、住みづらくて仕方がねえよ」と繭美は言った。

　マンションの敷地の周囲には塀があり、中に入るためには扉を開けなくてはならない。つまり、暗証番号を入力するか、もしくは訪問先の住人を呼び出し、室内から開錠してもらう必要があるのだ。そして敷地に入り、建物のエントランスに入ろうとすれば、そこでも暗証番号もしくは住人の呼び出しが不可欠だという。念入りすぎる。単に、手間が増えているだけだ。

「で、もちろん、自分の部屋の玄関ドアにも鍵がかかってる。こんなに面倒臭いマンション、住みたくねえよ。警備会社と契約していて、ガラスが割れたり、警報ボタンが押されると、警備員がすっ飛んでくるらしいけどな、それだって、鬱陶《うっとう》しいだけだ」

　僕は九〇一号室に視線を向ける。上から二つ目の階の、向かって一番左端の部屋だ。窓にはカーテンがかかっている。時計を見ると、夜の零時が近く、マンションの他の部屋も大半は灯りが消えていた。

僕たちはコインパーキングの脇に立ち、そこから、マンションを眺めている。

街路灯があるものの周囲はさほど明るくなかった。が、前方のマンションの敷地に、黒ずくめの女性がすたすたとやってきて、塀の前で暗証番号を押すのを見ると、それが如月ユミだとはすぐに分かった。バイク乗りが着るような、黒いつなぎに身体を包み、右肩には、僕が初めて会った時と同様に、ぐるぐると巻いたロープがかけられていた。顔は確認できなかったが、あれが如月ユミでなければ他の誰だと言うのだ。

扉が開き、その、黒いつなぎの女性がマンションの塀の中へと消える。

「よし、行くぞ」繭美が足を踏み出し、のしのしと先へ進んでいく。僕は慌てて、後を追う。「いったい彼女は、何を盗むつもりなんだろう」

「さあな。でもまあ、案外、ありきたりな感じで、通帳とか宝石とかかもしれねえぞ」繭美は塀に設置された電卓じみたボタンを素早く、押す。如月ユミがメモ書きしていたという、四桁の数字だ。扉が開くので、中へ入る。「どうして彼女は、今の塀のところの暗証番号を知ってたんだろう」

「星野ちゃん、おまえは本当に何でもかんでも他力本願だな。何で？　何で？　どうして？　どうして？　ってわたしはおまえのママじゃねえんだから、聞くなよ」

「じゃあ、教えて、パパ」

繭美は耳を貸さず、マンションのエントランスまで続く舗装された通路をまっすぐに進む。かなり距離がある。暗い中、敷地内に植えられているニセアカシアの樹が、息を潜めた番人のようにも見える。葉の落ちた枝が、あちらこちらに手を伸ばし、誰かに触れたがっているかのようだ。

前方の如月ユミは、エントランスの直前でひょいと身体を回転させ、建物の裏側へと消えた。非常階段を目指しているのだ。外側の階段を使い、屋上まで行く。そしてそこから、彼女がこよなく愛するロープを使い、九階のベランダまで降りるつもりなのだろう。急がなくてはならない。足早に、如月ユミの消えた方向へと歩を進めようとしたが、そこで繭美から、「おい待てよ。こっちだろうが」と呼び止められた。

こっちとはどっちのことだ、と思えば、繭美はエントランスのドアに、まっすぐ進んでいく。如月ユミの向かった方角を指差し、「どうして追わないのか」と訊ねようとした。正面のドアが開いた。繭美がすでに暗証番号を押していたらしい。開いたドアをくぐり、僕を待とうともせず彼女は先へ行く。エントランスの照明器具が自動的についた。煌々《こうこう》と照らし出され、逃げ出したくなる。

「どうして」繭美に続き、建物の中に入る。エントランスの正面にあるエレベーター前で止まる。「どうして、こっちから行くんだ」

「どうして、どうして、ばっかりだな。ママでも先生でもねえぞ。いいか、あいつは非常階段で屋上まで行く。で、ロープで九階まで降りるはずだ。なぜか分かるか」

「ロープを使いたいからだ」

「それもある」繭美はふん、と鼻から息を吐き、エレベーターの上昇ボタンを押した。「別の現実的な理由もある。こうやって正面から入っていってもな、肝心の九〇一号室に入るには玄関の鍵を開けなくちゃならない。そうだろ。正面突破しようにも最後の最後で、入れない。それなら、ベランダから窓ガラスを割って入ったほうが確実だ、と考えたんじゃねえか。だろ」

「なるほど」

エレベーターが到着する。僕たちは乗り込み、九階のボタンを押し、上部に光る階数表示を見上げる。

「でも、それなら僕たちはどうやって、九〇一号室に入るんだ」

繭美は黙ったまま、階数表示の点灯を見つめている。

「それに、もし、彼女が窓ガラスを割ったら、警備会社が飛んでくるんだろ。どうするつもりなんだろう」

繭美はこちらを見ようともしない。

「ねえママ、どうしてかな」

「うるせえな」エレベーター内に繭美の怒声が響き、ぐわんぐわんと揺れるかのようだ。

「そうか、彼女は警備会社のことは知らないのかもしれない」

「楽しみだよな。わたしたちは今から九〇一号室に行って、で、ベランダからやってくる間抜けなあの女を待ちかまえるんだ。最初は室内に隠れて、あいつを泳がせて、タイミングを見計らって襲い掛かってやろうぜ」彼女の外見は、確かに国籍不明のところもあるため、金髪の外国人ギャングから仕事を持ちかけられている感覚になる。

「それにどういう意味があるんだ」

「心理的にダメージを与えられるじゃねえか」

「心理的にダメージを与える必要なんてないだろ」

「いいか、前も言ったような気がするけどな、人間の最大の娯楽は、他人に精神的なダメージを与えることなんだよ」

「違うと思う。それに、もう一度聞くけど」

「聞くな」

「どうやって、僕たちは九〇一号室に入ればいいんだ」

軽やかな音が鳴り、エレベーターの扉が開いた。行くぞ、と繭美が辺りを払う様子で通路を進む。「見てりゃ分かるっての」と言うが早いか、あっという間に突き当たりに辿り着き、九〇一号室のチャイムを押した。激しく何度も何度も、ゲームでもやるかのように、押した。「早くしろー。早くしねえと、泥棒がやってくるぞ」と間延びした声で言う。

僕たちだって泥棒のようなものではないか、と言いかけた矢先、開錠の音がし、扉が開いた。恐る恐るといった様子で、顔を出したのは女性だった。二十代の半ばくらいだろうか、茶色の髪を長く伸ばし、優雅なパーマがかかっている。睫毛も際立ち、目の周辺にも念入りな化粧がされていた。時間を確かめたくなる。日付がそろそろ変わろうという時刻だが、外出する予定でもあるのか。着ている服こそ軽装だったが、これから眠るようには到底見えない。

チェーンロックもせずに無用心だな、と僕は思った。繭美が扉をぐいっとつかみ、ためらいもなく、その剛力でもってドアをちぎるかのように、開けた。ばたんと激しい音が響く。ノブをつかんでいた女性は通路に引き摺り出される恰好になった。

繭美はすぐに室内に、大きくゆったりと堂々とした足取りで入っていく。自分の家に帰ってきたかのような傍若無人ぶりで、実際、足袋のまま廊下を行く繭美が、「ただいまー」などと言っているのが聞こえた。僕も後を追う。玄関で靴を脱ぎ、「お邪魔します」と呟く。まっすぐ進むとリビングにぶつかる。

「ちょっとちょっと、待って待って」住人の女性は体勢を立て直し、遅れて後ろからやってくる。「何よ何よ」

室内の照明はついていたから、彼女も眠っていたわけではないようだった。

「おい、電気のスイッチどこだよ」と繭美が質問する。

突然、訪問してきたこの大きな女に、しかもかなり乱暴なやり方で入ってきたことに、女性はかなり混乱しているのだろう。状況が飲み込めていないせいか、喚くことも怒ることもせず、ただ、「どういうこと？　どういうこと？」と言うだけだった。「あ、電気消したいの？　消しておいたほうが良かった？」と支離滅裂なことまで口にした。

「消しておいたほうがいいな」繭美が低い声で言い、強くうなずく。「暗闇で、待ち伏せしてやる」

「待ち伏せ？」

リビングは広く、一人暮らしにしては贅沢《ぜいたく》そうなソファが並んでいる。大型のテレビもあり、ベランダがあると思しき方角の窓には厚手のカーテンが閉まっていた。

繭美が壁のスイッチを見つけて、躊躇《ちゅうちょ》することなく押す。明かりが消える。室内が、空気中の埃ですら音を立てるのを怖がり、ふわっと床に沈むような、そういった静寂で包まれる。

「よし、わたしたちはそっちの隅にでも隠れてるか」繭美がリビングと繋がる対面式キッチンの向こう側を指差した。「おい、おまえ、こっち来いよ。そっちの、化粧女もこっちで隠れてろ」

ついてはきたが、いったいどうしたら良いのかまったく分からない僕は、繭美から指示が飛んでくると、従順な兵士並みの素直さで、繭美の後に続いた。

女性は立ったまま、動こうとせず、「あの」と言う。そののんびりした口調は、彼女の頭の中がひどく混乱している表れだと僕は感じていた。

が、違った。

「あの、あなたたち、ユミちゃんの仲間なわけ？」と女性が訊ねてきた。

「ユミちゃん？」僕は鸚鵡返《おうむがえ》しに言った。このタイミングで頭に浮かぶのは、如月ユミしかいない。

すると、外で、悲鳴が聞こえた。女の声だ。何やら喚いている。キッチンのシンクの近くに立っている繭美と目が合った。それから僕は、住人の女性を見つめる。彼女はすたすたと窓へ寄ると、カーテンを一気に開けた。

ベランダの向こうには夜の闇が広がっていたが、そこに、人間の両脚が揺れている。窓の上のほうから、脚だけが見えるのだ。黒いつなぎの脚の部分だ。上の階の洗濯物が垂れる様子にも似ていたが、その脚はもがくようにじたばたと動いている。

住人の女性は少し顔色を変え、リビングのドアのほうに駆け寄るとインターフォンの受話器のある場所で、ボタンの操作を行った。「セキュリティを解除します」と機械の音声が応答した。そして、彼女はもう一度、戻ってくると、窓を慌しく開けた。

「助けて、降りられない！　助けて、好絵《よしえ》ちゃん。落ちる！　落ちる」と悲鳴が室内に飛び込んできた。言うまでもないが、如月ユミの声だ。


「あのね、泥棒の真似だけで、別に泥棒をするつもりじゃなかったんだって」

如月ユミは、屋上からロープを使い降りてきたはいいものの、その長さが足りず、宙ぶらりんになっていた。それを、僕と九〇一号室の女性が物干し竿やらスキー板などを駆使して、どうにかベランダ側に引き寄せ、救出した。繭美が手伝ってくれるはずがなく、彼女はリビングのソファに座り、勝手に冷蔵庫から出してきた缶ビールを飲みながら、「あんまり迫力がない救出劇だねえ」と暢気《のんき》に傍観していた。「いっそのこと、下に落としたほうが、うけるぞ」

ようやく部屋に入った如月ユミは、部屋の住人である女性、どうやら、好絵ちゃんと言うらしいのだが、その好絵ちゃんからタオルを受け取り、汗を拭いた。「冬の寒さに対抗する方法が分かった。ロープでぶら下がって、暴れるとかなりあったまるよ、うん」と太平楽なことまで言う。

「ユミちゃん、大丈夫？　なんか飲む？」と好絵ちゃんが心配した。

「あのさ」どこにいるべきか分からず、テレビの前で立っていた僕は、そこでようやく、訊ねた。「君たちは知り合いなの？」

「星野っち、何でここにいるわけ」

「おい、おまえ、自分の知り合いの家に盗みに入ろうとしたのかよ。最低だな」繭美はソファにどっしり座ったままだ。

好絵ちゃんは好絵ちゃんで、僕たちと如月ユミの関係が気になるようでもあった。

そしてそこで如月ユミが、「あのね、泥棒の真似だけで、別に泥棒をするつもりじゃなかったんだって」と言ったのだ。

「泥棒のふり？」

「そうそう、そうなの」好絵ちゃんが、僕に向き合う。「わたしがお願いしたの」

「お願いって、泥棒に入ってもらうように？」何が何だか分からない、と僕は頭を抱え、もしかするとこれは、別れ話に怒った如月ユミが、混乱によって僕を苦しめようと計画した騒ぎではないか、と的外れなことまで想像してしまう。

「あのね、星野っち、順番に説明するけど。まずね、好絵ちゃんは、わたしの友達。秋田で近所だったの」

「ああ、あの恐ろしい、なまはげ体験をした？」

「そうそう。少し前に久しぶりに再会したんだけど。でね、好絵ちゃんには彼氏がいるわけ。付き合って半年になる男でね」

「くだらねえ男なんだろ」繭美がソファからからかってくる。

「くだらないっていうか、冷たい感じでね」如月ユミは落ち着いて、答える。「ね、好絵ちゃんそうでしょ」

「クールなんだよね」

「クールって言うと聞こえがいいけどさあ」如月ユミは不満そうだ。「とにかく、好絵ちゃんにぜんぜん優しくないわけ。だけど、この間、珍しくプレゼントをくれたんだって」

「高そうな指輪。こんなの。きらきらして」好絵ちゃんは誇らしげに、自分の薬指の上に大きな宝石を、指で描いた。

「そりゃあ、何か、企《たくら》んでるぞ、その男」繭美が言うが、如月ユミは気にもかけず、「だけどね、それ、なくしちゃったんだって」と続ける。

「え、その、彼からもらった指輪を?」僕が見ると、きっちり化粧され、豪華な顔立ちの好絵ちゃんが急に泣きそうな表情になった。「そうなの。ばれたら、怒られちゃう」

「勝手に怒られればいいだろうが。だいたいな、そんなに大事なプレゼントをなくすほうがどうかしてるぞ。神経を疑う。そういう男は器がちっちゃいからな、そのうち、確かめてくるぜ。俺のあげた指輪、どこにあるのかな、なんてな。で、なくしたなんて分かったとたん、たぶん、大騒ぎだ」繭美が嬉々としている。

「だからあ」如月ユミが不敵な笑いとともに言う。「だから、そこでわたしの出番となったわけ。わたしが、それを盗んだことにしてあげようって」

「はあ?」これは、僕と繭美が同時に口にした。

「盗まれちゃったならしょうがないじゃない。むしろ同情されてもおかしくないし。わたしがこの家に侵入してやってね、で、彼女を縛り上げるわけ。このマンション、ガラスが割れると警備会社が来るらしいから、わたしはその前に逃げちゃう。まあ、素早い強盗ってこと。で、その素早い強盗がいろいろ盗んでいった物の中に、指輪もあったことにすればいいでしょ」

指摘しなくてはならないことがたくさんあるように感じられた。が、あまりにたくさんあるので、どうしたら良いものか分からない。ただ、好絵ちゃんが深夜に化粧している理由については見当がついた。彼女は、あとで警備会社の人間や警察に応対する計画だったのだろう。そして、化粧なしではたとえ警察相手でも会いたくなかったのではないだろうか。深夜に家にいるのに、化粧をしているほうが不自然だろうに、と疑問も感じるが、化粧していない顔は誰にも見せられない、という女性ならではの心理もあるのかもしれない。

「でもそれなら、わざわざロープなんて使わなくても」好絵ちゃんと組んだ狂言強盗であるのなら、外から入ることもあるまい。

「星野っち、甘いねえ。そんなんじゃばれちゃうよ。このマンション、鍵とか厳しいんだから、その彼氏だって、『どうやって侵入したんだ？』って怪しむでしょ。ロープを使って、外から窓を割って入るくらいしないと信憑性《しんぴょうせい》がないって。それにだよ、もしでっち上げるとしたら、わざわざ屋上からロープとかでやってくると思う？　そんな馬鹿がいる？」

ここにいるじゃないか、と僕は言えなかった。

「ここにいるじゃねえか」発言したのは繭美だ。

「だから、あえてやることにしたわけ。もしかしたら、目撃者が登場する可能性もあるよね。ベランダにロープでぶら下がる女泥棒を見た！　とかさ。そうなったら、リアリティが増すでしょ」

「何で、今日だったんだ」決行の日を決める必要がどこにあるのだ。

「好絵ちゃんの彼氏、時々、連絡なしで好絵ちゃんの家に来るんだって。夜中に。それで鉢合わせになったらまずいでしょ。だけど今日は、仕事なのか何なのか、どこか遠くに行く予定があるみたいだから。やるならこの日だな、って」

「浮気しに行ってるんだろうな、そりゃ」繭美はわざと、好絵ちゃんを不安がらせる。

インターフォンが鳴ったのはその時だった。僕はまず、繭美と顔を見合わせ、その後で好絵ちゃんに視線をやる。「誰が来たの？　その、彼？」

「彼だったら鳴らさないと思う。合鍵持ってるから」

「こんな夜中に、訪問販売か？」繭美は言う。「様子見るとするか」と腰を上げる。

インターフォンに応答しないでいれば、その訪問者は立ち去ってしまうだろう、と僕は思った。が、案に相違し、そうはならなかった。別の音が聞こえてきたのだ。かちゃかちゃと小さな小気味良い音で、それが何であるのか僕は理解できず、鼠でも這ってるのかと思うほどだったが、そこで繭美が鋭く、言った。「ピッキングだ。誰か入ってくるぞ」

「え」

「泥棒なんじゃねえか？」

「だって、もう、泥棒ならここにいるじゃない」如月ユミが自分を指差し、きょとんとしている。

よし、と繭美は廊下を歩いていく。僕はリビングから首だけを伸ばし、様子を窺う。彼女は玄関のところに立つと、しばらく動作を止めた。外で鍵をいじくる者に気づかれぬように、息を潜めているのだと分かり、僕も口をつぐみ、身動きするのをやめた。如月ユミも好絵ちゃんもじっとしている。

開錠の音がし、玄関の扉が外にゆっくりと開く。

繭美が動いた。

ドアに体当たりを食らわすように、外に飛び出した。外廊下で悲鳴のようなものが聞こえる。怒声もした。ドアに人がぶつかる音、マンションの壁が振動する響き、肉体が拳で殴られる音が何度か続く。足音がばたばたと聞こえた。複数だ。訪問者は一人ではないのだ。「待て」と短いながらも迫力のある繭美の声がする。

僕は気づくと玄関まで出ていて、好奇心に衝き動かされるがままに、ドアから外廊下に顔を出した。すぐそこに、黒いものが倒れているので、ぎょっとする。黒いジャージを着た、覆面を被った男だった。仰向けで、腕を不自然な角度に曲げ、横たわっている。繭美にやられたのだろう。

右側、エレベーターのある方向を見やると、繭美はそこに移動していた。黒い服装、黒い覆面の男二人と相対している。

僕の背中に冷たいものが走った。二人の男たちが銃を構えているのが分かったからだ。物騒なことの専門家に違いなかった。

繭美はといえば、銃に動じる様子はまったくなかった。大きな身体をその狭い場所で、弾むように動かしている。身体が回転したかと思うと鉤《かぎ》のように曲げた腕で、覆面男の一人を殴る。うずくまるその男を左手で支え、もう一人の男が構える銃の前に掲げた。楯代わりだ。銃を構えた男にためらいが浮かぶ。すかさず男を放り投げた繭美は、巨大な独楽《こま》の回転さながら鋭く身体を振り、後ろ回し蹴りを繰り出す。ブロンドの髪が暗い中で綺麗に揺れた。押し出した男ごと、二人まとめて蹴り飛ばした。男たちが後方に倒れる。銃が転がる音がした。

繭美は悠々とこちらに帰ってきた。息一つ上がっていない。「おい、さっさと逃げるぞ。警察が来る」

外廊下に出てくる住人はいなかったものの、ドア越しにレンズを使い、今の格闘を目撃し、誰かが通報している可能性は高かった。僕は靴に慌てて足を突っ込み、外に出る。いつの間にか如月ユミと好絵ちゃんも外廊下に出てきていた。

「あれ、何だべ」好絵ちゃんが呆然としている。

「なまはげでねが?」如月ユミが真面目な顔で答える。

「あんたげ、おっかねがったっけが? なまはげ」

「あのさ」僕も戸惑ってはいたが、言うべきことは言わなくてはならない。「警察には、うまく言っておいてよ。あの三人が泥棒に入って、君が撃退したってことでもいいし」

「わたしが? 男三人を?」

「何か、それくらいはできそうな恰好をしてるよ。女泥棒って強いんだろ」僕は、如月ユミの黒いつなぎを指差しながら、ああこれで彼女と本当にお別れだ、と思った。こんな風に、真剣に泥棒になりきり、生き生きとした、彼女という存在に二度と会えないのだ。

「何なら、泥棒はもう一人いて、そいつが指輪を盗んで、逃げ去ったことにしてもいいし」

さあ行くぞ、と繭美が、僕の肩を引っ張る。外廊下の突き当たりの、非常階段に続く扉へと歩いていく。

「星野っち」後ろから声がした。

足を止めて、振り返る。

「じゃあね」と如月ユミが言ってくる。

いったい何と声をかけようか、と悩んでいると、彼女のほうが先に口を開いた。とても深刻な、こちらを心配する顔つきだった。「星野っち、ロープいる？」

僕は顔に力を入れ、笑ってみせた。「使いこなせないよ」


翌日の夜、僕は繭美と一緒に、繁華街にいた。深夜まで開いているファストフード店の二階、窓際のカウンターに二人で並んでいる。脚の細い丸椅子が、繭美の巨体を支えていることが不思議で、壊れたりしないものか、と気が気ではないのだが、彼女自身は黙々とハンバーガーを齧《かじ》っている。僕は例によって、水を飲むだけだ。もし、いよいよ空腹で倒れそうだとなったら、ポケットに入った携帯食品でも口に入れるつもりだった。

「あれを調べたぞ」と繭美が外を眺めながら言った。並木道が眼下にある。時間が遅いせいか人通りはあまりない。夜の、街路灯が仄《ほの》かに照る無人の舗道はロマンチックだったが、それを、恐ろしい大女と並んで、眺めていることに眩暈《めまい》を覚える。滑稽で、非現実的な夢でも体験しているかのようだ。

「あれって何を」

「昨日のあいつらだ。黒ずくめの覆面男。あいつらがどうして、あそこに侵入しようとしてたのか、謎だったろうが」

あの男たちは結局、警察に捕まったようだったが、如月ユミからは連絡はなく、事の真相は分からないままだ。如月ユミたちの狂言強盗とは無関係であるようだから、たまたま、あの家を強盗が狙ったのか、と僕は憶測を巡らしていた。

「あいつらは、前に起きた質屋を襲ったグループだったんだ」

「え」

「わたしが殴った奴のうち、二人は知らない言葉を喋ってた。あれは外国人だな。こないだ言っただろ、老舗の質屋が襲われたって。そいつらだ」

僕は予想外の角度でつつかれた感覚で、すぐには反応できない。少しして、ようやく、

「そんなグループが何で、あのマンションを狙ったんだ」と言えた。

「あの女の彼氏ってのがいるだろ」

「好絵ちゃんの彼氏？」

「そいつもな、質屋強盗の仲間だったんだ」繭美は言った。それは、男を貶《おとし》めるために喋った当て推量とは異なり、はっきりした事実を語る雰囲気であったので、おそらく、彼女は確かな情報を得ているのだろう。「質屋を襲った奴らは、盗品をてきとうに分配した。

で、その彼氏は分け前のうち、一個くらいならって自分の女にくれてやったわけだ。はじめてのプレゼントが盗品ってのは、どういうわけだよ。最低じゃねえか」

「それが、好絵ちゃんのなくしたやつか」

「でな、わたしが聞いた話によればな、そのグループは行き当たりばったりの奴らだったんだろうな。盗品を捌《さば》こうとしている段階で、一番高価な指輪が手元にないことに気づいた。ってよりも、いらないと思った指輪に限って、高価だったって分かったんだな。あとは二束三文ってわけだ」

「それが、好絵ちゃんのなくしたやつか」

繭美はハンバーガーを咀嚼《そしやく》しながら、喋る。言葉が聞き取りづらいが、それに文句をつけたら殴られるのは間違いないため、僕は黙っている。「あの覆面の奴らはたぶん、女が指輪を持っていると知って、男のいない間に奪っちまおうと思ったんだろうな」

「好絵ちゃんの彼氏は裏切られたのか」

「強盗グループなんて、仲間割ればっかりだっての。指輪を奪った後で、女を襲うつもりもあったのかもな」

繭美はストローで甘い飲み物を一気に吸い込む。あまりの吸引力に、プラスチックの容器がべっこりとひしゃげる。

「でも、あいつらはどうやってマンションに入ったんだい。暗証番号は？」

「知らねえよ。そんなの本気になりゃ、いくらでも調べようがあるじゃねえか」

「セキュリティが売りのマンションなのに」僕は、どうして繭美があの三人と対決したのか、その理由も訊ねた。あっという間に覆面の者たちを倒したが、いったいどういう思いからだったのか、と。

繭美は面倒臭そうに、「知らないけど、邪魔だったからな」と言うだけだった。

「あっちもきっと、君に遭遇してびっくりしただろうな」

「怒ってるんじゃねえか？　ああいう奴らは執念深い」

「行き当たりばったりの強盗団が、その仲間が、行き当たりばったりに君に報復してくるかもしれない」

「関係ねえよ、そんなのは」と言う繭美は、降り掛かる火の粉を、涼しい顔で振り払う貫禄に満ちていて、不本意ではあるが、恰好いいと思ってしまう。

それから三十分ほど、僕たちはそのカウンターにいた。次に会いに行く僕の恋人、別れを告げに行く四人目についての説明や思い出話を、それは主に耳鼻科に関するエピソードだったが、繭美に説明していたのだ。繭美はいつものごとく、関心などなさそうだったが、それでも時折、こちらが傷つくような相槌《あいづち》を打ってきた。

「おい」話が終わりかけとなった頃、繭美が言った。

何だ、と訊ねれば彼女は前にあるガラス窓を太い指で叩いた。こつこつと音がする。ガラスがどうかしたのか。爪でガラスを割る芸当でもするのか、と問うと、「そうじゃねえよ」といつになく真面目な顔を見せた。「あの道路だよ」

暗い景色に目を凝らす。

並木道に人影があった。右から左へと一人で歩いていく、女性だ。細身の身体を軽やかに動かし、服装は黒一色だった。

「ユミ」と僕は思わず洩らす。

遠く離れてはいたが、すぐに分かった。その颯爽とした歩き方や体形には見覚えがあったし、何よりも彼女の肩にはぐるぐる巻きとなったロープが担がれているのが、街路灯ではっきり照らし出されている。

おいおい、と繭美が苦笑する。「今度はどこに行くんだよ」

僕は脱力感に襲われるが、愉快さを感じていたのも事実で、心地好い息を吐く。

いったいどこへ向かうのか、何をするつもりなのかは分からない。ただ、彼女が、僕との別れなどまるで気にかけず、力強く生きていることは分かった。思えば、如月ユミと過ごした時間の大半、僕は突飛な言動を取る彼女にはらはらしていたような気もする。「が正確に表現すれば、「がんばれよ（汗）」

とでもなるのかもしれない。

　繭美が隣で辞書を取り出し、めくっている。どうしたのかと訊ねると、「『見て見ぬ振りをする』って項目は残ってるよな、って確認してんだよ」と答えてきた。

バイバイ、ブラックバード　Ⅳ

「中耳炎ですね。鼓膜を切って、膿《うみ》を出せば痛みも楽になるでしょう」と耳鼻科医が言った。いつもと同様の、ロボットのような無表情さだった。

「よろしくお願いします」

「困りました」

ちぐはぐなやり取りだとは思った。が、神田那美子《かんだなみこ》は右耳のあまりの痛さにそれを気にする余裕もなく、とにかく早く鼓膜を切ってくれないか、とそれだけを考えていた。

切開は思いのほか簡単に終わった。「じゃあ、切ります」と機械的な声が聞こえたかと思うと、皮の切れる音がし、突如として大量の液体が泡を立てて流れ出すような響きがした。耳の中に溜まっていた膿が外に出る音だ。どうしてこんなに大きい音なのか、と疑問に思うが、何と言うことはない、膿は耳の最も近い場所で流れ出したのだ。

耳の痛みは、驚くほど簡単にひいた。ただ、立ち上がったところで眩暈《めまい》がした。風邪がなかなか治らず、しかも耳が痛くて睡眠不足だったから疲れが溜まっているのかもしれない、と説明をすると、耳鼻科医は、「点滴をしていくのが良いですよ」とやはり機械が喋るように、喋った。

「よろしくお願いします」

「困りました」

看護師によって奥の部屋へと連れて行かれ、小さなベッドに寝て、点滴の準備をされると神田那美子は眠った。意識が戻ったのは、「あ」という声のせいだ。ベッドのまわりは仕切りのカーテンがあるのだが、その向こう側で誰かが小さいながら、明瞭な声を発したのだ。

「そうか！」と隣で寝ていると思《おぼ》しき男はさらに続け、溜め息を吐いた。どうしようどうしよう、と明らかにうろたえている。

神田那美子ははじめ黙っていたが、そのうちに耐えられなくなり、「大丈夫ですか」と声をかけた。ぶつぶつと呟く相手は得体が知れず、そっと息を潜めて関わらないのが良いようにも思えたが、静かにやり過ごす勇気もなかった。

カーテンの向こうで、男が我に返ったようだった。「すみません。そちらにもいたんですね」

「大丈夫ですか、苦しそうですけど」

「あの、星野一彦と言いまして」

「いえ、名前とかは別に」ここで自己紹介をはじめる必要はないだろう、と神田那美子は苦笑した。「名前は結構です」

「あ、結構な名前だと思ってくれましたか。ありがとうございます」

相手が見当違いの返事をしてくることに呆れながら、「具合、悪いんですか。溜め息ばっかり吐いてますけど」と心配した。こちらにカーテンがあるということは、隣のベッドにもカーテンがあるはずだ。言葉が、二枚の布を貫通し、行き来する図を思い浮かべる。

「具合はまあ、喉が痛いんで、良くもないんですが、それよりも怖くて」

「点滴されているんですか？　中耳炎ですか？」

「そちらは中耳炎なんですか。こっちは喉で。咽頭炎らしいんだけど。腫れがひどいので、点滴で炎症を鎮めたほうが手っ取り早いと先生に言われて。やられました。気づくのが遅すぎました」

「気づくのが？　なんに気づいたんです」

「実は」隣の男、星野一彦は言い淀んだ。が、それも一瞬で、悪夢を一人で抱えることに我慢できなくなったかのように、「もしかすると殺されるかもしれません」と打ち明けた。

神田那美子は驚愕するよりも警戒した。話しかけるのではなかったな、と後悔し、肘のあたりに刺さった針と点滴の残量を見やる。早くここから逃げ出したかったが、残念ながらまだ終わりそうもない。管を引きちぎって逃げる度胸もない。

彼が慌てて、続けた。「どこから話をしたものか分からないんですが」と言い、うーん、と悩んでいる。「ずいぶん前に、交際していた女性がいたんです」

「今は別れているわけですか」

「彼女とはお互いに話し合って、特に喧嘩をするわけでもなく別れたんだけど、その彼女の父親はかなりご立腹で」

うちの娘を玩《もてあそ》んだな、と事情が分からないにもかかわらず、別れた彼を恨む。娘を想う父親にはありそうなことだ、と神田那美子は想像した。「まさか、そのお父さんに殺されそうなんですか」

「その、まさか。罪に問われない方法で、殺害してくるかもしれない。ここで」

「ここで？」咄嗟に、カーテンの向こうから誰かが刃物を突き刺してくる光景が浮かぶ。

星野一彦が息をすっと吸い込むのが分かった。「その彼女は付き合っていた頃に、父親のことをこう説明してくれたんです。わたしのお父さんは」

「お父さんは？」

「感情が表に出ないタイプで、ロボットみたい。生真面目で礼儀正しいけど、怒ると怖い。ただ、耳鼻科医としては優秀だ、と」

「耳鼻科医？」神田那美子もそこでようやく、状況が飲み込めてきた。「つまり」

「問診を受けている間、どこかで見たことがある顔だな、どこかで会ったのかな、とぼんやり思ってはいたんだけど。ここで点滴をしてもらって横になった時に気づいたんです。その別れた彼女に似ていた、って。苗字も一緒だったんだ。そう思ってみればあの先生はまさに」

「ロボットみたいでしたね」

「でしょ。実は、知人に、サイボーグみたいな人がいるんだけど、あの先生の場合は、サイボーグというよりもっと機械みたいで」

「ロボットとサイボーグって違うんですか」

「ロボットのほうが古い気がする」

「そういうこと言うと、怒られますよ」と言いながら神田那美子は少し笑いそうになった。

「こっちは薬をもらって帰るつもりだったんですけど、先生が強引で、『点滴をして休んでいきなさい。そのほうが早く良くなるよ』って。あれはたぶん、気づいていたんだと思う。娘の、憎らしい男だって」

「まさか、あの先生がここであなたに復讐しようとしている、とか思っているんですか?」

ひい、と声を絞るような悲鳴が聞こえた。「もしかするとこの点滴に何か怖い薬が混ざっているのかもしれない」

神田那美子は噴き出しそうになるのをこらえる。いったいこの男はどんな顔をして喋っているのか、とカーテンを開けたい衝動に駆られた。

「僕が死んだら、泣いてくださいね」星野一彦は情けない声を出す。

「泣いてあげてもいいですけど、まずは死なないでください」本心だった。一年前に母親を病気で亡くした神田那美子は、誰かが死ぬことは問答無用に悲しいことだ、とようやく学んだばかりだった。

「困りました」

「困ったんですか?」

え、と星野一彦は少し戸惑っていた。「ああ、違いますよ。かしこまりました、って言っただけ。ここの耳鼻科の先生、よく言うから。あれ口癖なんだろうね。『かしこまりました』って言うでしょ」

そういうことか、と神田那美子は合点がいった。耳の調子が悪いせいか、耳鼻科医の発する、「かしこまりました」が、「困りました」にしか聞こえていなかったのだ。患者に対し、かしこまりました、と答える医者も珍しいが、とにかく事情が分かってすっきりした。

「ああ、まさか、たまたま入った耳鼻科で遭遇するなんて」星野一彦は嘆いた。「全国で耳鼻科の先生って何人くらいいるんだろう」

神田那美子はそこで、彼女が得意とするところの計算をやった。

「一万人くらい、かな」

「え、知ってるんですか」

「計算してみたの」

「計算？ 計算で出るものなの」

「フェルミ推定って聞いたことがあります？ 結構、有名だけど」神田那美子はどうしてここでこんな話をしているのか、と不思議でならなかった。「宇宙までの距離とか、髪の毛をぜんぶ足した長さとか、そういう到底、計れないようなものを、概算で推定していくやり方なんです。たとえば、わたしが今、やったのは」

はじめに考えたのは、「何人くらいが耳鼻科を訪れるか」だった。一年に一度でもいいから耳鼻科を利用するのは、ざっと考えると十人に一人くらいではないか。根拠はない。五人に一人では多すぎるし、二十人に一人とも思えない、と考えた程度で、直感だ。日本の人口を大雑把に一億三千万人と考えると、つまり、一千三百万人だ。そして、同じ治療でおおよそ、三回くらいは通院すると仮定すれば、延べ人数にして、年間、約三千九百万人が耳鼻科で診察を受ける計算になる。

「次に、一人の耳鼻科医が、一日に何人くらい診察できるかしら、って想像したの。もちろん、そのお医者さんとか医院によって増減はあるだろうけど、ざっくりと見積もって、二十人くらいかな、って。で、だいたい年間で二百日くらい診察しているとすると、一人で、四千人くらいの人を診ていることになるでしょ。それで、さっきの三千九百万人を四千人で割ると、九千七百五十人。それをまた大雑把に丸めて、おおよそ一万人って思ったんだけど」

「そんな」星野一彦が戸惑っているのが分かる。「そんなやり方、曖昧《あいまい》な上に乱暴じゃないか」

「案外、そこそこいいところをつくんですよ。この推定で」

「それを今、暗算でやったわけ？」

「わたし、数字には強いんです。強いというか、数字でものを考えるのが好きなんです」

「一万人かぁ」星野一彦が詠嘆口調で言う。「昔の彼女の父親の耳鼻科に来るのって、一万分の一の確率かな」

看護師がやってきたのかカーテンの開く音がした。「星野さん、具合はどう？」と快活な女性の声がする。「点滴終わるから、外しますよ」とがさごそと作業をする。

ベッドから起き上がったと思しき星野一彦は、看護師に礼を言い、「あの、先生は何か言っていませんでしたか」と恐る恐るという具合に訊ねていた。

看護師は、「特に何も言っていませんでしたよ」と答える。

「あ、そうですか！」星野はあからさまにほっとし、声を軽くしたが、すると看護師は笑って、「星野さんが、娘さんを捨てた男だということ以外は」と付け足した。神田那美子はそれを聞いて、噴き出さずにはいられなかったが、寝たまま噴き出したため咳き込んでしまう。看護師が慌てて、カーテンを開き、「大丈夫ですか？」と気遣ってくれた。

その時に初めて彼女は、星野一彦を見た。寝癖のついたような髪をし、目と耳の大きな彼は恥ずかしそうに、ベッドで横になったままの神田那美子を見下ろしている。ばつが悪そうに、ぺこりと頭を下げると急に真剣な表情となり、眉を下げ、泣き出す寸前となった。

「まだ死にたくない」と声を震わせるので、看護師と神田那美子は声を合わせて笑った。

「まさか、あれが嘘だったわけじゃないよね」神田那美子が悲しそうな顔を見せた。

古い分譲マンションの一室だ。彼女の叔父が所有している部屋で、彼が仕事の関係で家族でアフリカへ行っている数年間、代わりに住んでいる、とそう聞いたことがある。地味な色の外壁、落ち着いたたたずまいのマンションは、生真面目に税理士事務所で仕事をこなす彼女の雰囲気と合っている。

僕たちはダイニングテーブルに座っていた。テーブルの上は綺麗に片付き、置いたコーヒーカップも取っ手がすべて右側に、角度も揃えたかのように、向いている。

前に座る神田那美子は、生まれてからの三十年間、カラーリングを一度もしたことがないその黒い髪を、首の後ろあたりで一つに結んでいた。僕たちが訪問したのは、彼女の希望もあって午前中の早い時間だったのだけれど、彼女は少し念入りなほどに化粧をしている。僕と会う時、彼女はいつもほとんど化粧なしの状態であることが多かったから、そのことが少し意外だった。さらに、上手な化粧とは言えず、明らかに似合っていなかったから、胸が痛んだ。

「初めて耳鼻科で会った時に話してくれた、別れた彼女って、もしかすると、この人？」神田那美子は、僕の隣に座る繭美に眼差しを向けながら、訊ねてきた。「実は別れてなかったの？」

「何で、わたしがクソ耳鼻科の娘じゃないといけねえんだよ」繭美は品位の欠片《かけら》もない乱暴な口調で言い返す。

「あの時に話に出た、別れた彼女というのは、この、繭美とは違う。あれはあれで別の子で、別れて以来、会ったこともないよ。で、こっちの繭美とは少し前に会ったばかりで」

「少し前に会ったばかりなのに、結婚することになったの？」

「この男とわたしはほぼ二ヶ月、毎日一緒だからなあ」繭美がジャケットのポケットから小箱を取り出す。その中の耳掻きで、耳をほじくりはじめた。繭美のその巨体は、膨らんだ風船のようでもあったから、彼女が耳掻きをいじくるたび、それが穴を開け、ぱりんと破裂するのではないか、と気になった。

「二ヶ月、千四百四十時間」と神田那美子が即座に言った。条件反射のようなものだろう。

「映画でいえば、七百二十本ね。七百二十本の映画を一緒に観たって考えると」

「それなりに深い付き合いだろ」と繭美が鼻を上に向け、誇らしげな顔になる。「それにしても、おまえ、本当に計算速いんだな。聞いてはいたけどよ」

「子供の頃から算数が好きだったんです。几帳面にやるのだけが得意だったんで、真面目にこつこつ計算して、答えが出るのが好きで楽しくて」神田那美子は返事をする。こんな身体も性格も規格外の女、繭美にも、誠実に説明をしようとするところが、彼女の真面目なゆえんだ。「地味な努力とか、そういうのしか、わたしにはなかったんです」

「努力ねえ」繭美は言うとバッグの中に素早く手を入れた。何を取り出すのかは、すぐに分かる。辞書だ。ぱらぱらと、「と」の索引あたりをめくり、「やっぱりな、わたしの辞書に、『努力』って文字はねえよ」と開いたところを突き出した。「わたしをおまえと一緒になんてしないでくれよな。こっちは計算だとか算数が大嫌いで生きてきた人間なんだからな」

僕はそれを聞き、そうだったのか、と思った。彼女が計算嫌いだった、という点にではない。彼女が人間だった、ということについて、だ。

「日本語の勉強?」神田那美子が反射的に訊ねた。「日本語ぺらぺらだけど、どこか別の国の」

「ハーフらしい」僕は答えた。「いったい、何と何のハーフなのかは分からないけれど」

「とにかくこの男は、数字が大好きの真面目なおまえよりも、分数の足し算もろくにできないこのわたしのほうを選んで、結婚するわけだ。おまえが必死に勉強してきたのはいったい何だったんだろうな」繭美が音吐朗々と歌い上げるように言う。嫌味や皮肉という表現は相応《ふさわ》しくない。繭美はただ単純に、他人が屈辱を覚えたり、絶望を感じたり、もしくは無力感ややり切れなさで心が削れてしまったりすることが好きなのだ。

「本当にこの人と結婚するの？　一彦君」神田那美子は同い歳の僕のことを、名前に、「君」を付けて、呼ぶ。今まで交際してきた女性の中では彼女が唯一で、これから僕が新たな女性と親しくなる可能性は低いだろうから、最初で最後の、「一彦君」と呼ぶ恋人かもしれない。

「そうなんだ。彼女と結婚することにしたんだ」嘘をつく。そうするほかなかった。

「でもね、昨日、久しぶりに一彦君から電話がかかってきた時に、たぶん別れ話だろうなあ、とは思ってたの」神田那美子は弱々しく微笑んだ。

僕は前日にかけた電話を思い出す。言われてみれば、二ヶ月半ぶりの連絡に、喜ぶでもなければ怒るでもなく、どちらかといえば悲しみを堪えている声だったかもしれない。

「あとで何でそういう予感がしたのかな、って考えてみて気づいたんだけど、ほら、そこに時計があるでしょ」

彼女が指差したのはキッチンのところにあるカウンターで、その上に、横に長いデジタルの時計が載っていた。

「電話がかかってきた時にたまたま目が行ったんだけど、そうしたら十八時十八分だったの。『1818』ね」

「イヤイヤだ」僕はすぐにそう言った。彼女は数字を見ると日本語に翻訳する癖があった。年号に置き換えたり、語呂合わせを楽しんだりした。それは占いやジンクスにも似て、こじつけや思い込みにしか感じられないのも事実だったが、彼女は反射的にいつもやる。たとえば、銀行の窓口で長時間、待たされて苛立つ僕に、その整理番号の数字「25」を突きながら、「富豪」と読み替え、「銀行で富豪の番号は縁起がいいね」とわざと前向きな発言を口にして慰めてくれたり、僕が買った三桁の数字当て宝くじの番号「105」を見たとたんに、「これは不吉だよ。いいことないよ」と唇を尖らせた。

「105は不吉なのか」と訊ねると、はじめは言葉を濁していたものの、「前に付き合っていた男の名前が、トウゴと言って最悪だったから」と教えてくれた。僕は自分の恋愛遍歴は棚に上げ、彼女の元の彼氏の存在に嫉妬を覚えた。が、彼女が、「最悪だ」と言い切っていることもあり、それほど追及しなかった。実際、その直後、僕は乗っていた車のサイドミラーを電柱に衝突させて、疵《きず》を作り、「ほら、出た。トウゴの呪い」と脅された。

「イヤイヤというか、バイバイだね」目の前の神田那美子が言った。「ほら、『1818』を逆から読むと、バイバイって読めるでしょ。だから、はっきりと意識したわけではないけど、一彦君からの電話に出る時に、お別れを考えてたのかも」

彼女はよく、「わたしの数字の読みって結構、当たるんだよ。ご利益がある数だとだいたい、いいことが待ってるの」と言ったが、不吉な数字の場合も当たるのだろう。

「おいおい何がバイバイだよ」そこで繭美が身を乗り出すようにした。彼女が少し動くだけで、空間が歪むような気がしてならない。巨大な風船がゆらゆらと揺れ、風を動かすようなものだ。「こじつけすぎるだろうが。逆さから読んでどうするんだよ。それに、どうせだったら、パイパイじゃねえか。おっぱいおっぱい」

男がそのように、「おっぱい」を連呼すれば周囲から白い目で見られ、苦笑されるのがオチだが、巨体の女である繭美が口にすると、それは新しい生物の鳴き声にも感じられるから不思議だった。

「おまえの一彦ちゃんは、おまえのおっぱいよりもわたしのほうがいいんだとよ」繭美はさらに続ける。

僕は一瞬、ぼうっとし、自分ではまったく意識していなかったのだが、隣にどんと腰掛ける繭美の胸を眺めていたらしい。「おいおい、一彦ちゃん、わたしのおっぱい見ちゃってどうしたのよ。いつもみたいに、むしゃぶりつきたいの？」と繭美に言われて、はっとする。彼女はおそらく、「むしゃぶりつく」という状態を表現したかったのだろう。両手に巨大な桃をつかみ、それに齧《かじ》りつくと同時に首をぶんぶんと振り回すような、そういう仕草をするものだから、得体の知れない生き物が得体の知れない食物を顔面で粉砕するようにしか見えなかった。

「君の胸のことなんて考えたことがなかった」僕は正直に言う。彼女と行動を共にするようになって、正確に言えば彼女から監視されるようになって、二ヶ月半近くが経つが、性的な角度から彼女を見たことは一度もなかった。彼女の胸の大きさがどれくらいであるのか気にかけもしなかったし、そもそも彼女の身体があまりに大きく、乳房に手足がついたかのような印象もあったが、とにかく、彼女の身体をまじまじと観察することはなかった。大きさや肉のつき具合を別にすれば顔立ちは悪くなかったが、もはや、そういう問題ではなかった。

「恥ずかしがるなよ。何ならここで、いちゃいちゃする？　わたしはいいわよ」繭美の丸顔がぐぐっと近づいてくる。僕はのけぞる。繭美からはいい匂いもしなければ、悪い匂いもしない。

僕は返事をせず、神田那美子を窺う。表情が凍りついたように固まり、目に涙を滲ませているのを見て、そうだ、神田那美子とは、こういう時に怒りよりも悲しみを溢れさせる人なのだ、としみじみ思った。

「一彦君から連絡がなかったこの二ヶ月半で、実は、いろいろあってね」と無理やり笑おうとしているのが伝わってきて、僕は刃物で胸を切られるような感覚になる。その傷から風がひゅうひゅうと吹き抜ける。彼女は自分の胸に手を当てる恰好をした。あまり見たことのない仕草だった。

「お、別の男と出会って、付き合いはじめちゃったのか？」繭美は当てずっぽうを口に出す。嬉々としている。だろだろ、おまえみたいに真面目な人間はちょっとしたことで男にころっといっちゃうからな、税理士事務所にぽっと現われたどこかの男になびいちゃったんだな、と満足そうに腕を組んだ。

神田那美子は、繭美に対し、申し訳なさそうに眉を下げた。相手の期待を裏切ることを心苦しく思っているようだった。「そうじゃないんです。男ができたとかそういうんじゃなくて。そういうのとは違って、簡単に言っちゃうとね」

「簡単に言っちゃうと」目に涙を湛えているのだから、いくら快活な言い方をしているとはいえ、無理をしているのは火を見るより明らかで、僕はその言葉を鸚鵡返《おうむがえ》しにしながら、不安を覚える。嫌な予感があった。簡単に言っちゃうと、とは、計算式の解を発表するようでもある。「彼女の涙+快活な声=」と頭に数式が浮かぶ。答えは何なのだ。「彼女の涙+快活な声≠いい知らせ」とは思った。

「わたし、もしかすると癌かもしれないんだって。乳がん」

彼女が胸に手をやっていた理由が分かった。同時に僕は頭の中が白くなり、何も考えられなくなる。部屋が固まった。室内が傾き、天井が歪む。誰かの巨大な手が外からぐちゃりと僕の周囲の世界を握りつぶそうとし、その瞬間、時間が停止したかのようだ。

神田那美子と向き合った僕のまわりを、茫洋とした長い時間が過ぎていく、そういう感覚に襲われた。

静寂を破るのはもちろん、繭美だった。「おいおい、本当かよ。こりゃまた予想外の展開だな」とはしゃぐように声を上げ、手を叩いた。さらに、僕の肩を殴った。その力強さに体勢が崩れる。この二ヶ月半、彼女はたびたび、こちらの身体を叩いてくるので、〈あのバス〉に乗る以前に彼女の手によって僕の肉体はばらばらにされるのではないか、と思うほどだった。「この女、おまえに別れ話を持ちかけられるわ、がんになっちゃうわ、踏んだり蹴ったりじゃねえか。こないだの、車を当て逃げされた女なんてまったく目じゃねえよな」

僕は言葉を発することができない。神田那美子をまっすぐに見つめる。何かを考えようとするが、頭の中の言葉がふわふわと宙に舞うようで、それを捕まえることもままならなかった。

「乳がんって、どうして」とようやく言った。

繭美が先に答える。「あのな、人間の身体は癌になることもあるんだよ。細胞は放っておけばいずれ癌化する、って話、聞いたことねえのか？　癌になるか、その前に他の理由で死ぬか、どっちかなんだよ。あのな、一彦ちゃん、おまえ、この女と付き合っている際、胸とか触ってあげなかったのかよ。もみもみしてやんなかったのか。しこりとかあったら気づくんじゃねえのかよ」

「だから」と僕は言う。「だから、信じられないんだよ」

彼女の胸に固いしこりがあることは、僕も知っていた。触った時に気づき、乳がんなのでは、と即座に不安にもなった。神田那美子にはそれを伝え、「検診に行ったほうがいい」と訴えた。

「ごめんね、一彦君、わたし、嘘ついてたんだよ」神田那美子は目尻を拭った。「だいぶ前から、心配してくれてたのにね。行けなかったの」

僕は口を開け、ぼんやりとしてしまう。乳がん検診を受けに行ってきた、と彼女は、僕に報告した。「異常なしだって。脂肪の固まり？　みたいなやつだって」と笑い、「たくさん、さわってほぐしてくれればいいみたいよ」と冗談まじりに言ってきたのだ。単純な僕はそれですっかり安心し、それ以降はその胸のしこりを気にしなかった。

「何で」とだけ言った。

「そりゃ、怖かったからに決まってんだろうが」繭美が大きな声で、唾を飛ばす。「世の中にはな、検査の結果が怖いから、って病院に行かないような奴がいるんだよ。手遅れになってからじゃあ遅いのにな」

「本当に、癌だったの？」僕は、繭美の声は聞き流し、神田那美子に訊ねる。

「まだ」と首を横に振る。「精密検査の結果はこれからだから。決まったわけじゃないの」

「たぶん悪性だな」繭美の言い方は、その語調の強さで不幸な結果を現実のものとして押し付けようとする勢いがあった。

繭美のその発言を、僕は聞き流す。普通に考えれば、病の不安に押し潰されそうな人間に何てひどいことを言うのだ、と激怒し、謝罪させるべきだろう。非難を受けてしかるべき発言であるし、非難しなくてはならない。が、繭美と時間を共にするにつれ、そうすることに意味はないと気づきはじめていた。仮に、誰かが憤怒の炎を彼女にぶつけたとしても、そのことで彼女が打撃を受ける可能性は低い。精神的にも肉体的にも、一般の人とは構造が異なっているのだ。そして、彼女が他人の心を傷つけるのは、もはや人間の善悪とは無関係の行為にも思えた。蟻の大群が蛙に襲い掛かり、その身体を分解し、巣に運び、食糧とするのは僕たちの目からすると残酷に感じられるが、蟻の事情からすれば、「そうしなくては生きていかれない」ということなのだろう。もっと言えば、スズメバチが人間を刺し、時に人の命を奪うのとも似ている。危険ではあるが、非難しても仕方がない。繭美の不快な言動も同じだ。そう思わなくてはやっていられない、というのが正直なところでもある。

「それはほら、マンモグラフィとかいうやつ?」と僕は縋《すが》るような気持ちで、神田那美子に言う。それであれば、乳がん検診のまだ初期の段階に思えたからだ。

「ううん、それはもうやったの」真面目な彼女は、相手の言葉を否定するのが心苦しそうだった。「最初、検査に行ったら、エコーで調べて、触診されて、それで再検査ですって言われたんだよね。まあ、明らかにしこりがあったから、当然なんだけど」

「それで?」

「再検査はまたエコーと、そこにマンモグラフィが追加されるの。あれって、ぎゅうぎゅう胸を挟まれるから大変なんだよ、一彦君、知ってた?」

「知らないけど」

「で、それもその日に結果が分かって、やっぱり、怪しいですね、という話になって。そりゃそうだよね。あるんだもん」

彼女が笑っても、僕はそれどころではなかった。その、マンモグラフィの検査結果を聞かされている時の彼女はきっと、「そりゃそうだよね」などと笑ってはいられなかったはずだからだ。不安で心細かっただろう。それこそ、子供の頃の僕が、なかなか帰ってこない母親を心配し、家のドアを開けたり閉めたりを繰り返し、そわそわしていた時と同じだったに違いない。どこかに安心の材料があるのではないか、とあちらこちらの扉を開き、自分を救ってくれるものを探し回るが、結局、何もない、そういった思いだったはずだ。どうして、と僕は目をぎゅっと閉じる。どうしてその時の彼女の隣にいてやれなかったのだ。

「それで、セイケンに出しましょうって言われて」

「セイケン？　精密検査？」僕は訊ねる。

「生体検査じゃねえか？」と繭美が、人間を解体する宇宙人を真似するかのように、手を動かした。まるで、それなら何度もやっていると言わんばかりだ。

「あれはね、本当にびっくりした」神田那美子が目を丸くしてみせる。「横になってから、麻酔を打たれるんだけど。『ちょっとねー、アレだけど、びっくりするからね』って先生に言われて、何かと思えば、ところてん作る筒みたいな大きな注射器みたいなのを持って」

「まさかそれを刺すわけ？」

「そうなの。先に錐《きり》みたいに太い針があって、それを胸にぶすっと刺して。で、注射器の中になんとバネみたいのが入ってて、それで、バン！って組織を吸い込むの」

ひい、と僕は悲鳴を上げてしまう。自分の胸を撫でる。

「麻酔してるから痛くはないの。ただ、組織を取られる時、その反動で身体が跳ねるのよ。どん！って。本当にびっくりした」

繭美はなぜかそれを聞き、腕を組んだまま首を縦に振り、「素晴らしい検査だな」と感心したように言う。「『ちょっとねー、アレだけど』という医者の説明も素晴らしい」

「検査の結果はいつ分かるの」

「二週間後なら結果が出てるから、都合のいい時に来てくれって言われたんだけど」神田那美子は壁のカレンダーを見やった。「ちょうど明日がその二週間後だね。ただ、わたし、明日は仕事で無理だから、明後日に聞きに行くつもりで」

「そうなんだ？」

「大丈夫だよ」うろたえる僕に、彼女が言ってくる。「わたし、もう、怖くないから。それに、今回、検診に行ったのも一彦君のおかげと言えば、おかげなんだよ」

「何で僕が」僕がいったい何をしたと言うのだ。

「何でこいつが」繭美も顔をしかめた。

「だって、一彦君と連絡が取れなくなって、いろいろ気になっちゃったんだよね。いつ電話があるんだろう、とか、どこに行ったんだろう、って。でも気にしているのもつらいから、それなら思い切って、乳がん検診とかを受けちゃえば、そっちのほうが気になって忘れられるかな、って思ったの。ほら、大きな不安があると、小さいことってそれどころじゃなくなっちゃうじゃない」

「おまえとの別れは小さいほうだとよ」繭美は愉快そうに声を上げる。「いや、でも、それじゃあつまらねえな。おまえさ、もっと苦しめよ。一彦ちゃんとの別れだって、つらいだろうが」

神田那美子は答えず、笑みを浮かべながら涙を堪えるような、もしくは、涙を止めるために顔をゆがめるような、そういう表情をした。

どこの病院で検査をしてもらったのだ、と訊ねると、彼女は、マンションからあまり離れていない総合病院の名前を口にし、それから少し頰を弛めた。「ほら、あの、耳鼻科の隣」

「ああ」彼女と初めて出会った時のことを思い出し、懐かしさとともに苦しさを感じる。会った時の彼女は中耳炎だった。まさか、それから数年も経たないうちに、癌の恐怖に襲われるとは想像もできなかった。「あの、一万分の一の」

「実際、全国で耳鼻科医が何人くらいいるのか、結局、分からないままだね」彼女が言う。

「たぶん、君の計算はいい線いってると思う」

「乳がんはね、たとえば毎年、一年で四万人くらいが見つかっているんだって」

「四万」それはかなり多いように感じられた。

「二十歳から三十五歳までとなると、その三パーセントくらいって聞いたことがあるから、毎年、千人の若い女の子が乳がんだって判明しているみたい。組織検査をする人の数は分からないけど、大雑把に想像すると、毎年一万人くらいは、今のわたしみたいな気持ちになっているのかもしれないね」

僕は何と返事をすべきか悩んでしまう。一万人という数字は大きいが、そんなことよりも、この目の前にいるたった一人の存在である、神田那美子の不安のことが何より重要だった。人の存在は、統計や確率とは関係なくて、ただ、その「一人」だ。

「ごめん」謝ったらいけない、と分かっているのに僕は謝る。

「わたしね、一彦君に、あのバネ入り注射のすごい検査の話をしたかったんだよね。どんなにびっくりしたか教えてあげたくて。だからネットで検索してみたんだ。そうしたら、あのバネの検査の名前があって」

「何と言う検査？」

「バネ式針生検って言うんだって。そのままだと思わない？　バネ式針って。おかしくて」

確かにそのままだ、と僕も答えた。一人でパソコンの前で、検査の内容を調べる彼女を想像する。僕の頭や胸から言葉という言葉が全部、消えていく感覚に襲われる。

「一彦君」彼女が別れ際に言った。「わたしにもしものことがあったら、そのことを知ったら、泣いてちょうだいね」

それは、初めて会った時に僕が言った台詞《せりふ》だった。

当たり前だ、と思いながらも絶望的な気分になっている。彼女にもしものことがあっても、僕にそれが伝わるかどうか疑問であったし、彼女が死ぬということ自体が想像できなかった。

「困りました」僕はそう答える。

彼女は笑ってくれた。

「無理だな」繭美は、僕に言った。高級なバッグが並ぶ、海外ブランドの店の中だ。彼女はショーケースの上の高級なショルダーバッグをがさつに触っている。商品を汚さぬように、と白い手袋をつけた店員が前で、あからさまにはらはらとしていた。「お客様お客様バッグのことをまったくご覧になっていないようですが冷やかしなんでしょ？」と今にも言い出しそうだ。

「無理って何が」僕は隣で訊ねる。

神田那美子のマンションを出た後、帰り道にたまたま高級ブランドで有名な店の前を通った。そして、繭美が、「寄っていこう」と言った。

「君がバッグに興味があるとは」

「興味はねえよ。ただ、おまえがこの間、あの子連れの女にバッグをあげたじゃねえか。ああいうバッグがいくらくらいなのか見ておこうと思ってな」

繭美は店に入ると、ショーケースにずかずかと近づき、美しい店員に、「これとそれを見せろ」と言った。どこかの国の王妃のような、偉そうな口調だった。

が、いざ出してもらったそのバッグについてはろくに見ようともせず、ただ、野獣が獲物の肉をほぐすように触っているだけだ。ひたすら、バッグの風格を台無しにすることに専念している。

「おまえはどうせ、あの女が可哀想になったんだろうが。彼女が落ち着くまで、一緒にいさせてくれないかな、と言い出すつもりなんだろ。違うか？」

「そこまでは言わない。ただ、検査の結果が分かるまでは」

病院に行き、検査結果を待つ彼女のことを想像すると、身体の内側が痛くて仕方がなかった。胸の中心がぎゅっと縮こまるような、やすりで削られるような苦しさで、座り込みたくなる。

「無理だ。おまえ、自分の立場分かってんのか？　わたしとおまえにはスケジュールってのがあるんだ。もう一回さっきの女に会って、慰めてる余裕はねえんだよ。それにな、もし、検査結果で乳がん確定ってなったらどうするつもりなんだよ。『そうか、癌だったのか。それは悲しいね。残念だったね。じゃ、ばいばい』とか言って、お別れしてくるのか？　癌だけどガン張ってね、ってそんな駄洒落、どこが笑える？」

繭美の唾が飛び散り、バッグにかかりそうになる。反射的に僕は手を出し、それを手のひらで受けた。するともう一滴飛んだのだが、それは咄嗟に手袋の手を出した店員が無事に捕らえた。

「そんな駄洒落は言わない」僕は答えるが、一方で、繭美は痛いところを突いてきたとは思った。僕は数日したらもう、〈あのバス〉に乗っていかなくてはならないのだから、神田那美子の支えになることはできないのだ。

「バッグはご覧にならなくてもよろしいでしょうか」店員はようやくそれを口に出した。

「いいか、星野ちゃん、おまえはな、自分のことしか考えてねえんだよ。〈あのバス〉に乗って、連れて行かれている間、あの女の癌のことを心配しているのが耐えられねえだけだ。だから、事前に検査結果を知って、気がかりを一つでも減らしておきたいな、ってそれだけだ。あの女のことなんかじゃなくて、おまえは、おまえ自身のために、検査結果を知りたいだけだ。そうだろ?」

「そんなことは」と言いかけて、言葉を止める。そんなことは、ある。繭美が先ほど言ったように、仮に神田那美子の検査結果が悪性と出た場合でも、僕にはどうすることもできない。彼女の不安と絶望を一瞬、共有することはできてもそれだけで、すぐにこの街を出て行くしかない。

「な。自分の身勝手さが分かったか、星野ちゃん。それとな、一つだけいいことを教えてやるよ」

「一つと言わずに」

「〈あのバス〉に乗せられていったらな、もう、あの女の癌のことなんて考えている余裕はねえぞ」

「そうなのか」

「『13日の金曜日』って知ってるか？」

「ああ、あの、ホラー映画の」

「そうだ。ジェイソンが出てくるやつだ」

「ああ、君の親戚みたいな」

僕の言葉を彼女は聞いていない。「あの映画の中で、ジェイソンに追われてる奴らが、『そういえば、別れた恋人の癌の検査結果はどうだったんだろ』なんて想像する余裕があると思うか？　ねえだろ。他人の心配なんてのはな、平和な奴しかしてらんないんだよ」

「僕が連れて行かれるところには、ジェイソンがいるのか」

「ジェイソンが実際にいると思ってんのか」

「君に会うまでは、あんなのはいないと思っていた」

僕は言いながら、もしかすると繭美自身も〈あのバス〉の詳細は知らないのかもしれない、と思った。

「あの」店員がまた口を挟んでくる。顔が明らかに引き攣《つ》っていた。「こちらのバッグはもうご覧にならなくてもよろしいでしょうか」

「ええ、もういいです。どうもすみませんでした」僕は謝罪し、すぐに店を後にしたかった。この、格調が高い、人気のブランドショップの中で、僕と繭美は明らかに不釣り合いだ。ここに僕たちが立っているだけで、このブランドのステータスが下がっていくような、そればかりか、この場所の地価すら下がっていくような、心苦しさを覚える。

「まだ見てるんだから片付けるなよ」と繭美は言った。むきになっているのだ。次はほら、あの大き目のバッグを見せてくれ、と棚を指差す。背後には、店員から商品の説明を受ける順番待ちのために多くの客がいたのだが、繭美は気にもしない。「いいから見せろよ」と声を出した。高級店に、低俗な大声が反響するのは、僕としても悲しかった。

「あのお客様、ほかの方のご迷惑になりますので、お静かに」頬をぴくぴくとさせた店員は、本来であればまわりからちやほやされる美人なのだろうが、今この瞬間だけは、その整った顔が崩れている。

繭美はすかさず自分のバッグに手を入れ、例によって辞書を取り出した。そして、素早い手つきでめくると、開いた頁を店員に向けた。「見てみろよ、わたしの辞書に、『迷惑』ってのはねえんだよ」とサインペンで消えたその項目を突きつける。さらに、頁をめくる。

「ちなみに、『気配り』もねえからな」

そして、目の前の、ショーケースの上の高級そうなバッグのファスナーを乱暴に開け、中に入っている詰め物を引っ張り出し、遠慮なく触りはじめる。小動物の腹を素手で裂き、内臓を取り出すような仕草に見える。

店員はむっとしつつも対応に困っていた。他の店員も接客に追われ、こちらを気にする余裕はない。繭美がさらに別のバッグも見せてくれと、奥の棚を指差す。ふてぶてしいと言うべきか、劣勢の相手を追い込むのが本当に得意と言うべきか、繭美には迷いがまったくない。店員はさすがに怒りの色を浮かべたが、ぐっとそれを鎮め、「今、バッグを持ってまいりますのでお待ちください。しっかりとご覧いただけますと嬉しいです」と言い、最後の最後に我慢できなかったのか、「ご自分の言動には責任を持ってください」と捨て台詞のようなものを小声で続けた。もちろん繭美は気にもしない。

「よし分かった。認めるよ」店員の消えたショーケースに手を置き、僕は言う。

「認める？　何をだ」

「君が言う通り、彼女の検査結果が知りたいのは僕自身のために過ぎない、ってことだよ。僕は検査結果を知らないでいることに耐えられない」

「そうだ。おまえは身勝手だ」

店員がバッグを持って、戻ってきた。生まれたばかりの赤ん坊を寝かせるように、丁寧に、神経質に、目の前に置く。

「彼女のためじゃなくて、僕のためだけに検査結果が知りたい。たとえばほら、彼女が明後日、病院に行くから、その後で会って、結果を聞くだけでいいんだ」

「で、もし悪性だったらどうすんだよ」

「癌だけどガン張ってね、って駄洒落を言うよ」口にするだけで、ひどい駄洒落だと思った。自分の品性がとてつもなく下落した気分だ。もちろんそんなことを言うつもりはなかったが、そう説明したほうが繭美の興味を惹くようにも思った。

案の定、彼女は、「うーん、それはそれで面白そうだけどな」と呟いた。が、すぐに、「駄目だな」と首を左右に振った。バッグを見もせず、ぐちゃりと手で革をつかむ。

「駄目って何が」

「あのな、あの女がおまえを心配させないように、嘘を教えたらどうする？　悪性だと判明したにもかかわらず、おまえには、『平気だったよ』とかふざけたことを言うかもしれねえだろうが。そうだとすると意味がねえだろ。ただのいい話じゃねえか」

「ありえるかも」僕は咄嗟にそう答えてしまう。あの、神田那美子の性格からすれば充分、その可能性はあった。彼女は、僕を安心させるために嘘をつく。「でも、たぶん、そんな嘘ならさすがの僕も気づくと思う」

「無理だ」繭美は断定した。「わたしは、おまえという男と一緒にいてな、一つだけ分かったことがあるんだ。おまえは単純すぎる」

「そんなことはない」

「だいたい、おまえはすでに一回、騙されている。あの女が乳がん検診に行ったもんだと思い込んでいたわけだろ」

「確かに」認めざるをえないところはあった。

「な、だから、駄目なんだ。おまえが正確な検査結果を知ることはできない。やるだけ無駄だし、わたしも気が進まない。退屈なのは間違いねえからな」繭美の口からまた唾が飛んだ。その、大きな一滴はたっぷりと放物線を描き、柿色の可愛らしいバッグの上に落ちた。

ばん、と音が響いたのはその直後だった。ショーケースに載っていたバッグが弾んだ。何かと思えば、目の前の店員が目を剝き、鼻の穴を広げている。せっかくの整った顔立ちが台無しで、僕はやはり心が痛んだ。彼女が、ショーケースのガラスを叩いたらしかった。

「それだったらもう、替え玉を病院に行かせればいいんじゃないですか」と怒りを抑えた早口で、はっきりと言ってきた。店員の彼女が、だ。「大きい病院なんて、患者の顔をいちいち覚えていないんだから、性別と年齢がだいたい一緒なら分かりませんよ。検査結果を知りたいんだったらそれで、本人のふりして行って、しれっと医者から話を聞いてくればいいじゃないですか。もう、さっさとそんな話はやめて帰ってくれませんか。大事なバッグたちが可哀想で仕方がありません。検査結果を知りたいとか知りたくないとか、ほんともうどうでもいいですから」

店員は、僕と繭美への嫌悪感が爆発したがために、意識するより前に言葉を発していたのかもしれない。言い終わると、はっとして、口に手を当てる仕草をした。

僕と繭美は顔を見合わせ、「それだ！」と同時に言い、店員に指を向けた。

な、何なんですか、と店員が怯えた。

「代役が検査結果を聞きにいく作戦」は良いものに思えたし、繭美の好奇心も刺激した。

が、店を出たものの、実際にその代役を誰にするかの決定については難航した。

「わたしが行けばいいだろうが」繭美はまず主張した。

「ばれる」

「ばれるって何がだよ」

「いくら患者のことをいちいち、医者が覚えていないと言っても、君がもし過去にやってきていたら絶対に覚えている」

「何でだよ。さっきの店員も言ってただろうが。性別と年さえ一緒なら分からねえ、って」

「君の性別はたぶん、誰とも一緒じゃない」

「わたしを化け物みたいに言うんじゃねえよ」

「君のことを検査した人は、たぶん、君のことを絶対に忘れない。それにハーフなんだし」

「愛し合った二人は永遠にお互いを覚えている、というやつか」

「少し違うけど、だいたいそれと同じだ」だいたい、という言葉の存在に、僕は感謝する。

「じゃあ、どうすりゃいいんだよ。誰にやらせるんだよ」繭美は面倒臭そうに頭を掻く。そして、「ああ」と遠い記憶をひっくり返したかのような眼差しになった。「あの女はどうだ。計算女の前に別れてきたばっかりの、ロープの」

「如月ユミ?」

「そうそう、あの女、泥棒の真似とか得意なくらいだから、病院に他人のふりをして行くのを喜んでやりそうじゃねえか」

なるほど、と僕は思うが同時に首を捻る。「別れてきた彼女に、また会うことは許されるのかな」もちろん会えれば嬉しいが、同時に、せっかく思いを断ち切っているというのに、もう一度別れをやり直すのはつらいな、とも思った。

「そう言えばそうか」繭美が唇を尖らせる。「それに、あの女、病院にもロープで侵入しないと気が済まないかもしれねえな」

もしかすると繭美はあの如月ユミに苦手意識があるのか、意外なほどあっさりと案を引っ込めた。

「じゃあ、どうしようか。僕が女装をして、乳がんの組織検査の結果を聞きに行くわけにもいかないし」

すると繭美が急に携帯電話を取り出し、電話をかけはじめた。誰に連絡しているのか、もしかすると彼女の仲間たちに相談でもしているのか、と思っているとおもむろに会話をはじめた。

「さっきそっちの店に行った、客だけどな。応対した店員に話があるんだ」繭美は言うと、先ほどバッグの店で、ショーケース越しに接客してくれた女性の特徴をだらだらと述べ出した。やがて、「ああ、さっきはどうもな」と馴れ馴れしく話しかける。電話口に、あの店員が出たのかもしれない。「病院の替え玉作戦、おまえが考えたんだからおまえも協力しろよ。うるせえな、おまえがやれ。いいからやれ。さっき、ご自分の言動には責任を持ってください、ってのたまったのは誰だ。頼むぜ」

まったくもってめちゃくちゃだ、と僕は隣で唖然とする。

繭美は続けた。「よし、分かった。おまえんところでさっきのバッグ、買ってやるよ。で、おまえにやろう。わたしからのプレゼントだ。だから、引き受けろよ」

そんなことで相手が了承するわけがないだろうに、と僕は思った。

が、女性店員は了承した。

「じゃあ、わたしは、検査結果を聞いてくればいいのね」

翌日、病院の受付窓口から少し離れた場所、売店の脇でバッグ屋店員は言った。年齢は神田那美子よりも下であるのは間違いなく、腰のくびれや胸のふくらみなど、体形にも違いはあったが、偽者だとすぐに露呈することはなさそうだった。

彼女はまず受付窓口で、診察券を忘れた、と言い、新しい券を作った。保険証の提示を求められたが、「保険証は忘れてしまった。今日は検査結果を聞きに来ただけであるし、次回に忘れず持ってくる」と誠実そうな態度で返事をし、無理を押し通した。

総合病院は人で溢れ、これほど大勢の人間が病の恐怖や痛み、不安を抱えているのかと思うと気持ちが沈む。見渡せば、その広い待合席には四十人くらいがいるように思える。僕は咄嗟に計算する。今、院内で診察を受けている人を入れれば、この時間、百人くらいがここにいるのではないか。五十人よりは多いし、二百人よりは少ない気がする。一日を通して考えると、三百人くらいがやってくるのだろうか。それが一週間だと五日であるから、延べ人数にして千五百人、と意味もなく、数字を頭に浮かべ、神田那美子が得意としたフェルミ推定をやろうとしてしまう。自分がやってもおそらくは見当違いの答えしか導けないな、と途中でやめた。

ただ、その多くの人たちが、何かしらの暗い点を、身体に沁みる墨汁の雫のような陰鬱《いんうつ》なものを、抱えているのだから、気が重い。

乳腺外科は二階にあり、バッグ屋店員はエスカレーターでそこに向かった。僕と繭美は少し距離を開け、彼女に続く。

「似合うか」エスカレーターの途中で、繭美が自分の衣装を指差した。むすっとした表情だったが、不満そうでもない。

「白くて丸い。雪国のかまくらみたいだ」僕は、白衣を着た繭美に言った。

「おまえは何を着ても、死にそうな男に見えるな。生気がねえんだ」

僕も白衣を着ていた。ぼうっと待機しているのであれば、白衣のほうが怪しまれないのではないか、という発想からだったが、こうして二人で白衣を着て立っていると、余計に怪しいことに今さら気づいた。

「私服で、待合室に並んでいるほうがよっぽど自然だったな」繭美も言ったが、せっかく白衣を着たのだからもうこのまま行くしかない、と決めているようだった。仕方がなく、目立たぬように少し奥まった場所に移動する。

バッグ屋店員は診察室前の待合席に座り、繭美から受け取ったばかりのバッグを触っていた。左手でつかんでいる診察の整理券が今にも落ちそうで気が気でない。

「あいつ、あのバッグ、本当に欲しかったんだな。店員が自分が売ってる商品を買えないってのは最悪だ。自分が欲している物を、他人に買っていってもらうのが仕事なんだろ。マゾヒストじゃないと勤まらねえな。『ああ、わたしが本当は欲しいのに、こんな女に持っていかれちゃったわ、ああ』ってな、自虐的な気分で興奮するんじゃねえか」

「どうだろうね」僕は平板な口調で言い返す。まともに取り合っては駄目だ。「でも、あの店員もずいぶん肝が据わっている。替え玉なのにまったく動じてない」

「わたしの接客をして、言動に責任を持て、とか言った奴だからな。それくらいできるだろ」

それから僕と繭美は、受付でバッグ屋店員が呼ばれることを、正確には、神田那美子の名前が呼ばれることを、待っていた。

「あの計算女、実際、計算がそんなに好きだったのか?」たぶん時間を持て余し、退屈だったからだろう、繭美が話しかけてくる。

そうだよ、と答えた僕はぐっと言葉に詰まった。胸の中が、神田那美子と共有した時間によっていっぱいになったからだ。

脳の中に刻み込まれた思い出の場面が、胸に充満した。

遊園地の観覧車に乗るために列に並んでいると、その大きな観覧車を見上げて、ゴンドラの数をカウントし、「三十二個だから、三六〇度を割ると、ゴンドラとゴンドラの間は一一・二五度ってことになるね」とすぐに暗算をした時のことや、ファミリーレストランのメニューを眺め、「このクリームあんみつと、あんみつに単品のアイスクリームをプラスするのとでは、値段が微妙に違うんだけど」と価格やカロリーの計算をはじめた時のことなど、自分の計算癖に恥ずかしそうにしながらも、愉快げだった彼女の顔が、僕の頭には大きく映し出された。

「あのな、わたしなんて小学校の分数で挫折してるからな」

「君が喋ると何でも自慢に聞こえるのが不思議だ」だいたいどこの国の小学校に通ってい

たのかも謎だ。

「わたしから言わせれば、算数だとか数学なんてのは生きていくうえで、まったく必要ねえんだよ」

「そんな乱暴な」

「だってな、わたしが躓《つまず》いたのはほら、あれだ。分数同士の足し算っつうのがあるじゃねえか。$\frac{2}{3}+\frac{2}{5}=$ってな。で、単純にそのまま、分子と分母っつうやつか、あれをそのまま足しちゃうと駄目なんだよな。わたしは面倒臭《くせ》えから、$\frac{4}{8}$って答えを書いちまうわけだ」

「小学生がよくやる間違いだ。通分しないと駄目だ」

「何偉そうに言ってんだよ」繭美が、僕の肩を叩く。またしても骨が壊れるような痛みが走る。「でな、人生のうちで、$\frac{2}{3}+\frac{2}{5}$の答えが必要な時っていつなんだよ。おまえ、実生活の中で、分数同士の足し算やったことあるか？　ねえだろ？　仮にわたしがずっと、分数の足し算を間違ってたとしてもな、ぜんぜん困らないんだよ」

はあ、と僕はぼんやりと相槌《あいづち》を打つ。「でも、計算はできないと困る。足し算とか掛け算くらいは」

「それくらいはできるに決まってんだろうが、おまえ、馬鹿にしてんのか」

てっきり、君の辞書では、足し算や引き算も塗り潰されているように思った、と僕は言おうとした。が、そこで、いつの間にか、バッグ屋店員の姿が見えなくなっていた。「いつの間にか呼ばれたのかな」

「かもな。そろそろ呼ばれてもおかしくねえだろうし」

室内に入ってからも、中待合の長椅子などがあり、そこで待つことがあるのかもしれないが、それほど時間がかからず、バッグ屋店員は戻ってくるはずだ。

「お医者さんは検査結果をいつ知るものなんだろう」

「カルテを開いた時に検査結果が挟んであるから、その場で知るんだろ。アカデミー賞かの結果発表と一緒だっての。『おめでとうございます、癌でした』ってなもんだ」

例によって繭美は次から次へとやかましい言葉をぶつけてくるが、僕は気にしていなかった。バッグ屋店員の持ち帰ってくる知らせのことが気になって仕方がなかった。

きっと良性だ、と僕は思う。そうに決まっている、と自らに言い聞かせる。「悪性」という結果を受け止めた時の彼女の不安を想像すると、いても立ってもいられなくなった。良い結果でありますように、無事でありますように、と僕は祈る。昨日の夜からずっと祈っている。

「おまえさ、もう検査結果は出てるんだぜ。今ここでお祈りしたところで、変わるわけがねえぞ。すでに転がりはじめたサイコロの目をお祈りするようなもんだ」

分かっている、と答えながらも僕は、分かっていなかった。結果はまだ確定していない、と心のどこかで思っていた。コインはまだ回った状態で、裏と表のどちらを上にして止まるべきか、悩んでいる。ここで僕が祈ることをしなければ、その時こそ、悪い結果に決定するのだ。

「計算大好きで、いくら数字に強かったところでな、わたしみたいに分数の足し算もできない奴のほうがよっぽど長生きできるってことだ。面白《おもしれ》えよな」と言ったかと思うと次には、「何だか飽きてきたな、さっさと帰ろうぜ」と言い出す。

「もう少しだ」

「じゃあ、十秒な、十秒」

繭美は何かと言えば、じゃあ十秒な、であるとか、じゃあ十回な、であるとか小学生のように言ってくる。せっかちなのか、結果が出るまでずっと待つことや、何度も繰り返すことが嫌いなのだろう。研究者には絶対に向かない。

僕は診察室をじっと見つめる。

ほどなく、バッグ屋店員の姿が見えた。診察室近くから、いそいそと出てきて、走り出したいのをこらえるような摺り足で、エスカレーターに向かっていく。僕たちのことは気にもかけていない。

「あれ?」僕は呟く。「どこ行くんだろ」

「逃げやがった」

僕と繭美は慌てて、彼女の後を追った。

病院の出口付近でようやく、バッグ屋店員を呼び止めた。「待ってくれ、待ってくれ、いったいどうしたんだ」

彼女は足を止めると、息を吐き、「ごめんなさい。動揺しちゃって」とようやく我に返った。

「動揺って、何があったの。検査結果はどうだったの?」早くそれを知りたかった僕は、結果も伝えず消えようとしていたバッグ屋店員に、小さな憎しみすら覚えそうだった。

「何で逃げんだよ。そんなに恐ろしい結果が出たのかよ」

「あ、まだ、そこまで行ってないです」

「そこまで行ってない、とは?」

「わたしの順番、まだ来てなくて」

「医者の話を聞く前に逃げ出してきたってこと? いったいどうして」それなら早く戻ら

なくてはいけない、と僕は背後を振り返る。

「この期に及んで怖くなったとか言わねえだろうな」繭美も状況が把握できないようで、むっとしていた。

「いえ、中の待合の長椅子に座っていたんですけど」

「けど？」

「診察室がちらっと覗ける時があって、お医者さんの顔が見えたんです」

「その顔が怖かったのか」繭美が鋭い声を出す。

「前の彼氏だったんですよ。あっちの浮気が原因で別れたんですけど、そういえば医者でした」

「そういえば医者でした、ってそういうのって忘れるものなの？」僕は言ったものの、自分の付き合ってきた女性の職業を全部覚えているか、と言われれば自信はなかった。「でも、本当に、昔の恋人だったわけ？」

「前は別の病院にいたんだけど。診察室の外に医者のプレートがあって、名前も一緒でした。で、びっくりして逃げてきちゃって」

「ああ」と僕は納得する。「確かにそれは」

「そうだな。ばれる」繭美もうなずいた。

医者が大勢の患者のことをいちいち覚えていないとしても、昔の恋人のことは、見れば思い出すだろう。少なくとも、以前に診察したかどうかは判断がつくかもしれない。そして、その彼女の名前が、神田那美子ではないともすぐに分かるはずで、ようするに替え玉作戦が失敗するのは時間の問題だった。

「何てことだ」僕は天を仰ぐ。耳鼻科医での体験を思い出した。「またこのパターンかよ」

「パターンって何だよ！」繭美が納得がいかない、という様子で大声を出すので、通りかかった老人がびくっとした。

翌日、僕たちはバスターミナルにいた。バスに乗り、五人目の彼女と別れるために、会いに行くのだ。別れるために会いに行く、とは不毛な作業にも思えたが、それが僕の望みだから仕方がない。

欲が出たのは、バスが来なかったためだ。

どこからか制服姿のバス会社社員が現われて、「バスが横転事故に巻き込まれてしまいまして、少し時間がかかっております」と乗車待ちの僕たちに向かい、説明をはじめた。

「三十分ほど遅れることになりそうです」と謝罪する。

繭美は張り切って、苦情を訴えた。「急いでるのに、何で横転してんだよ。おまえのバスはまっすぐ走ることもできねえのか。どこの教習所行ったら、横転の仕方を教えてくれるんだ?」と制服の社員に噛み付いた。「いえ、横転したのはバスではないのですが」と社員が必死に説明するが、聞こうとしなかった。誰かを責める機会があれば責めるのが、彼女の習性なのだ。

隣で僕はその制服の社員に同情し、この大きな身体の同行者を制御できなくて申し訳ない、と内心で頭を下げていたのだが、そこでふと、「この空いた時間に、病院に寄れるのではないか」と閃《ひらめ》いた。ここで三十分、突っ立っているくらいであれば、その間に病院に行き、神田那美子に会えるのではないか、と。バスターミナルから交差点を二つ越えたところがちょうど病院の場所だった。

「おまえ、そういうつもりでこのバス停を指定したのか?」僕の提案を聞くと、繭美は不愉快そうに言った。次の女性に会いに行くのに、このバスターミナルからバスに乗ろうと言ったのは、僕だ。それぞれの女性の家に行く経路は、僕しか分からない。

「そういうつもりはなかった。たまたまなんだ」

嘘ではなかった。ただ、もしかすると心のどこかでは、神田那美子が行く病院の近くであれば、彼女とすれ違う機会もあるのではないか。そう期待していたのかもしれない。つまりまだこの期に及んでも、往生際悪く、乳がんの検査結果を知りたかったのだろう。

「おまえな、あの計算女が今日、何時に病院に行くかまでは分かってねえだろうが。今行って、ちょうど計算女に会えました、なんてことがあると思うか？」

「じゃあ、行ってみよう。無駄骨ならそれでいい」

「もし来ていたとしてもな、まだ、診察前かもしれねえし、おまえの都合良くいくわけねえぞ」

「じゃあ、行ってみよう」僕には少しだけ、勝算があった。神田那美子は以前から、病院に行く際はたいがい、午前中の早い時間、なるべく開院間際を狙って、訪れることが多かったのだ。今の時間であれば彼女が病院にいる可能性は高い、と踏んだ。

「やだね。面倒臭《くせ》え」繭美はすげない。心底、面倒臭そうだった。

「いいじゃないか。三十分、ここにいてもつまらないだろ」僕は説得を試みるが、彼女は鼻をほじくり、聞こえないふりをする。僕は時計を何度も確認する。タイムリミットはどんどんと近づいてくる。バスが来てしまう。

「僕を殴れ」と言った時には、かなり焦っていた。「おい、殴れよ」

どうかしたのか、と繭美が少しだけきょとんとした。

「いいから殴って来いよ」僕ははっきりと、支離滅裂なのは承知の上で言った。そこで、「理由もないのに殴れるかよ」と常識的な反応を見せるような彼女ではない。それでは普通の人間だ。「殴れって言うなら殴ってやるよ」と何の得にならずとも攻撃をしてくるのが繭美だ。

予想通り、だった。殴ってきた。てっきり顔面を狙われると思っていたのだが、繭美は威勢良く僕の肩を殴った。

拳が当たった直後、バスターミナルの舗装された地面に顔をこすり付けるような、ダイナミックなぶっ飛ばされ方をして、僕は倒れた。痛みが頬骨に走り、どうにか立ち上がったもののしばらく視界が晴れなかった。

「殴れって言うから殴ってやったよ」と繭美は平然と立っている。

頬を手でさすり、血が出ていないかと何度も確認する。

「よし」僕は肩をさすりながら、すぐに歩きはじめる。「怪我したから病院に行くよ。実は、あっちに総合病院があるんだ」

「馬鹿かおまえは」

「君が殴ったから、僕は怪我をした。だから、病院に行く。救急車を呼んでもいいよ」論理的な説明であったり、情に訴えた懇願であったり、そういうことよりも、まったく理屈に合わないむちゃくちゃな言い分のほうが繭美は乗ってくる、と思った。この二ヶ月半の付き合いから、学んだことだ。

しょうがねえな、おまえは。三十分だけだぞ。繭美が後ろからのしのしとついてくる。

病院の中はリノリウムの床のせいか、無機質な雰囲気に満ちている。昨日は替え玉作戦に夢中で、院内を落ち着いて見ることもできなかった。壁の色に温かみがあるものの、看護師の呼び声以外には人の声はなく、暗い静寂に包まれている。

「もし、あの女を見かけても絶対に話しかけるんじゃねえぞ」エスカレーターを昇る直前、繭美が言った。「前に言ったようにな、あの計算女が検査結果の嘘をつく可能性だってあるんだ。意味がねえだろ」

「じゃあ、どうすれば」

「待合のところをざっと見て、女がいるかどうか確かめたらそれでおしまいだ」

「そんな」

「おまえな、今度、我儘《わがまま》言ったら、本気で殴るぞ」

さっきのが本気ではない、ということだけでも充分、恐ろしかった。

二階に到着し、診察室のある場所へ移動する。待合席は込み合っていた。僕たちはそれを斜め前の方向から眺めることにした。昨日同様、かなり離れた場所に立つ。

「さて、ここから見て、計算女がいるかどうか分かるかねえ」繭美は、茶化すように言った。

が、見つけた。「いた」と鼻先で示す。

前から三列目の長椅子の一番端に神田那美子がいた。黒髪を一つに縛り、コンタクトレンズはしていないのか眼鏡をかけている。

「まだ診察前だな、ありゃ」繭美は、ふうん、と関心なさそうな息を吐く。「これで満足か。良かったな、彼女に会えて」

僕はそこでぎゅっと目を閉じ、祈る。彼女の検査結果が良いものでありますように。頼みます、と誰に頼んだものか分からないが、とにかく祈った。

「でも、あいつ、何で、にやにやしてんだよ」繭美がぼそっと言い、それに釣られ、僕は目を開けた。

え、と思い、神田那美子を見れば、確かに彼女の表情は少し穏やかだった。ほっとした気配で、口元にうっすらと笑みが浮かんでいる。

「何見てんだろうな」繭美は、そっと移動をはじめ、待合席の後ろにまわるとそこから患者のふりをして、歩を進めた。もちろん彼女の巨体は目立つから、座っている人たちの大半は目を丸くし、こんな頑丈そうな人間も病院に来るのか、ならばわたしが病に罹《かか》るのも仕方がない、と安堵したかのような面持ちになっている。

繭美は、神田那美子のすぐ後ろまで近寄ると、何かを発見したのか、来た経路をそのまま戻ってきた。

「あの計算女、何を見てるのかと思えば、何てことねえよ。順番待ちの整理券だった」と繭美は心底、つまらなそうに言う。

もう一度、視線をやる。彼女は両手で紙切れを持ち、もらったばかりの賞状を眺めるように、それを見ていた。

「何番だった?」僕は訊いた。

「115だよ。また例の語呂合わせか」

ああ、と僕は喉元にせり上がってきたものを堪える。ここで泣いたら、せっかくのご利益も消えてしまう。そんな思いに駆られ、だから、我慢した。「たぶん」と僕は言ったが、その後は口に出せなかった。口を開くと、たぶん涙が溢れ、止まらなくなるだろう。一彦だ。115でカズヒコと読めなくもない。

僕と繭美はその場を後にする。一度だけ立ち止まり、頬を触りながら、後ろを見た。その時も神田那美子はまだ、にこにこと番号札を見ていた。

バイバイ、ブラックバード　Ⅴ

スポーツドリンクのコマーシャル撮影の時だった。有須睦子《ありすむつこ》は広いスタジオで照明があたる中、リクライニングシートにもたれ、ペットボトルに口をつける。背後には、青い幕がかかっていた。自分の横顔からカメラが、首筋、そして、露出した肩を捉えている。

カメラに撮られるのはどういう感覚なんですか、と時折、質問してくる人がいる。「素人《しろうと》は緊張しちゃいますけど、プロの女優さんともなると余裕で受け止められるんですか。それとも、むしろ、快楽を覚えるんですか」と。

普通です、と有須睦子は答える。ぶっきらぼうに聞こえぬよう、驕《おご》っていると思われぬよう、表情に気をつける。ごく普通に答えたつもりが、「気取っている」と受け取られることは物心ついた頃から、何度も経験した。

「特に何も感じません」

「さすが、プロですね」

プロだから、ではなかった。子供の頃からそうだったのだ。いつだって誰かの視線が、その多くは好意をたっぷりと含んだものだったが、それらが常に、注がれていた。

「睦子さん、いいですか、女優になるような人というのはね、普通の人とは次元が違うんですよ」少し前、マネージャーの佐野《さの》が言った。出演した映画の試写を観た後の打ち上げの場で、酒を飲んでいるにもかかわらず、佐野は顔色一つ変えず、堅物のサイボーグマネージャーの評判を裏切らない生真面目な物言いだった。

「佐野はどうして、リラックスした喋り方ができないわけ」

「私はリラックスしています」

「聞いてるこっちが緊張しちゃうんだよ。面接みたいで。わたし、この間、佐野を観たよ。昔の映画の中で。見た目そっくりだったけど、いつの間に出てたの」

「『ターミネーター2』ですね」無表情で佐野は答える。「よく言われます。シュワルツェネッガーじゃないほう、と。T-1000という型です」

「佐野って、T-1000って型なの?」

「そう言われる、という話です。先ほどの話に戻りますけれど、女優になる人には強い磁場があるんです。どんな人も惹きつけてしまう磁場が。だから、普通の人とは違うんです」

「磁場」有須睦子はその言葉を発した後で、地場産業、という言葉が頭に浮かび、口にしてはならぬと分かっていながらも、「磁場産業」と言ってしまう。

佐野は無表情のまま、しばらく黙り、その後で、「なるほど、磁場と地場を掛け合わせた駄洒落ですね。面白いです」と言う。

「駄洒落を解説されることほど、つらいものはないよね」

「美しい人間に、人は引き寄せられるんです。あえてそこから目を逸らそうとする人間もいますが、それも、磁場から遠ざかろうとしているだけで、方向が異なってはいるものの、磁場の呪縛から逃れられないという意味では、同じなんです。女優になる女性は、もう、女優になるべくして生まれてきているんです」

女優になるべくして生まれてきた、と言われても有須睦子にはぴんと来なかった。自分が女優に関心を抱いたのは、単に、近所にいた年下の幼稚園児が、すでにその顔も名前も覚えていないが、その彼が、「お姉ちゃん、女優になったら？　綺麗だし」と無邪気に言ってきたことがきっかけだった。当時、小学生だった有須睦子はその時に初めて、女優という仕事を知った。そして、少しませた言い方をするその幼稚園児に、「ぼくは大きくなったら何になるの？」と訊ねると、「パン！」と快活に即答されたので、笑ってしまった。

「パン？　パン屋さん？」と聞き返すと、首をぶるぶると横に振り、「じゃなくて、パンだよ。パン！」と言う。大きくなったらパンになる、とはずいぶん難易度の高い夢に思えたが、とりあえず、「美味しいパンになってね」とだけは伝えた。

その話をすると佐野は、くすりともせず、「人間はパンにはなれません」と生真面目に答えた。


「あ、有須さん、いい笑顔です。そのまま」声をかけられる。誰が言ったのかは分からなかった。スタッフのいるところは照明もないため薄暗く、人の姿がぼんやりと把握できる程度だ。

スポーツドリンクのキャップを外し、口をつける。喉に流し込んだ後で、決められた台詞《せりふ》を口にする。

「はい、OKです。ちょっとチェックします」ディレクターの声が響くと、スタジオ内の緊張感が緩む。すぐにヘアメイク担当の女性が駆け寄ってきて、有須睦子の顔に触れた。前髪の位置を直す。

「ねえ、これ、飲んでみた？」手元のスポーツドリンクを視線で指し、小声で、そのヘアメイク嬢に訊ねた。

「いいえ」彼女はかぶりを振る。

「普通の味だよ」有須睦子が真顔で言うと、彼女は噴き出した。自分と同じ二十代後半で、付き合いも長いが、馴れ馴れしい態度も見せず、一定の距離を置いてくれるため、心地好《よ》い相手だった。

顔を上げると、ジーンズにジャケットを着た男が寄ってきた。クリエイティブディレクターという肩書きを持つ彼は、ブランドや商品の広告、イメージ戦略を指揮する監督のようなものだったが、背が高く、外見も整っているためかテレビにもよく出演し、自らを世の中に浸透させる戦略に長《た》けているようでもあった。派手なシャツにジャケットを羽織った恰好で、「有須さん、お疲れさまです」と声をかけてくる。「もうすぐ終わりますから」と微笑み、立ち去る。

「意外に腰が低いですよね」ヘアメイク嬢が小さな声で、その男について言う。「時代の寵児《ちようじ》、とか言われてるのに」

「でも、時代の寵児って言われて、困る顔もしないで、むしろ得意げだから、感心するけど」有須睦子は自分の物言いが批判的になっていることに気づき、ああ自分はあの人があまり好きではないのだな、と悟った。いつもそうだった。役を演じ、他人から台詞を与えられ、私生活でも本心を隠さざるを得ないためか、自分の本当の気持ちがどこにあるのか分からない。表情や気持ちにはいつも鎧《よろい》のようなものが被さり、その下にある、本当の感情はなかなか表に出ない。だから、時折、意識するでもなく発した自分の言葉から、「そう感じていたのか」と認識することがあった。「時代の寵児、って一過性の存在、の別名みたいなものじゃない。わたしなら怖いけど、そんな称号。時代の寵児だったら、村田兆治のほうがいいよね」

「誰ですかそれ」

「プロ野球の、ロッテのピッチャーで。もう引退してるけど。『マサカリ投法』って知らない？」

「有須さん、わたしと同い歳ですよね」彼女は愉快げに言った。

「五十歳過ぎても、一四〇キロ出してるんだから」と言った後で、「うちの父親が大の野球好きだったんだよ」と明かす。「わたしが女優になる時も、『村田兆治に会えるような存在になれ』とか言ってね」

「入る業界、間違えましたね」

するといつの間にか、〈ミスター時代の寵児〉が目の前に戻ってきて、有須睦子ははっとした。今の会話を聞かれたかと思ったが、彼は、有須睦子の座るソファの端の部分を手で払うだけだった。汚れが気になったらしい。後ろから軽装の男がやってきたのは、その時だ。〈ミスター時代の寵児〉の名前を呼んだ。学生のような出で立ちで、髪の毛はぼさぼさ、見るべきところは特にない外見だった。

「星野、ちょっと待っていて」〈時代の寵児〉が露骨に嫌な顔をし、その男に振り返る。

「あんまり近づいてくるなよな」

「そうですけど、せっかくだから訊きたいことがあって」星野と呼ばれた男は、有須睦子にちらちらと視線を向ける。首からは、来客用のプレートがかけられていた。

〈時代の寵児〉は、有須睦子に対し、「申し訳ありません。こいつ、星野一彦っていって、学生時代の後輩なんですけど。ちょっと見学したいって言うんで」と説明した。「邪魔になるから、下がってろよ。ずっと遠くに」

「いや、一つだけ質問が」星野一彦は指を一本立てる。

有須睦子は、「どうぞ」と答える。ファンや野次馬の要望は、いちいち拒絶や不快感を表すよりも、さっさと聞いてしまったほうが楽だ、と経験上、知っていた。

「あの、それどういう味なんですか?」星野一彦はそう言い、ペットボトルを指差した。

「え?」有須睦子と同時に、ヘアメイク嬢も声を上げている。

「今後ろで見ていて、そういえばスポーツドリンクって飲んだことがないなあ、って気づいたんです。すごく美味しそうに飲んでいるから気になっちゃって」

〈時代の寵児〉が胡散臭そうに、星野一彦を見つめる。「おまえ、本当に飲んだことないのかよ」

「だって、スポーツとかあんまりしなかったし」

「スポーツしなくても飲めばいいじゃないか」

「いいんですか？」星野一彦は冗談を言っているようでもなく、本気で驚いていた。

「飲んでみる？」有須睦子は、面白がってと言うよりも、面倒臭くなり、ペットボトルを差し出した。

星野一彦は屈託なく喜び、ペットボトルを受け取り、飲んだ。有須睦子はじっと、その反応を見る。「どう？」と訊ねてから、自分が予想以上に、星野一彦の感想に興味を抱いていることを知る。

彼の表情は歪んでいた。ペットボトルを返しながら、「うーん」と呻《うめ》き、「スポーツっぽい味ですね」と精一杯の気遣いを込めた口調で溢《こぼ》した。

〈時代の寵児〉が不愉快そうに、「なんだよそれ」と言い返し、〈アメイク嬢は小さく笑うが、有須睦子は特に何も感じなかった。

有須睦子のまわりにやってくる男には、奇を衒《てら》ったことを口にしたり、周囲の人とは異なる言動を取ったりして、自分の存在を訴えようとする者も少なくなかった。

「ありがとうございました」星野一彦は特に、有須睦子の反応を気にかけるでもなく、言った。「じゃあ、あっちで待ってますね」

「星野、おまえな、女優、有須睦子の飲んだペットボトルに口をつけて、よく平然としていられるな」

「あ、すみません」星野一彦は慌てて、手を伸ばし、ペットボトルをつかむとその口の部分を、きゅっきゅっと自分の袖《そで》で拭《ぬぐ》った。

「遅いよ。おまえが口をつけた後で、拭ってどうするんだよ」

「しかも、服の袖で拭いてますしね」ヘアメイク嬢もさすがに言わずにはいられなかったのか、頰を緩めつつも指摘した。

「申し訳ありません、有須さん」と〈時代の寵児〉が謝る。

星野一彦は目を丸くし、「あ、この人が女優さんだったんだ!」と今さらながらに感嘆した。

有須睦子はさすがに意表を突かれ、〈時代の寵児〉とヘアメイク嬢は呆然とした。

「おまえ、それも分かってなかったのか」

「さっきから見ていて、すごく美人だなあ、とは思ってたんですけど」星野一彦の口調には嘘がなく、あくまでも真実を口にしただけというまっすぐさに満ちていたため、さすがに有須睦子も笑いそうになる。さらに彼は、「時代の寵児に恥をかかせてすみません」とこれもまたふざけた調子ではなく、真摯《しんし》さに溢れた物言いで謝罪した。

「おまえなあ」

「でも、時代の寵児で思い出したんですけど、村田兆治は本当に凄いですよね」

「はあ？　何言ってんだよ」〈時代の寵児〉の口からため息が出る。「有須さんに、そんなくだらない駄洒落を聞いてもらって、俺は申し訳ないよ。『時代の寵児』と『村田兆治』って、駄洒落としては最低だぞ。ねえ、有須さん、酷いですよね」

ヘアメイク嬢が何か言いたげに、目尻に皺《しわ》を作り、有須睦子を眺めてきた。


「あれも嘘だったわけだ」僕に向かい、有須睦子が言った。目に力は入っているものの、表情はなく、能面のような顔、と言いたくなるが、能面にしてはあまりに女性としての魅力に富んでいる。頑丈そうな、立派なマンションのこの部屋に入った時、僕と一緒に来た繭美が最初にぶつけた言葉が、「おまえ、何歳だっけ」だったのは、たぶん、化粧なしであるにもかかわらず、有須睦子が驚くほど綺麗な肌をし、若かったために、自分の仕入れた情報が正しいかどうか不安になったのだろう。

「三十三」とぶっきらぼうに有須睦子は答えた。「星野君より三つ上」

コマーシャル撮影の現場で、初めて会った時はお互い二十代だった。

リビングが広い。何度訪れても、圧倒される。二十畳以上はあるだろう。窓が広く、そこから都心の高層ビルが見渡せた。初めてこの部屋に呼ばれた時、僕は、「悪い人が、自分の支配する街を見渡す場所みたい」と思わず、言ってしまった。有須睦子は怒りもせず、「確かに善人が住む部屋ではなさそうだ」と納得した。

僕たちはリビングに置かれた、黒く大きなソファに座っていた。左の方向には大型テレビがある。ここに来る前、繭美に殴られた肩をさすりつつ、それを見た。

「あの時、星野君、わたしが女優だとは知らなかったって言ったけど、あれ嘘だったんでしょ」有須睦子は座らず、壁にもたれるようにしている。何気なく立て、と言われても僕などは腕を持て余し、脚の置き場にも困ってしまうが、彼女は意識することもなく、ごく自然に颯爽《さつそう》と立ってみせる。数え切れないほど、さまざまなポーズをしてきたからだろう。

自然な恰好とか、自然な表情とか、そういうのがもうよく分からないんだよね、と彼女は以前、言ったことがある。どこからどこまでが演技か分からなくて、どれが自分の本当の感情か判断できない、と。

「あの時は本当に知らなかったんだ。僕はテレビとか詳しくないから」

「本当かよ、星野ちゃん」隣の繭美は品格の欠片《かけら》もない乱暴な口調で言ってきた。

「おまえさ、この女優女の気を惹こうと思って、そんなこと言ったんだろ。見え見えなんだよ。美人はいつもちやほやされてるから、自分に興味がないような素振りの男が現われたら、気にするかもしれない、とか期待したんだろ」

女優女、という表現がどうにも滑稽に感じられた。「そういうんじゃない」

「美人ってのは、そういった男にも慣れっこなんだよ。興味を持ってくる男にも飽き飽き、興味がないふりをする男にもうんざりしてる」

「まるで君がその、慣れっこの美人みたいな言い方だ」

繭美が僕を監視しはじめ、行動を共にするようになり二ヶ月半以上が経つが、いまだにその存在に慣れなかった。風船とも樽《たる》ともつかない、アブドーラ・ザ・ブッチャーに瓜二つの巨体はまだしも、大雑把で、傍若無人な性格は、こちら側が免疫を作る余裕も与えてくれない。

「あのな、逆も真なり、だ」繭美は偉そうにふんぞり返り、ジャケットのポケットから小箱を取り出す。蓋《ふた》を開ければ、耳搔きが出てくる。それで耳をほじりながら、ああ気持ちいいね、と歌うように言った。「いいか、わたしなんてな、ずっと、みんなに嫌われてきたわけだ。最初は、身体がでかいから、邪魔な簞笥《たんす》みたいに思われていたけどな、いや、ハーフだから、箪笥ってよりはクローゼットか？　まあ、そのうち今度は、公害だとか安全管理のできていない発電所みてえに嫌悪されてな。煙たがられる人生がずっと続いてるわけだ」

なるほど、公害と言われれば、繭美の持つ怖さはそれに近いようにも感じられた。どこからどう非難すべきか見当もつかず、途方に暮れるような巨悪、それに似ている。

「だけど」耳から掘り出した垢をふうっと息で吹き、繭美は言う。「それとは別に、そういったわたしに対して、普通に接する奴もいるんだよ。時々な。でも、そういうのは、得てして、僕は、わたしは、あなたのような公害みたいな人とも自然に接することができるんですよ、というアピールがしたいだけでな。どっちもわたしにとっては、よくあるパターンなんだ」

「それは考えすぎのような」穿《うが》った見方だ、と思った。

「あ、でも、わたしは、彼女の感覚凄く分かるかも。さっき言ってくれたのもまさにその通りだし」有須睦子は壁際に立ったまま、繭美に視線をやった。「わたしのまわりには、興味を持つ人か、興味を持たないふりをする人ばかり。星野君はどちらでもない人かな、と思ったけど、あれもやっぱり、ふりだったのかな」

繭美ががばっと立ち上がった。その途端、マンションの中で高波が起き、室内を攪拌《かくはん》するような、視界の揺れを感じる。繭美は、有須睦子にまっすぐ向き、無礼さの見本とでも言うように人差し指を突き出した。「おまえさ、何か余裕あるよな。いいか、この星野ちゃんは、わたしと結婚するから、おまえと別れるって言いに来たわけだ。だろ。なのに、余裕見せて、どういうわけだ。つまんねえ奴だなあ。もっと怒るとか、泣くとかしろよ」

「怒るのも泣くのも、仕事でいつもやってるから」有須睦子は、明らかに規格外の繭美を前にしても大きな戸惑いは見せず、かと言って感動もないのだが、じっと視線を向けていた。「たぶん、わたしが泣いても、星野君は動揺しないんじゃないかな」

「そんなことはない」

「少なくとも、わたし自身は動揺しないかも。泣くのには慣れているから」

「余裕綽々《よゆうしやくしやく》で、気に入らねえなあ」

「余裕というか、だって、せっかく来てくれたんだから、まずは話をちゃんと聞くのがマナーでしょ」

「マナーなんて知らねえよ」と繭美はバッグの中に手を入れた。辞書を取り出し、開く。

「ほら、わたしの辞書に、『マナー』はねえんだよ」とその黒く塗り潰した箇所を見せる。

「ねえ、星野君、本当にこの人と結婚するの？」

「なんだよ、わたしと結婚したら駄目だってのかよ」繭美が喚《わめ》く。誰かの発言に、律儀に難癖をつける乱暴者のようだった。

「そういう意味じゃなくて、ただの確認」有須睦子は落ち着き払ったままだ。

僕は少し調子が狂っていた。今まで別れを告げてきたほかの四人の女性に比べると、彼女は感情的ではなく、この場を指揮するかのような貫禄も滲ませていた。主導権は、彼女にあるように感じる。それは彼女が、生まれた時からその美しさによって、周囲の人間たちの関心を集め、様々な意味での主導権を握ってきたことと関係しているのだろうか。

「ははあ、ようするにだ」繭美が得心がいったぞ、という具合にうなずく。「おまえにとって、星野ちゃんは大した存在じゃなかったんだろ。まあ、女優からすれば、こんな男、雑魚《ざこ》だろうしな。掃き溜めに鶴ってやつだろ」

「掃き溜めに鶴、はそんな風には使わないよ」僕は指摘しながら、せっかく辞書を持っているのだから引けばいい、と思わずにはいられない。ただ、女優からすれば雑魚、という言葉には、その通りだよな、と首肯しそうだった。どうして僕が、美人で、演技の評価も高い、演技派女優と交際していたのか。たぶん、この世で僕が一番、理由を知りたがっているはずだ。

「そうじゃないよ」有須睦子は、友人に話すかのように繭美に話しかける。「星野君は、大事な恋人だよ」

僕は恥ずかしながらそこで、照れ、自分の耳が赤くなるのが分かる。気を引き締め、「でも、僕はとにかく、彼女と結婚するから」と言った。

「でもさ星野君、わたしが絶対に別れたくない、って言ったらどうするの？　結婚をやめてくれる？」有須睦子が言ってきた。からかうようでも、試すようでもなく、ごく自然の質問に感じられる。

「いや、それは無理だ」

「おまえはどうせ、この男にこだわりなんてねえんだろ。まあ、意地ってところじゃねえのか？」繭美はずけずけと言い放つ。相手の胸の内の、弱いところを狙い、ぐさぐさと嫌味の矢を突き刺すのは繭美の得意なところだった。腹を空かせた肉食獣が、別の獣に喰いつくように、繭美は人の心に喰らいつき生きている。傷ついた獣が、ぐえっと呻いても肉食獣は気にかけてはいられない。それと同様に、繭美も、傷ついた他人の、ぐえっ、にはいちいち気を取られない。

「そうじゃないって。ただ、わたしは、星野君とは別れない。別れたくないから」

返事に困る。有須睦子はあっさりと別れを受け入れるのではないか、と思っていた。

「別れたくないからって言ってもな、無理は無理なんだ。たとえばおまえ、太陽に向かって、沈んで欲しくない、って言ってみろよ。沈むもんは沈むだろうが」

「わたしは太陽には沈んでほしいから別にいいんだけど」

「いいか、わたしたちは単に報告しにきただけなんだっての。こいつはわたしと結婚するから、おまえとはお別れだ、ってな。いいか、相談じゃない。報告だ」

「でもわたしは別れないよ。絶対に。これも相談じゃないからね」

状況からすれば、それは困る、と言うべきだったかもしれないが、別れないと言い放つ有須睦子は毅然とし、恰好よく、それが僕のことを思っての発言だとするなら、光栄にほかならない。広い窓の向こうには、高層ビルがいくつも聳《そび》えているのが見え、自分たちが洒落たドラマの中に置かれている気分になった。

「あのな、じゃあ言っちゃうけどな」いつもと具合が違うからか、少しストレスが溜まりはじめた様子の繭美は、その不満をぶちまけるためだろう、ひときわ意地悪な口ぶりになった。「いいか、この星野ちゃんはな、おまえ以外に四人の女と付き合ってたんだ。分かるか、五股だよ、五股。ヤマタノオロチというか、ゴマタノホシノだよ」

それを言ってしまうのか、と僕は驚き、かつ裏切られた思いに駆られるが、そもそも彼女には、『五股のことを言い触らさないでくれ』とは頼んでいなかったから、今までの四人によくも言わないでくれたな、と感謝すべきかもしれなかった。

さすがに有須睦子も一瞬、表情を硬くした。「星野君」と、万引きをした生徒の名前を呼ぶかのように言い、「本当なの、それ?」と訊ねた。壁から背を離し、ゆっくりと歩き、僕たちの前のソファに腰を下ろす。膝を揃え、脚を斜めに傾け、こちらに首を傾《かし》げる。動作の一つ一つが様になっていた。

ああ、そうなんだよ、僕は複数の女の人と付き合っていたんだ。罪を認める。

「な。こいつは五股をかけてたわけだ。で、おまえはそのうちの一人だ。ついでに言っておくけどな、他の四人は一般人だぞ。おまえみたいな有名な女優なんかじゃない。子連れもいれば、一人キャッツアイみたいな女もいたけどな。とにかく、一般人だ。そういう奴らとおまえは一緒くたなんだ」

繭美は間違いなく、有須睦子の自尊心を削るためにそのことを強調したのだろう。が、有須睦子はむきになるでもなく、うっすらと寂しげな色を浮かべた。「でもわたし、意外にそういうのには慣れているのかも。いくら女優と言っても、大事な役が全部わたしに回ってくるわけではないし。常に、ほかのたくさんの女優の中の一人、候補の一人みたいなものなんだよね。いい役が来て、喜んでいたら、実はすでに断った女優が二人いた、とかそんなのは日常茶飯事だし。だから、いつも何股もかけられているようなものなの」

僕は、有須睦子が屁理屈を述べているわけではない、と分かっていた。事務所を通じ、大きな映画の主役の仕事が回ってきた時、彼女は、僕の前で清々しい笑みを浮かべて拳を作り、「よし」と言ったことがあったが、その後すぐに、「たぶん、わたしの前に誰かが断ったのかもね。もしくは社長が無理やり押し込んだとか」と消極的なことを口にした。

「でもね、どういう事情であれ、この役を手に入れたんだから、わたしはラッキーだよ」と言う彼女には自嘲めいたところもあり、印象的だった。彼女はいつだって、「自分の実力」とは何を指すのか、と思い悩んでいた。

「いいか、女優の仕事の場合はな、比較される相手も女優なわけだ。誰が選ばれるにしても、何股かけられるにしても、相手は女優、それなりの女だ。でもな、星野ちゃんの場合は、他の女たちは普通の奴らなんだよ。おまえは他の平凡な女と背比べされてるんだ。どうだよ、これを屈辱と呼ばずして何と呼ぶ」

「女優よりも、普通の女のほうがよっぽど素晴らしいかもしれない」

「なわけねえだろうが」

「そうかなあ。それに、わたしは、星野君と会うのは実は数ヶ月に一回とかなんだよね。わたしの仕事は、一度撮影に入ると長いし、ロケも多いし、時間は不規則だし。出会ってから、もう四年も経つけど、実際に会ってデートしたのなんて三十回もないんじゃない？」

繭美は眉間に皺を寄せ、気色悪いものでも眺めるように、「それって交際って呼べるのか？　気が向いた時だけ会う、都合のいい女みたいなもんだろ。もしくは都合のいい男か？」と僕と有須睦子を交互に見た。

「まあ、わたしは本当に付き合ってるつもりだったけど。でも確かに、一ヶ月に一度とか二ヶ月に一度しか会わないんだから、星野君に他の恋人がいるのもおかしいとは思わないんだよね。もちろん、嬉しくはないけど、可能性としては充分ありえるし。ただ、星野君は浮気とか二股とかしたら、絶対にばれそうなタイプだとは思ってた」

「それがこの男のたちが悪いところなんだよ。意外にずるい。計算高くて、抜け目ないわけだ」繭美はむくれた顔で、こちらを見る。僕が人形のように座っているだけなのが気に入らないのか、野球の監督が外野の守備を眺めて、「ちゃんと守れよ、何やってんだ」と叱りつけるようなぴりぴりした気配を滲ませた。

僕は計算は得意じゃないのだ、と答えようとしたが、そこで有須睦子が先に、「星野君、計算とかできないから」とはっきりと言った。「たぶん、想像するに星野君は、全部、まじめなんだよね。二股かけてたとしても、どっちに対しても一生懸命で、どっちが病気で倒れても大慌てで駆けつけるんだと思う」

「ああ」繭美はそこで、ふっと顔の強張りを弛めた。凶暴な猿が背中をふいに掻かれ、一瞬だけ我に返るようでもあった。「こいつにはそういうところはあるかもしれない。二股じゃなくて五股だけどな」

「ねえ、星野君は、他の四人の子にも別れを告げるわけ」

「おまえが最後だよ。残り物だな」

「残り物には福がある」と有須睦子は言った。彼女にしてはずいぶんつまらないことを口にするな、と思ったら、彼女自身も苦虫を嚙み潰すような顔をしていた。思わず口を突いて出たが、言ったことを後悔している。繭美はそれをどう捉えたのか、「安心しろ。わたしの辞書にもそんな言葉は載ってない」と例の辞書を開き、黒く塗り潰されているところを指差した。ことわざが消えている。「福」もたぶん塗られているだろう。

「わたしのところに最後に別れ話をしに来たのは、わたしが一番大事な恋人だったからら？」有須睦子はあまり表情を変えず、興味深そうに見つめてくる。そこには期待や信頼や自信もなく、それこそ先ほど彼女自身が言ったように、「ただの確認」のようだった。

いいや、と僕は座ったまま、肩を触る。「君と会う約束は難しいから、今は撮影中らしいし。だから、たまたま今日になっただけで」

有須睦子が大きな声で笑った。「星野君はやっぱり正直だよね。計算しないから、そんな風に言っちゃうんだよ。どうせ、ばれやしないんだから、嘘でもいいから、『君が一番大事で、一番最後にお別れを言うことにしたんだ』とか説明すればいいのに」

あ、と僕は身が縮まる思いに襲われた。その通りだ。それくらいの嘘をついても問題はなかった。

有須睦子が愉快そうに目を細くした。そして、テレビのあるあたりまで行った。僕はその背中を眺めながら、彼女が部屋から消えるのではないか、という恐怖を感じる。女優は舞台から袖へとすっと立ち去るもの、もしくは、カメラが捉える場所から姿を消すもの、と思っていたからかもしれない。彼女はこの数年間、僕の前で、恋人という役を演じていただけなのか、と疑いたくなった。

が、彼女は消えず、戻ってきた。手には薄い雑誌があった。「その感じだと、これ、まだ見てないでしょ」

「これ?」とその雑誌を受け取る。写真週刊誌だった。芸能人の恋愛ごとや秘密の現場を写真に撮り、記事を載せる有名な雑誌だ。もちろん有須睦子にとってそれは、自分たちを追い回す、憎らしき敵のごとき存在であるから、それがこの部屋にある事実が、冷戦下の社会主義国に翻《ひるがえ》る星条旗のような場違いなことに感じられた。が、僕は思い出す。以前にも一度、彼女の部屋にこの雑誌が広げられていたことがあった。彼女の記事が載っていたからだ。「ということは、これ、載ってるの？」

「載ってるって誰がだよ。わたしか」繭美が丸く存在感のある顔を近づけてきた。「ついに載ったか、わたしも」

「これは未確認生物事典ではない」僕は写真週刊誌の表紙を、繭美に見せる。「これは、有名人の下世話な事柄を、写真と共に紹介する雑誌だ」

「下世話じゃない事柄なんて世の中にあるのかよ」

たぶん彼女の辞書から、「下世話」は消されていない。反対に、「上品」は間違いなく、消えている。

週刊誌を開く。たまたま最初にめくったページの見出しに、有須睦子、と名前があった。「密会」や「不倫」や「深夜の」などの言葉が繋がっている。一緒に写真に写っている男はやはり有名な俳優だった。四十代半ばの、炯々《けいけい》と光る眼が印象的な役者だ。長身で肩幅もあり、無精髭には野性味がある。淡々とした、物憂げな喋り方は魅力的で、女性からの絶大な人気を誇っている。テレビや映画に疎い僕でも知っているくらいだから、かなり有名なはずだ。

「誰だよこれ」繭美は写真を見る角度を変えた後で、「ああ」と笑う。「おまえ、この男と密会したのか」

おまえ、と呼ばれた有須睦子はまっすぐに答える。「別に密会しているつもりもなかったんだけどね。こそこそ食事を取る必要もないし」

「でも、不倫ってことはこの男、結婚してるってことだろ」

「子供もいると思うけど」

「出た。出たな、家庭を壊す女」繭美はただ、頭に浮かんだフレーズを深く考えずに音読するだけだった。それから僕を見つめた。「おい、こりゃあ、お互い様だな。おまえには他の女がいて、こいつには他の男がいた。個人戦かと思ってたら、チーム戦だったってわけだ。不誠実な人間同士の対決か。こりゃ笑える」

この二ヶ月半、ありとあらゆる財産を失い、もっと言えば、未来や希望を日々、奪われている状態だったが、そんな中で唯一手に入れたものがあるとすれば、繭美の意味不明な言葉を聞き流す能力だ。右から左へと受け流す。

「この人って、君といつ知り合ったんだっけ」半年ほど前、この部屋で彼女とテレビを観ていた際、まさにこの彼が映し出されたが、その時には確か、「意外にこの人とは共演したことないんだよね」と言っていた。

「最近だよ。今、撮影中の映画で共演しているからね。来年公開で、わたしが主演だけど。

ほら、あの監督の」

彼女が口にした監督の名前は、僕も記憶にあった。映像や色彩に特徴があり、非現実的な会話や光景を作り出すことが多く、彼女もその作品を好んで観ていた。半年前にその新作に自分が出演することが決まった際には、とても喜び、この部屋で乾杯もした。「少し退屈な映画を作るけど」と僕がわざと批判すると、彼女は、「テンポが遅くて、描写が丁寧なだけだよ。そういう意味では、映画ってのは退屈なところが肝なんだよ」とむきになった。

「今、あの映画の撮影中なんだね」僕は今さらながら、時間の経過に思いを馳せた。

「チャンスだよ」

チャンスと言われればまさにその通り、と思ったが、具体的なことが分からず正直に訊ねた。「何のチャンス？」

女優としてステップアップするチャンスに興味があるとは思えなかった。

「人生を楽しむチャンス」

僕は、そうか、と笑い、繭美は、馬鹿な、と吐き捨てた。「人生が楽しいわけがねえだろうが。苦悩と苦痛、茨《いばら》の道だよ。いいことなんてあるわけねえし」

「まあ、そうかもしれないけど」僕は、繭美の相手をしたくないため、話を逸らす。「でも、これはどっちが本当なんだろう」

「どっちがって？」

「写真週刊誌は、不倫だ、って言っている。記事を読むと君の事務所は、ただ食事をしただけだ、ってコメントしている。どっちが本当なんだろう」

「そんなのな、やってるに決まってるだろうが。やってるに。なあ」繭美は噴火する火山の如く、わあわあと言った。「ただな、こいつらはどんなに尻尾を摑まれても、認めないだけだ。裸同士で抱き合ってたところを目撃されても、しらを切るぜ」

「星野君はどう思う？　どっちだと思う？」有須睦子は興味深そうに僕を見た。それから、言い方を変えた。「というよりも、どっちだったら嬉しい？　わたしがこの俳優と本当に浮気していたほうが安心する？　これで別れやすくなった、って」

「いや」僕は答えられない。自分でもどちらだったら救われるか分からなかった。そもそも、どちらであっても救われない可能性のほうが高い。「でも、佐野さんが苦労しているのは分かる」

彼女のマネージャーの佐野さんとは何度か顔を合わせたことがあった。有須睦子が、僕のことを事務所に隠そうとしなかったからだ。サイボーグと言われるだけあり、佐野さんはいつも無表情で、冷静沈着だった。融通が利かないと批判されても、あくまでも生真面目に仕事をする彼に、僕は好感を抱いていたが、彼のほうは明らかに、僕を嫌がっていた。大事な女優の価値を下げることはあれ、上げることがまったくない男なのだから当然だろう。「男女の関係にまで立ち入る気はありませんが、あなたが私を困らせている事実はお伝えしておきます」と会うたびに、時候の挨拶《あいさつ》よろしく、何度も何度もお伝えされた。

「佐野はいつものあのサイボーグ顔でね、『有須さん、もう勘弁してください』って言ってた」有須睦子は肩を少しだけ上げる。

星野さんのために私はとても大変です、と佐野さんはよく、言った。毎回、同じ口調だったため、録音されたメッセージを再生しているのかと思うほどだった。

「あのね、これだけは言っておくけど、わたしは絶対に別れないよ。別れたくないからね」

睨んだり、脅したりする素振りは見せなかった。ただ、真剣に、訴えてくる。

「だから」繭美が面倒臭そうに腕をぶんぶん振る。「離婚届とかそういう手続きはいらねえんだよ。こいつがおまえと別れて、わたしと結婚するのは勝手にできる。分かるか？おまえが反対したところでどうにもならないっての」

「それは分かってるけど、星野君はね、絶対に別れたくないって言ってる相手を放り出して、消えるような男では絶対にない。わたしはそう思う」

「馬鹿言ってんじゃねえよ。この星野ちゃんがそんな立派な男なわけねえだろうが。なあ、おまえ、言ってやれ、言ってやれ。名言吐いてやれ。こいつが泣いちゃうような、厳しい台詞をぶちかませ」

もちろん僕は何も言えなかった。

僕と繭美は、有須睦子のマンションから帰ることにした。彼女が、別れ話を受け入れたからではない。マネージャーの佐野さんから電話がかかってきたのだ。彼女はそれに受け答えした後で、「これから行かなくちゃいけなくなった」と言った。

「映画の撮影？」

「撮影は夜。九時から閉店後のカフェを借りて、撮るんだよね。ただ、佐野が言うには、今、マンションにマスコミが少し集まっているから早めに出ておいたほうがいい、って。今から佐野が迎えに来るみたい」

「そうか」僕が間抜けな返事をすると、繭美がいつの間にかソファの前に立っていて、座ったままのこちらの膝を蹴ってきた。かろうじて身体に当たらぬように避けることができたが、ソファは蹴られた。重いはずのソファが移動し、僕はずり落ちそうになった。「『そうか』じゃねえだろうが。何のんびりしてんだよ。ちょうどいいじゃねえか、この女は、これから仕事に行くって言うんだから、わたしたちも帰るぞ。さあ、立て。これでお別れ、ちょうどいいじゃねえか」

その通りだ、と僕は思った。あまりに中途半端な別れになるが、長い時間見つめ合ったところですっきりと別れられるわけがなかった。有須睦子に限って言えば、交際していた時から、会う時間は慌ただしかった。それは、嵐の中で訪れる凪《なぎ》を待つかのような、もちろん凪とは言え決して穏やかな時間ではないのだが、とにかく、そのわずかなひと時を見つけ、二人でそっと小舟を出すような、そういった感覚だった。だから、このばたばたとした別れ話も、彼女との関係に相応《ふさわ》しいように感じたのは事実だ。

「わたしは別れたくないからね」玄関に立つ有須睦子は言った。懇願するのではなく、静かに宣言する。その言葉が、僕を引き止める、と信じているのだろう。それは正しい。僕はそういった言葉に弱い。僕は止まるかもしれない。ただ、〈あのバス〉は止まらない。

「もうお別れだ」僕は言い、彼女の部屋から外に出た。

午後の陽射しが僕を待っているが、その明るさに違和感を覚える。有須睦子と会うのはいつも夜が多かったからだろう。

もやもやした思いを抱えたまま、マンションのエントランスを出るとすぐに段差があった。見渡すと植え込み近くに、人だかりが目に入った。テレビカメラを抱えた男たちと、マイクを持った者が数組、いる。彼らは、僕たちを見つけると、敵兵を発見した狙撃手よろしく鋭い視線を向けてきたけれど、すぐに関心がなさそうによそを向いた。

「お、あれがテレビ局か」繭美が興味深そうに言う。

「彼女が出てくるのを待っているんだ」

「それなら、わたしたちに取材すればいいだろうに。なあ。今、あいつの部屋から出てきたばかりだし、何と言ってもおまえは、本当に付き合ってた男だ」

「やめてくれ。もう二度とごめんだ」僕は反射的に答える。

「もう二度と？　何だそれ」繭美は階段の途中で、立ち止まった。「取材されたこと、あったのかよ。おまえはすでに写真週刊誌デビューを果たしてたわけか。何でそんなこと隠してたんだよ」

隠していたわけではない。そもそも僕自身が忘れ去りたい記憶だった。「二年くらい前だ。有須睦子の熱愛相手、とか言って写真を撮られたんだ」

「おまえがか」

深夜に、薄暗い路地裏を歩いていたら目の前で急に、フラッシュが焚かれた。突然のことだったから僕は、大型トラックがフロントライトを光らせながら、突進してきたのかと思い、恐怖のあまりその場に尻餅をついてしまった。続けざまに光るフラッシュは、動揺しているこちらを馬乗りになって殴ってくるような、一方的な暴力にも感じられ、強い怒りと屈辱感に襲われた。

「僕は一般人だったから、こう、目線入れられた写真だったんだけど」

その時は、星野さんのために私はとても大変です、と佐野さんが例の台詞を、いつも以上に深刻にぶつけてきた。「いいじゃない。交際しているのがばれたって」と有須睦子は言い張り、「どの女優だって、恋愛くらいしているし。結婚して、子供を産むことだってあるでしょ。何でこそこそしないといけないわけ」と不満を口にした。

「あえて言わせていただきますが」佐野さんは、僕を見た。「星野さんとは長く続かないと思います」

「ちょっと佐野、何偉そうなこと言ってるの。何で、星野君と別れなきゃいけないのよ」

「一般人だからですか」僕も思わず、訊ねた。

佐野さんは感情を出さずに首を左右に振った。「そうじゃありません。ただ、そう思うんです」

有須睦子は噴き出した。「佐野は未来から来たロボットみたいなんだから、シュワルツェネッガーじゃないほうのね、だから、そういうこと言うと信憑性《しんぴょうせい》ありそうで、怖いんだよ。未来を知ってます、とか言い出しそうで」

「私は、有須さんを助けるために未来から来たロボットなどではありません」真剣に否定する彼がおかしくて、僕も笑った。

結局、僕と彼女との関係はそれほどしつこく追及されなかった。佐野さんが知恵を絞り、事務所の力を使い、情報を誘導したのだ。

まず、あるミュージシャンと有須睦子の熱愛報道を流した。そのミュージシャンは当時、注目を浴びはじめたところで、冴えない一般人の僕よりも、そちらのほうが話題として盛り上がるのは当然だった。写真週刊誌やテレビのワイドショーはこぞって、その話題に飛びついた。そして少し時間を置き、今度は、破局の噂を提供する。

「でも、そのミュージシャンにも迷惑がかかりますよね」僕は、佐野さんに訊ねた。

「彼にも、隠したい恋人がいるんですよ。一石二鳥です。星野さん、いいですか、あなたがやることはただ一つです。マスコミに取り合わないことです」

「取り合わない？」

「何を質問されても、どんなに追い回されても、無視してください」

「それは難しいよ」有須睦子が、同情気味に言った。「星野君はお人好しだから、相手を無視しようとしても、『お願いします』とか、『一言だけでも』とか言われたら、悪いな、と思っちゃうよ。無視するのは、心を鬼にしないと難しい」

僕は、胸の中に赤鬼がいる図を思い描いた。「やってみるよ。心を鬼に」

「無理、無理」彼女は笑った。「星野君に、鬼の役は無理だよ」

「じゃあ君はできるのか」

「わたしは何の役だってできるよ」

マスコミは、自分たちの信じたいことだけを信じ、話題になりそうなことだけを話題にする。佐野さんの考える通りに事は進み、いつの間にか、僕の存在は、彼らの視界から消えた。

「なあ、ここでちょっと待ってみるか」繭美が目を輝かせた。

「待つって誰を？」

「あの女優女だよ。そっちの脇で待ってれば、出てくるだろ。仕事なんだし」

「佐野さんが迎えに来る」

「で、あのテレビカメラとかに囲まれて、困ってるところを見物しようぜ。いやあ、楽しいぜ、きっと」

「君は趣味が悪い」

「いいか、人の趣味を否定する時はもっと気を遣えよ」

「君と、ああいうリポーターたちとは何かが共通している気がする」

「何かって何だ」

僕は言葉を探す。うーん、と考えた後で、「タフさだ。君たちは生き物として強い」と答えた。


十分ほどしてマンションの前に、青色のミニバンが停車した。佐野さんが降りてくる。

「あれが噂の、サイボーグか」繭美が指を向けた。「確かにあれはそういう顔だ。汗一つかかずに、走って車に追いつくタイプだな」

佐野さんがマンションに入り、十分ほど経ったところで、佐野さんに連れられた有須睦子が出てきた。先ほどまで敷地の端にいたはずのリポーターやカメラマンが、いつ移動したのか分からないほどの素早さで、エントランスのところに集まっている。幅広の段に群がっているのだ。

十人もいないのだろうが、カメラを担いだ姿もあるため、賑やかだ。人だかりの真ん中に、有須睦子と佐野さんがいる。有須睦子はダウンのロングコートを着て、サングラスをかけていた。「気取りやがって」と繭美が舌打ちした。

ほどなく、その人だかりがこちらに向かって、移動をはじめた。佐野さんがプログラムに従うサイボーグさながら、一歩、段を降りると、その速度を少しでも緩めようとリポーターたちが踏ん張りを見せるが、堰《せ》き止めるまではいかず、しぶしぶ、彼らも一歩下がる。それを繰り返し、ゆっくりと降りてくる。

「特に答えることはありません」佐野さんの声が近づいてくる。それに対して、別の人間の質問も被さる。騒がしい上に、刺々しくて、見ているだけで胃が痛くなった。

「いいなあ。癒されるよな」繭美が腕を組んだまま、満足げにうなずく。

「あれのどこが」血飛沫《ちしぶき》が飛び交うおぞましいホラー映画を観ながら、恋がしたくなっちゃった、とうっとりされるかのような違和感があった。

「ああやって、偉そうな人間が、有象無象に絡まれて、疲弊したり、傷ついてまいっていくのは何とも言えないじゃねえか」と言って、素早く辞書を取り出すと、何かを調べはじめる。覗き見ると、「有象無象」を引いているのが分かった。塗り潰す気配はない。「ライオンを、シマウマたちの群れが追い詰めているようなもんだな。面白《おもしれ》え」

「ライオンだって、心が強いわけではないだろうに。それにあのマイクやカメラを持った彼らは、明らかにシマウマとは違う」

「どこが」

「リスクがない」僕は言った。「シマウマたちは、いつライオンに攻撃を受けるか、って恐怖があるけれど、あのリポーターたちはそうじゃない。取材する側は安全地帯だ」

「それか」繭美は大きく目を見開き、ぽん、と手を打つような表情になる。

「それか？」こちらの真意が伝わっていない予感がある。

「どうりで迫力に欠けると思った。そうだな、もう少し、やるかやられるかの感じがないと物足りねえよなあ」

僕と繭美がいることに、有須睦子は気づいていないようだった。俯き気味に、必死にミニバンへ向かっていく。

「おい、止まれよ。ちょっと何か喋れよ」柄の悪い声が聞こえる。カメラマンかリポーターか、誰かが発した言葉のようだ。

そこに、女性が通りかかった。マンションの住人かもしれない。ゆったりとした地味な色のワンピースを着て、その腹のあたりがクッションを詰め込んだように膨らんでいる。どこからどう見ても、妊婦だった。小柄で、身体を少し反らすようにして歩いている。

テレビカメラを構えた男が一人、有須睦子の進行方向に回り込もうとし、そしてその妊婦にぶつかった。カメラマンの腰が、彼女の腕や肩に衝突した程度のぶつかり方ではあったが、妊婦が小さな悲鳴を上げ、よろめくのは、傍目《はため》に見ていても、ぞっとした。脚を踏ん張り、自分のお腹を心配そうに抱える妊婦は、一瞬にして青褪めていた。

カメラマンはそのことにはまったく気づいていないのか、もしくは些細なことだと思っているのか、妊婦を気にすることもなく、カメラを覗いている。

隣で繭美が、げらげらと笑った。「いいねえ、ああいう傍若無人な感じは嫌いじゃないよ」と腕を組み、うなずいた。

僕は単純であるから、そのカメラマンの態度に憤りを覚えていた。信じがたい、と罵《のの》り、おまえは何様なのだ、と詰め寄りたかった。実際、そうする寸前だったが、その前に、記者と思しき男が、人だかりを離れ、妊婦に声をかけた。「大丈夫ですか」と身体を支えている。そして、ぶつかったカメラマンに文句をぶつけていた。

彼らにも様々なタイプがいるのだなと僕は気づく。「マスコミの人間」と十把一絡《じっぱひとから》げで捉えてしまったが、実際には、彼ら一人一人、モラルも矜持《きょうじ》も異なるに違いなく、自分たちの仕事への煩悶も人それぞれなのだ。いい人もいれば、感じの悪い人もいる、そういうことだろう。

「いいぞいいぞ。もっとやれ」繭美は興奮し、「あの女優の泣きべそ、見えねえな」と呟いたかと思うと、見物場所を探すかのようにふらふらと動き、マスコミの人だかりへと近づいていった。

マイクを持った男性リポーターが、回り込むために小走りで動いたのはその時だった。彼もまた、いい位置を探していたのだろう。周囲をよく見ず走り、前に出てきた繭美と衝突した。

どん、と音がし、どすん、とリポーターが倒れた。彼は、何が起きたのか分からなかったはずだ。その場に尻をつくと、目をぱちくりとさせた。マイクを離さなかったのはさすが、と言うべきか。

そして、だ。そこで、地面が揺れるような、その時の真実の感覚からすれば、大地が震えるかのような、雄叫びが響いた。リポーターの数人がその場にしゃがむほどだ。

繭美が吼《ほ》えていた。「何ぶつかっているんだよ」であるとか、「痛いじゃないか」であるとか、「どこ見て歩いてんだ」であるとか、そういった内容の言葉を、おそらく彼女の星の言葉で叫んだのだろう。何と喋ったのかはまったく分からないものの、とにかく怒っていることは存分に伝わってきた。

「おい、てめえ、何映してるんだよ」繭美は、テレビカメラを向けた男に、人差し指を突き出し、近づく。そのカメラマンは、先ほど、妊婦とぶつかり知らん顔をしていた男であったから、僕は笑みを浮かべてしまう。気に入らない悪人が殺人鬼を前に震え上がる場面を思った。

「ぶつかったのはすみません。でも、倒れたのは私のほうです」リポーターの男がようやく立ち、衝突した自分の肩を触りながら、ぼそぼそと言った。「あなたは怪我、ないですよね」

カメラの男が、すっとそのリポーターの横に並んだ。繭美を映す。まるで、こちらが加害者であるかのような構図だ。撮影することで、上位に立とうとする習性でもあるのだろうか。

繭美がびりびりと空気を震わす大声で言った。

「妊娠してんだよ！」

え、と僕は耳を疑う。あまりにでたらめな嘘だった。

「今のショックで、わたしの身体の中の子供に何かあったら、おまえ、どう責任取るんだよ。わたしと子供に、おまえはどう謝罪するんだよ」

「妊娠されているんですか？」リポーターはかすれた声で訊ねてくる。

「そりゃするっての。あ、何だ？　おまえは、わたしは妊娠しないと思ってるのか。あれか、馬鹿でかい女王蟻みたいなのがいて、一匹ずつ卵で産み落とすような、あんなのと一緒にしてるんじゃねえだろうな」彼女は、自分の右手を動かし、口からさらに口が出てくるような仕草をした。

「哺乳類は妊娠するんだよ！　わたしを何だと思ってんだ」

君が何なのか僕も知りたい、と言いたくなる。

さらに彼女は、マイクを持つリポーターを睨みつけ、「おまえの顔は覚えたぞ。いいか、わたしが本気になったら、おまえを幸せにはさせねえからな。謝れよ。謝るなら今のうちだぞ。十秒やるから、謝れ。謝らなかったらどうなるか。いいか、おまえには子供がいるか？　いないのか？　結婚してるのか？」とマシンガンの連射さながらにまくし立てる。男は圧倒され、答えられない。「おまえがもし、今、幸せならそれを根こそぎ台無しにしてやるぞ。もし万が一、おまえに大事なものがなければな、おまえをまず結婚させて、子供を産ませて、幸せな状態にしてから、それを全部、潰してやるからな。いいか、おまえの幸せは、不幸の前段階でしかねえぞ。わたしが、おまえの不幸を全部、お膳立ててやろうじゃねえか。わたしを怒らせると、本当に後悔するぞ」

僕の理解を超えた、恐ろしい台詞だった。リポーターとカメラマンは、恐ろしい呪文をかけられたかのように、顔から血の気が引いている。ただの啖呵《たんか》に過ぎない、と思いつつ、そうとは言い切れない迫力が、繭美にはあった。「申し訳ありません」とリポーターが囁いた。

もしかすると繭美は、先程、転びそうになった妊婦の仇討ちのような気持ちで、その台詞を叫んだのかもしれない、と僕は一瞬思いそうになった。そしてすぐに、そんなわけがないと我に返った。

彼女は単に、「転びそうな妊婦」を見かけて、「妊婦をネタにしてやろう」と閃《ひらめ》いただけなのだろう。

有須睦子と佐野さんの姿がなかった。視線をやれば、車道に停車してあるミニバンに乗るところだ。

「あ、逃げやがった」繭美の反応も早かった。「おい、行くぞ」と走り出す。どうして、有須睦子を追わねばならないのか、僕には理由が分からなかった。まず間違いなく、追う必要はなかった。ただ、野生の理屈からすれば、逃げる獲物には追いつかねばならないのかもしれない。繭美は本能の呼びかけに従うかのように、ミニバンに駆け寄った。

後部座席のスライドドアを閉めるところだった佐野さんは、駆けてくる繭美と僕を見て、さすがに一瞬固まったが、それもロボットの回路の計算処理に手間取っただけ、という様子で、無言のまま、僕たちを車内に入れてくれた。

マスコミの人間たちが向かってくる頃には、ミニバンが発進した。

「星野さん」ミニバンを運転する佐野さんがバックミラーに目をやりながら、言ってきた。

「星野さんのために私はとても大変です」

「今回のは星野君が悪いわけじゃない」助手席にいる有須睦子が笑った。「むしろ助けてもらったことになるよね。おかげで、あの群れから脱出できたんだし」

「それは僕じゃなくて、彼女のおかげだけど」後部座席の僕は、隣に座る繭美を見た。彼女は、子供が車窓の景色を楽しむかのように、外を眺めていた。先ほどの、妊娠してるんだぞ、の大騒ぎはどこへ行ってしまったのか、と呆れてしまう。

「でも、嬉しい。また会えて」彼女がフロントガラスに向かって言ったのが車内のあちこちに跳ねて、僕の耳にすっと届く。「あれでもうおしまいかと思ってたからね」

「何だかんだ言って、別れの覚悟はできていたってわけか」話を聞いていないようでいて、繭美はしっかり聞いている。

「わたしは別れる気なんてないけど、さっきあなたも言ったように、手続きが必要なわけでもないし。星野君が、わたしの前に現われなくなって、連絡もつかなくなったら、どうにもならない」

「そうだよね」胸が痛くなる。僕は今後、彼女の前に現われることはないだろう。連絡もつかなくなるだろう。〈あのバス〉で去らなくてはならない。

ミニバンが停車した。信号が赤のようだった。

「有須さん、星野さんと別れるんですか?」ハンドルを握る佐野さんが、助手席の有須睦子に訊ねた。声の調子はいつも通り、抑揚のないものだった。

「あ、佐野さん、そうです。今日でお別れします。今までご迷惑をおかけしました」僕は後ろから、運転席に身体を近づけるようにして、口を挟む。

「わたしは別れたくないんだけどね。そこは勘違いしないでね。別れようとしているのは、星野君だから」有須睦子は、佐野さんに言う。「ねえ、佐野の知恵で、どうにかならない?」

佐野さんはそれには答えなかった。かわりに、「どこに行くんですか」と言った。前を向いているものの、それは僕に対する質問だとすぐに分かる。

「どこに、と言われても」バスに乗るんです、と説明もできない。

「でも、どこかに行くんですか」

「行っちゃうぞ。もう、こいつはな、おまえたちの想像もつかない恐ろしい場所へ行くからな」繭美が喚く。

しばらく車内から会話が消えた。車が走行する音が響くだけになる。

少し経ち、佐野さんが歌を口ずさみはじめた。唐突なことであったし、しかも英語の歌詞をとても上手に発音するものだから、佐野サイボーグに内蔵されたジュークボックスが歌を流しはじめただけ、とも思えた。

いつの間にか信号は青になっており、ミニバンも進んでいる。

しばらく僕たちは、その歌を黙って聞いた。

「佐野、それ、何の曲なの」有須睦子も驚いていたから、やはり、珍しいことなのだろう。

「『バイ・バイ・ブラックバード』という曲です。知ってますか?」佐野さんはハンドルを握ったまま、言う。「『悩みや悲しみをぜんぶつめこんで行くよ。僕を待ってくれているところへ。ここの誰も僕を愛してくれないし、わかってもくれない』って、訳すとたぶん、そんな感じです」

何で急にその歌が飛び出してきたのだ、と僕は訊ねようとした。先に、佐野さんが言った。「ブラックバードって、不吉というか不運のことを指してるみたいですよ。バイバイ、ブラックバード、君と別れて、これからは幸せになりますよ、と。そんなところですかね」

「ああ」繭美がそこで手を叩く。身体も大きければ、態度も大きい彼女が鳴らす拍手は、やはり大きく、車内で何かが破裂したかのようでもあった。「そりゃ、おまえのことだろ。不運の鳥、星野ちゃん。バイバイ、星野ちゃんだな」

「え、そういう意味ですか？」僕は、佐野さんに問いかけるが、彼は答えなかった。仕方がなく今度は、「佐野さん、僕が、彼女と別れることになって、ほっとしました？」とぶつけた。

やはり、佐野さんは返事をしなかった。ミニバンが加速する。交差点を左へと曲がっていく。

「女優の美しさは、普通の人間の美しさとは比べ物になりません」しばらくして、佐野さんが、相変わらずのサイボーグじみた様子で、口を開いた。「みんなが惹かれて、その美しさが原因で、争いや信仰が起きてもおかしくないと思うんです」

「ですよね」僕も同感だったので、うなずく。

「マネージャーの贔屓目《ひいきめ》ではなく言いますが、うちの有須睦子はその女優の中でも、ひときわ輝いていると思います」

「佐野、そんな台詞、よく真顔で言えるね」有須睦子が眉根を寄せる。

「だから、その有須睦子に、自分で別れを告げる星野さんが、私には理解できません。しかもそんな風に、飄々《ひょうひょう》と」

「飄々としているわけではないんだけど」

「彼女の磁場にまったく影響を受けていない」佐野さんが首をゆっくり左右に振った。

磁場か、と僕は思い、確かに、有須睦子はこちらを吸い寄せる磁力に満ちている、と納得する。ただ、どう応じるべきか分からず、頭を悩ませてしまい、磁場という響きから短絡的に連想した駄洒落を、口にしてはなるまいと分かっていたにもかかわらず、発してしまう。「磁場、磁場、磁場産業」

車内が静まり返る。

佐野さんと、有須睦子が一瞬ではあるが、困ったように顔を見合わせた。

繭美が大きな声で、「ああ、なるほどな」と騒ぎはじめた。「磁場っていうのと、地場産業ってのを掛け合わせた駄洒落だな。いや、面白いよ、面白い。星野ちゃん、傑作を残したな。こりゃおかしい。磁場、磁場、磁場産業な。いいよ。わたしの辞書にも書いておくか」と本当に辞書を取り出す。

僕は肩をすぼめ、「ごめん。許してくれ」と謝る。助手席の有須睦子が笑った。

「あの監督、分かってるんだな。わたしのただならぬ魅力を見抜いたわけだ」

カフェのテーブルで、向かいに座る繭美が満足げに言った。

「君がただならぬ存在であるのは、誰でも気づくよ。明らかに普通の人間には見えないんだから。それが、魅力的かどうかは別にして」僕は返事をしながら、周囲を見渡す。


カフェにいた。

撮影現場だ。さまざまな人がうろついている。ばたばたと行ったり来たりを繰り返すスタッフや、大きなカメラの後ろで角度を整えている男もいる。マイクが付いていると思しき棒が上に構えられていた。映画の撮影とは、このようにして行われるのか。有須睦子の仕事の現場を見るのは、はじめに会ったコマーシャル撮影の時以来だ、と気づいた。思えば僕は、彼女の仕事のことをあまり把握していなかった。興味もそれほどなかった。僕が好きだったのは、仕事をしている彼女ではなく、仕事をしていない時の彼女だった。

なぜ、僕たちが撮影現場にいるのか、といえば、予定外のことが二つ、あったからだ。

一つは、撮影スケジュールが変更になったことだ。カフェ側が、当初の、夜から貸切、という話を変更し、一日、撮影のために店を使っても良い、と申し出たらしかった。天気の関係でスケジュールが崩れていたこともあり、監督はこのことを大いに喜び、「よし、有須睦子が早めに入るのであれば、前倒しで、カフェの撮影をやってしまおう」と張り切ったのだという。

佐野さんがミニバンをカフェの駐車場に停めると、待ちきれないかのように監督がやってきて、「さあ、撮るよ」と言った。頑固でこだわりを持った、才能のある変わり者の監督、という印象のある監督だったが、現実もその通りのようだった。「さあ、今からもう撮るよ。メイクが終わったらすぐだ」と有無を言わせぬ態度だった。プロデューサーが、佐野さんに、「予定とはずいぶん違いますが、準備できますか」と恐る恐る確認しているのとは裏腹に、監督は興奮気味に、「よし撮るぞ。主演の男と女がいれば、映画なんてのはどうとでもなるんだよ」と大雑把なことを言っていた。

予定外の出来事の二つ目は、監督が、僕と繭美の存在に気づいたことで起きた。「君たちは何だ」とむすっと訊ねてきた。佐野さんがすぐに、「実は、有須の知り合いでして、見学に来たんです」と助け船を出してくれたのだが、すると繭美が、「君たち、とか偉そうな言い方するんじゃねえぞ、おまえこそ誰だ」と言い返した。

「わたしは監督だ」

「おまえが監督か。コーチはどこだ」繭美はどこまで本気なのかそんな返事をしたのだが、そこで監督が目をきらきらさせ、「いいぞ、君たちもエキストラで出ないか。カフェのテーブルに座っている客でいいだろう」と言い出した。「君たち二人はどこか不思議な雰囲気がある」

「不思議、というか、単に、大きくて凶暴なだけです。あ、あと、彼女はこの金髪だから」僕は、繭美を指差したが、監督は聞いていなかった。「な、いいだろう」とプロデューサーと佐野さんを交互に見る。

有須睦子は顔をほころばせ、「やってみようよ」と言った。

僕と繭美は、有須睦子と主演男優が座るテーブルの横にいた。監督が座る位置を指示しに寄ってきた。「君たちが横に映ってるだけで、画面が歪んで見える。不思議な絵だ」とご機嫌だった。

「まあな」繭美は褒《ほ》められたと思っているようだった。

「君がいると遠近法が壊れるからだ」僕はそう指摘した。

テーブルの上のコーヒーカップやグラスの場所が事細かに決められる。隣の有須睦子と主演男優はさすがプロと呼ぶべきか、何もせずに座っているだけであるのに、華やかな空間を作り出している。照明が当たる前から、眩しいのだ。「写真週刊誌の記者、来た?」と主演男優がぼそっと訊ねるのが聞こえた。

有須睦子は表情を崩さず、「来た。テレビも来たし。ご飯食べただけで、あんなに追われるのって不思議です」と答えている。僕のほうには一瞥《いちべつ》もくれない。

彼と彼女がどれほど親密な関係であるのか、そのやり取りからはまったく分からなかった。そして、それを気にしている自分に苦笑してしまう。

「君たちはここで、コーヒーを飲みながら普通に会話をしてくれてればいいから」監督が来て、僕と繭美に言った。

「普通に喋れと言われても」そもそも、繭美が発する台詞の大半は、普通よりも恐ろしかったり、普通よりもおぞましかったりするため、普通の会話ができるかどうか危うかった。が、当の繭美は気にすることもなく、「分かった。任せておけ」と安請け合いした。

カメラの位置が決まり、リハーサルが繰り返される。映画の内容はまったく知らなかったが、どうやら、出張から戻ってきた夫と、その妻がカフェで久々に会い、たわいのない会話をし、別れる、という場面のようだった。

監督の声が響き渡った。スタッフが、僕たちや有須睦子たちのテーブルからすっと退く。ただ、ヘアメイク担当と思しき女性だけが、有須睦子から離れず、髪の毛を少しいじくっていた。

「ねえ、星野君さ」撮影現場に来てからはじめて有須睦子が喋りかけてきた。主演男優は、彼女が誰に話しはじめたのかとぎょっとし、少し顔を動かす。「星野君、この映画が公開されたら、観る?」

「え?」

「映画にこうやって自分が出るんだから、公開されたら観たほうがいいんじゃないかな」

「ああ」と僕はまたしても曖昧な呻き声のようなものを上げるしかない。この映画がいつ公開されるのか分からないが、たぶん観られないだろう。

「無理だな」繭美がぴしゃりと言う。誰かの希望や期待を、大きな鋏《はさみ》でぶつ切りにして喜ぶような様子で、鼻息を荒くする。「こいつは、この映画を観られねえよ」

「どうして?」有須睦子は感情的にならず、ごく普通に訊ねた。

「おまえには分からない事情だ」繭美が喋ると、その場に緊張感が走る。主演男優も引き攣《つ》った笑みを見せ、「何だか迫力あるね、このエキストラの彼女」とかろうじて、言った。まわりのスタッフやヘアメイク担当の女性は、僕と有須睦子とのやり取りに戸惑っている。

「別れたくないからね。別れても、別れないんだから」有須睦子はさらに、はっきりした口調で、節を付けるようにし、そう言った。表情はさばさばとしていたものだから、それは発声練習の一部にも思え、向き合う主演男優も、「え、そんな台詞あったっけ」とのどかなことを言うほどだった。

「でも」と僕は、誰にも聞こえぬような囁き声で、返事をする。「どうにもならないんだ」

有須睦子がそこで、眉を八の字にし、駆け引きに負けたような表情を見せた。役を演じているのか、本心なのか、判断できない。「星野君が、心を鬼にできるなんて」

「なあ、星野ちゃん。思えば、わたし、一度、映画に出てみたかったんだよな」繭美がふと、そんなことを言い出した。

「おい本番、はじまるんじゃないか?」僕は小声でたしなめたが、彼女は気にしない。

「夢が叶って、良かったじゃないか」と言うことにし、「君の辞書の、『夢』の項も復活させたほうがいいんじゃないか」と嫌味も足した。

「おい、おまえも昔は夢とかあったのか?」

「夢?」

「未来のないおまえにあえて聞きたいんだけどな、星野ちゃん、おまえにも子供の時は、将来の夢とかあったんだろ?」

「ああ」僕は自分の顔が歪むのが分かる。「いろいろあったけど。どれにもなれなかったな」

「たとえば？」

そこで僕は恥ずかしさをこらえ、「パン」と言った。

「パン？」繭美が大きい声で、聞き返してきた。「パンってあのパンか？　食べるやつか」

「そうだよ。子供の時だよ」

理由は分からないが、僕は小さい頃からパンが好きで、いっそのこと自分があのふっくらとしたものになりたいと思い、そして、なれると信じていた。恐ろしいことに、小学校の低学年までそのことに疑問を抱いていなかった。

「おい、聞いたかよ」繭美は急に立ち上がり、撮影現場であることも構わず、「こいつ、将来の夢がパンだったんだとよ。食べるパンだぞ。馬鹿じゃねえか。笑ってやれ」と騒いだ。

座れよ、と僕は言う。「本番はじまるって」と。そして、顔を上げ、有須睦子と目が合った。あ、と言いそうになる。

彼女は、初めて見る表情をしていた。

身に付けていた武具を取り外したかのような、清々しさと呆然とした様子が混ざり合った顔つきで、目には涙が浮かんでいた。唇を震わせている。

僕はたじろぎ、いったいどうしたのだ、と動揺した。

やがて、有須睦子は微笑む。涙は頬を流れはじめる。

「おい、おまえ、何で泣いてんだよ！」繭美が、有須睦子に気づき、怒った。「本番はじまるじゃねえか」

まわりのスタッフがざわつきはじめ、監督の声がどこからか聞こえる。そこで有須睦子が、「美味しいパンにはなれなかったんだね」と言った。え、と僕は答える。自分の記憶が刺激され、そこから大事な場面が呼び起こされるような予感があったが、それも繭美の大声で掻き消される。

「おい、マネージャーどこだよ。この女優女、なめてるぞ。仕事中に泣いてるじゃねえか。どうにかしろよ」繭美は立ったまま、撮影現場であるその店内を見渡し、佐野さんを捜していたようだったが、すぐに呆れた声を出した。「サイボーグ、何で、おまえまで泣いてんだよ。いったいどうなってんだよ」

バイバイ、ブラックバード　Ⅵ

夕方であるから遅い昼食とも、早い夕食ともつかなかったが、ざる蕎麦を食べ終えて店の外に出ると、白く細かい綿のようなものが、止めどなく天から落ちてきた。視界を埋めてくるその、ふわふわとしたものが何か、一瞬理解できずに戸惑った。太陽が沈みかけ、空は少し暗くなりはじめていたが、ぼんやりとした明るさは残っていたため、雪が降っていることに現実味を感じられなかったのかもしれない。粉か綿が満ちてくる光景に圧倒され、立ち竦《すく》む。

「こりゃいいな。星野ちゃん、おまえの最後の日は雪だ。記念になるな」

僕の後から店を出てきた繭美が雪を見て、にやにやした。

「〈あのバス〉は、雪でも動くのか」

今日の夜、いよいよバスに乗るのだとは僕も分かっていた。指折り数えて心待ちにしていたわけではなかったが、かと言って処刑の日を緊張しながら意識していたというわけでもなく、ようするに、依然として実感がない。

恐ろしい場所に連れて行かれるとは、それこそ繭美から何度も聞かされていた。ただ、彼女の説明は雲をつかむようなものであったし、いくら、おぞましい運命が待っていると言われても、「いい子にしていないとバチが当たる」と言われているような、抽象的な脅しを受けているのと似ていた。

「いったい、バスに乗ったら、どこに行くんだ。君が言ったように、たとえば、テーブルマウンテンみたいなところなのか」

「みたいなところと言うよりも、そのものかもしれないけどな」

「本当に、ギアナ高地なのか」

「しかもその奥だ。観光地にもなっていない前人未到の土地だな」

「そこに行ったら、機械の身体がもらえる、なんてことはないのか」僕は子供の頃に、従兄と一緒に観た、昔のアニメ映画のことを思い出して、言った。空を飛ぶ蒸気機関車に乗り、謎めいた美女に連れられた若者が旅をする話だ。

繭美もその話は知っていたのか、「終点まで行くと、文字通り、歯車にされちまうんだよな」と嬉しそうにうなずき、「言われてみれば、わたしのやってる仕事はそれと似ているな。何も知らないおまえを、バスに乗せて、機械の星まで連れて行く」と言った。

僕たちは横断歩道の信号が赤であるため、近くのビルで雪を避けながら立っている。

「君と、あの黒い服の美女ではあまりに、いろんな部分が違いすぎるけれど」

「だけどな、本当にそうだったらどうする。おまえは、〈あのバス〉に乗って、知らない星で機械にされる」

どうだろう、と思った。もちろん、そんな現実が待っていたら、恐ろしいことこの上ない。自分の肉体が解体され、機械の一部となる。意識は、自我はどうなるのか。自我は在《あ》るのか、それとも、完全に消えているのか。消えるとはいったいどんな感覚なのか。消えた、と考える思いもまた、消えるのだ。心細く、恐ろしい。自分の存在が、ぷちりと巨大な手で潰されることを想像する。痛みではない。潰れる痛みではなく、瞬間的に、「自分」が消え、すなわち、「世界」が終わることが恐ろしいのだ。が、その恐怖もまだ、子供が落書きした、もやもやとした未来図程度でしかないのも事実だった。あの子供の頃に、母親が待てども待てども帰ってこないことに、孤独の沼に引き摺り込まれるような不安を感じたが、あれよりひどいことはないのではないか、と楽観的に想像してしまう部分もあった。

見透かしたのか、繭美が耳をほじりながら、耳掻きを取り出すのが面倒なのか指を穴に入れる簡易的なやり方だったが、「まだ、実感湧かないだろ。人間ってのはな、死ぬ直前まで、自分が死ぬことなんて受け容れられねえんだよ」と億劫《おっくう》そうに言った。

「君は何でも知ってるんだな。死んでいないのに」と僕は皮肉をぶつけた。

信号が青になり、僕と繭美は歩きはじめる。どこへ行くかは決まっていなかった。

繭美に付き添われるようになってからの二ヶ月半強、僕は古びたホテルで寝泊りをしていた。繭美の仲間たち、それは「集団」とも、「会社」とも、「組織」とも言いがたいのだが、そのグループが、もちろん「グループ」と呼ぶにも違和感はあったが、そこが管理しているホテルらしかった。部屋が二つあり、僕と繭美は別の部屋のベッドで寝起きしていた。通路に繋がる出入り口のドアには、内側からも鍵なしでは開かぬように細工がされてあった。はじめのうちは、深夜のうちにこっそりと逃げ出せるのではないかと、窓を開けては周囲を見渡したが、十階の高さから逃げるのは不可能だとすぐに悟り、そもそも、逃げたところですぐに追われるのは明白であったから、そのうちに、僕も諦めた。正確に言えば、諦めることよりももっと消極的な選択をした。つまり、現実から目を逸らした。

「性欲がうずうず動き出したら、わたしを襲ってきてもいいぞ」と繭美は、隣の部屋で眠ろうとする僕に言ってきた。背びれの付いた巨大な獣がビルの上から、襲って来い、と呼びかけてきたかのような違和感しかなく、かかってこい、嚙み殺してやるからな、と言外にあるのでは、と勘ぐりたくなった。

「これからどうするんだ。バスは何時に来るんだ」

「あと一時間くらいだ。この先の大通りのバス停だ」

僕は乾いた笑いを返す。冗談だと思ったからだ。その、物騒で、おぞましい目的地へ向かうためのバスが、一般の、買い物帰りの老人や夜遊びに出かける若者が利用するのと同じ停留所にやってくるとは思いがたかった。

「嘘ではない」繭美は言った。「都営バスの停留所に来る。もちろん、事前に予約のない客は乗れないけどな」

ますます実感が湧かなかった。

「死ぬのかな」と僕が溢《こぼ》したのは、マッサージチェアで寝転がっている時だ。

バスが来るまでの一時間をどう過ごすかと訊ねたところ、繭美は、「外で立ってるには寒いし、どこかで食事を取るのも面倒だ。せっかくだから、はなむけに、高級マッサージに連れて行ってやるよ」と答え、近くの家電量販店に入り、マッサージチェア売り場にまっすぐに向かうやいなや、寝そべってチェアを占拠している客たちを、「おい、おまえら買う気がねえなら、どけよ。機械のお試しは、買う気がある奴がするもんだろ。おまえらのは試しじゃなくて、本番じゃねえか」と一喝して追い払い、どすんと寝そべったかと思うと、「おまえもやれよ。遠慮なく」と僕に言った。

明らかに僕たちもお試しではなく本番だったため、ためらったが、この二ヶ月半強の繭美との付き合いの中で、細かいことを気にかけていちいち立ち止まっていても事態は進展せず、むしろ疑問を解消することを諦め、走っている列車には無心のまま飛び乗るほうが楽だ、と学んでいた。

「死ぬのかな、って何だ」うぃんうぃんとマッサージチェアが背中を揉んでくる中、繭美が聞き返す。彼女の大きな身体の容積は、一般的な人間のそれよりも規格外だったが、さすがと言うべきか、機械は驚きも浮かべず、淡々と仕事をこなしている。「あのな、人間はな、みんな死ぬんだよ」

「そういう意味じゃなくて、〈あのバス〉で連れられていく先は、処刑場か何かで、到着したとたんに、死んじゃう、とか」機械が背中をごろごろと押してくる痛みは現実のものだが、バスの行く末はまだ、御伽噺《おとぎばなし》にしか感じられない。

「そうじゃない。死ぬほど恐ろしいところだけどな、処刑場なんかじゃねえよ。もしかするとあれか、おまえは、〈あのバス〉は、死ぬことの隠喩《いんゆ》で、わたしはそこに連れて行く死神なんじゃないか、とか思ったわけじゃねえだろうな」

「十回以上、そう考えた」

繭美による曖昧《あいまい》な説明や、問答無用に〈あのバス〉に乗せられる理不尽さは、人間に付き纏《まと》う、「死」の恐怖と似ているように感じた。もし、死神じみたものがいるのなら、この繭美がそうではないか、と疑いたくなった。

「そんなんじゃない」繭美は否定した。見れば、肩をほぐす機械の動きに目を閉じている。「〈あのバス〉は、死の譬《たと》えではないぞ。そしてわたしはただ単に、仕事でおまえをバス停に連れて行くだけだ。ラーメタル星人でもねえよ」

「君には」マッサージチェアのローラーが首のあたりを揺らしはじめるので、僕の声も振動する。「君には恋人とかいるのか？　もしくは結婚しているのか？」

繭美が開けた片目で、こちらを見た。「どういう意味だ。本当にわたしと結婚したくなったのか」

「昨日まで、僕が恋人たちと別れるのに、君には付き合ってもらった。でも、君はどうなんだろう、とふと思ったんだ」

「今さら思ったのか」ふん、と繭美は鼻息で答える。

「僕はそういうところがどうも鈍いんだ」素直に認める。この鈍感さが、身を滅ぼしたとも言える。そのせいで僕は、借金を負い、踏んではならぬ虎の尾を踏み、それでも事の重大さに気づかなかったものだから、〈あのバス〉に乗せられる。「ただ、君に恋人がいるなら、僕にずっと付きっ切りにさせちゃって悪かった」

藺美はけたけたと笑った。「本当に、今さら、だな。おまえに付きっ切りなのは、わたしの仕事なんだから別にいいんだよ。気にするな。それにな、わたしに恋人がいると思うのか？　今までな、そんなことをわざわざ聞いてきた奴なんていねえぞ。ああ、どこかの酔ったおっさんが露骨に、『あんた、処女？』と聞いてきたことはあるけどな。そいつは半殺しだった。半殺し、ってのはただの表現じゃねえぞ、文字通り、半分だけ殺した」

具体的にどういうことか、訊ねる気分にもならなかった。「処女とか童貞とかそういうのはどうでもいいよ。いや、どうでもよくはないことなんだろうけど、僕はあまり興味がないから」と答えた。「ホヤを食べたことがあるか、とか、アメフトの試合観戦に行ったことがあるか、とかそういうのと同じような気がするし」

「全然違うっつうんだよ」藺美が笑う声が、機械の振動で電子音のようだ。「性欲はな、動物や人間の根幹を担ってるからな、ホヤだとかアメフトだとか、そういうのとはまた違う」

マッサージチェアに寝て、並んだ二人がいったいどうしてこんな会話を交わさなければいけないのか、と呆れる。「そうか」としか言いようがない。

「あのな、わたしだってこう見えて、男の経験はあるんだっての。どうだ、不快か。わたしに好意を持つ男がいるとは想像できないだろうが」

不快だ、と答えたかったが、不思議と不快感はなかった。そして、「彼女に好意を抱く人間なんているわけない」とも感じなかった。確かに繭美は、こちらの常識を超えた、まったく別の星の存在としか思えず、人類が生まれる前に活躍していた恐竜に近い生き物にしか思えなかったが、行動を共にしたこの二ヶ月半強の期間で、彼女の性質や言動に対する嫌悪感は減っていた。彼女に親しみ以上の感情を抱く人間が現われても、理解に苦しむことはなかった。むしろ、繭美が好意を持つ相手がいることのほうが、僕には想像しにくい。彼女が誰かに心を許すことなどあるのか。

「わたしが小学生の時にな」繭美がマッサージチェアに揺すられながら、ぼそぼそと言った。「家に武装した男たちが侵入してきた」

「え」僕は意外なところから突かれた思いだった。

「でな。家族は男たちに縛られて、銃で脅されて」

「どういう話なんだそれは」

「だから、わたしが初めて男に抱かれた時の話をだな」

「待ってくれ待ってくれ」僕は慌てて、止めた。「そんな暗い気持ちになる告白は勘弁してほしい」

「まだ全貌を聞いていないうちから、暗い、と決め付けるんじゃねえよ」

「聞かなくても、嫌な予感がする」繭美が小学生の時に、という出だしからしてどう考えても、穏やかな話とは思えなかった。

「もしくは」繭美は、こちらの反応に満足したかのように笑い、「わたしが二十歳の頃にだ」とはじめた。

「もしくは、ってどういうこと」

「わたしが幼稚園に通っていた時の、近所にいた男の子とばったり会って」

「あ、荻野目君か」

繭美のことを、「怪獣女」と呼び、その代償に手首を折られた荻野目君、の話を思い出した。

「よく覚えてるな。そうだ。その荻野目君と再会した。そうしたらな、荻野目君はいったいどういう性癖なのかさっぱり分からねえけど、わたしみたいな女が好みだと言った」

「なるほど、幼稚園のちょっかいも、その好意の裏返しだったのかもしれない」

「そうじゃなかったら、手首を折られた快感で、妙な刷り込みがされちまったのかもな。怪獣女に痛めつけられたい欲求が」繭美は首をぐるりと回し、目を閉じたまま、「どっちがいい？」と訊ねた。

「どっちが?」

「わたしの初体験の思い出話だ。家族が襲われる話と、荻野目君の話と、そうじゃなかったらもっと別の話を言えるぞ」

「そりゃあ」僕はすぐに答える。「荻野目君の話がいい」

「じゃあ、そういうことにしよう」繭美は目を瞑《つむ》ったまま、口元をほころばせた。

「そういうことに、って」

「真実なんてのは、そんなもんだ」

その言葉の意味は理解できなかった。ただ、彼女は自分の過去を、さまざまな架空の物語で幾重にも幾重にも塗り潰し、生きてきたのかもしれない、とは想像できた。彼女の歩いてきた道は、僕や他の人間が歩いてきたような、舗装された道ではなく、枝を折り、大木を乗り越え、茂る葉を引き抜いて必死に前進しなくてはならない密林のようなものだったのではないか。一歩進むだけで満身創痍《まんしんそうい》で、あまりの過酷さゆえに、振り返ってもその道の記憶はほとんどなく、仕方がなく、思い浮かぶ限りの作り話で、油絵の具を塗りたくるように、塗り潰して、誤魔化しているのではないか。

「星野ちゃん、おまえと一緒にいてな、おまえがどういう男なのか、わたしには少し分かってきたんだけどな」

ぎゅっと肩を摘むようにしてくるマッサージチェアの威力に、痛みを堪えた僕は、繭美の声に瞼を開けた。目を閉じていたことに、そこで気づいた。機械の力といえども侮れない。足をぎゅっぎゅっと揉む動きは心地好《よ》く、眠りそうになった。

「この間の女優女も言っていたように、おまえは計算ができないんだ。戦略がない」

「それだけ聞くと、僕が何も考えずに生きているように聞こえるじゃないか」

「事実だ。サッカーの試合を観たことがあるか？」

「君の星にもサッカーはあるのか」

「ある。で、みんなが口々に、『システム』と言うだろ。システム、システム、とみんなそればかり言うじゃねえか」

「フォーメーションみたいなもののことを言うのかな」僕は、サッカーをぼんやり見るのは好きだったが、点が入った入らなかった、程度の大雑把な楽しみ方しかできなかった。

「ようするに、大きく言えば、それが戦略だ。どういう陣形ではじめて、どういう段取りで動いて、シュートまで持っていくか。それがサッカーにおけるシステムだ」

「なるほど」

「でもな、子供のサッカー見たことあるか？　本格的なやつじゃねえぞ。遊びでやってるやつだ。システムなんてあるわけない。ボールが転がりゃ、それこそ十人と十人がみんな、わあ、っと追いかける。で、また反対側にボールが蹴られれば、また、わあ、っと走っていく」

「そうだね、そういう印象はある」

「おまえもそれと同じだよ」

「え、僕が？」

「誰か、いいな、と思う女がいたら、何も考えず、交際する。わー、僕この子と付き合うんだあ、って走っていく子供だよ。ほかにいる女のことはもう頭から抜け落ちている。自分のその思いのまま、ボールを追いかけてるだけだ。システムも戦略もありゃしない」

僕はすぐには言い返せなかった。確かにその通りだ、と思ってしまった。

「妙な男だよ」繭美の言い方は、冷笑まじりだったが、愉快げでもあった。「何股もかけて、女たちが喜ぶわけがねえだろうが。おまえは他人の気持ちにやたら敏感かと思えば、一方では、何人もと付き合って、相手を蔑《ないがし》ろにしている。矛盾とは言わねえが、どこか偏ってるよな。別に、いろんな女とセックスがしたいってタイプでもないだろう。数を競いたいわけでもあるまいし」

「そうだね、数とかはどうでもいいんだ」

僕の隣、繭美とは反対側でマッサージチェアを使っている婦人が、こちらの話を聞いているように感じられ、気になる。目は閉じ、眠った様子ではあるものの、耳が大きく広がっているのではないか。

「わたしが思うにはな、おまえはたぶん、自分のことを過小評価しているんじゃねえか？」

「え」

「勘違いするな。わたしが、おまえを評価しているわけじゃねえぞ。ただ、おまえは自分には大した価値はないと感じている。だからな、たぶん、二股かけたところで、女はそれほどショックは受けない、と心のどこかで思っているんじゃねえか？　相手にとって、自分は重要な人間じゃねえと思ってるからだ」

「どういうことだ」

「たとえば、高級車や宝石が家からなくなったら大騒ぎだけどな、タオルが一枚なくなっても、それほど問題ではないだろ。おまえは自分を、タオルだと認識しているんだよ」

「そんなことはない」言いはしたものの、そんなことを考えたことがないため、よくは分からなかった。

「だからおまえは、こんな目に遭ってるんだ。後先考えて、ちゃんと計算できる奴は、〈あのバス〉に乗ることにはならない」

「同情してくれるのか」

繭美はポケットから辞書を取り出す真似をした。確かに、わざわざ捲るまでもなく、彼女の辞書には、「同情」の文字はないはずだ。

「簡単に言えば、おまえは馬鹿だ、ってことだ。ペーパーテストだとか、偏差値だとか、そういった意味合いとは無関係に、おまえは馬鹿すぎて、生きていくのに苦労してる」

家電量販店を出ると、雪は止んでいた。空はかなり暗くなっている。次に明るくなった時、次に太陽が表に顔を出した時、自分はいったいどこで何をしているのか、と想像を巡らすが、何も思い浮かばない。

「たとえばな」

信号待ちをしていると繭美が言った。何の話かと思うが、彼女が、「後先を考えないおまえは、目の前で寂しそうにしている人がいたら、とりあえず声をかけちまうタイプなんだ」と言うので、なるほど先ほどのマッサージチェアでの話の続きかと分かった。

「僕はそんなに単純じゃない。それに、寂しい人間に声をかけて喜ばれると思うほど、自惚《うぬぼ》れてはいない」

「自惚れじゃないな。おまえの場合は、そうしないではいられねえんだよ。嫌がられても、怒られても、声をかけずにはいられない」

「聖者みたいだ」

「聖者のせいじゃ」繭美は駄洒落を口にしたが、それは自分の頭に浮かんだ下らない例文をただ発声したいだけのようだった。「おまえは、誰かに声をかけて、助けたりしてな、で、自分の価値をどうにか維持してほっとしたいんだよ」と言い切る。「もし、わたしが誰かに連れ去られたとしてな」

「君を連れ去るなんて、誰ができるんだ」大きな獣が繭美に喰らいつき、運んでいくところか、もしくは、巨大な怪鳥がその嘴《くちばし》で彼女の襟首《えりくび》を摘まみ、飛び去るところが頭に浮かぶ。

「もし、そうなったらな、おまえはたぶん、わたしを助けようと考えるぞ」

「僕が、君を？　君を連れ去ってしまうような相手に、僕が勝てるわけがない」空で羽ばたく怪鳥に、矢を射る図を想像した。僕の放つ矢など、届かないか、もしくは容易《たやす》く折られるか、どちらかだろう。

「それでもどうにかしようとするのが、星野ちゃんなんだよ。なぜなら、計算できないからだ」

「損得勘定くらいはするよ。メリットとデメリットのバランスも考える」

こちらを見下すように繭美は鼻で笑う。「おまえは本当に面白いな」

その時だった。車両用の信号が黄色に変わり、赤になる直前、目の前に滑り込むように白いワゴンが停車した。

視界を横から破るかのような勢いで、飛び込んできた。

つんのめるように停まる。

何が起きたのか、僕には分からなかった。隣の繭美や、同じく信号待ちをしているほかの人間、とはいえ三人ほどだったが、とにかくそこの全員が棒のように立ち尽くし、急停止のワゴンを見つめる。

雷が鳴るような音が響いた。

と思うと、ワゴンの扉が開き、そこからわらわらと男たちが飛び出してきた。引越し業者と思しき、揃いのつなぎの制服を着た彼らは、僕のそばへ来ると、繭美の頭に大きな布袋を被せた。同時に手と足を、それぞれ二人がかりで、ベルトのようなもので結んだ。それから、長身の男が、繭美と頭の高さが同じくらいであるからおそらくは身長百九十センチはあったのかもしれないが、その彼が背後から、繭美の膝の裏を蹴った。繭美は膝関節をかくんと折った。手足が束縛されているため、あっさりと倒れ、袋を被った頭が路面に激突した。あの繭美がそのように体勢を崩すところを初めて目撃し、驚きのあまり、棒立ちの僕はさらに、動けなくなる。

男たちは繭美を素早く担ぎ、引越し業者が力を合わせて大荷物を運ぶかのようなスムーズな動きで、ワゴンに運び込んだ。全員が乗り込むと同時に、雷の音を響かせて扉を閉めた。ワゴンが急発進し、遠ざかる。

歩行者用信号が点滅していた。いつの間にか青に変わっていたらしい。残った僕やほかの数人はそこに至ってようやく我に返り、「何だ何だ何が起きたのだ」とざわめきはじめた。幾人かは、警察に通報すべきではないかと携帯電話を取り出している。

「あの、今、連れ去られたのはお連れの方ですか？」背広の、若い男が近寄ってきた。

「何が起きたんですか」

「僕も分からないんだ」そう答えた時には、すでに走っていた。車が走っていった方向へと、駆ける。

本当に彼女が連れ去られるとは。


歩道は丁字路にぶつかる。左へ折れることにした。右折レーンには長い列ができ、しかも白いワゴンは見当たらなかったため、左に曲がったのだなと判断した。

繭美はどこへ連れて行かれるのだ。走りながら頭を回転させる。歩く危険物質とも呼べる繭美のことを、あれほどスムーズに拉致《らち》したのだから、男たちはこういったことに手馴れているのかもしれない。どこか特別な場所で監禁するつもりなのだろうか。暴力を振るうのか、取引に使うのか。

走って、ワゴンに追いつけるわけがない。分かってはいたものの、走るのをやめられなかった。警察へは、信号のところにいた誰かが通報しているだろう。となれば、後は、ワゴンの行き先についての手がかりを少しでも手に入れておくべきではないか。そう思った。せめてワゴンのナンバーでも覚えておけば良かった。

不知火刑事に頼るべきではないか。

彼の無鉄砲さと自由な様子からすれば、突然の無理な相談にも乗ってくれる可能性はあった。ゼロではない。が、繭美に監視された状態で生活を続けている僕は、携帯電話を持っていなかった。繭美が管理している。

歩道を左へ曲がった。細い道になったが、人通りは少なく、走りやすい。息が苦しい。肺に、白い煙が絡まるような苦しさを覚える。

少し行ったところに、つなぎを着た男が倒れていた。車道と歩道の間、路肩の部分に身体を横たえ、膝やら肘を押さえ、呻《うめ》いている。先ほどのワゴンの乗員の一人に間違いなかった。僕は立ち止まり、切れ切れの呼吸をどうにか整えつつ、しゃがむ。「おい、おまえ」とその倒れている男を揺すった。すると、どこを負傷しているのか分からないが、男は呻きを大きくした。顎に髭を生やし、眉が太く、目は腫れぼったい。日本語とは別の言葉なのか、知らない言葉を口にする。ワゴンから落ちたらしい。

「おい、車は」と言うが、男は答えない。

仕方がなく僕は、彼のつなぎを手探りした。何でもいい、彼や彼らの正体が分かり、繭美の行き先についての糸口が手に入ればいい、と思った。胸ポケットから携帯電話が見つかる。引っ張り出し、いじくるが操作方法がよく分からない。着信か発信の履歴が見られればそこから辿れるのではないか、とも思うが、焦りもあるせいか指もうまく動かない。どうすればいいんだ。舌打ちが出てしまうが、すると、その舌打ちに呼応したわけでもあるまいが、前方から大きな音が聞こえた。

地面に刺さる支柱が倒れるかのような、固いものが崩れ落ちる音だ。何事かと思えば、まさに道路に立つ電信柱が斜めに傾いていた。原因は、車だ。白のワゴンが電柱に激突している。

砂煙なのか、それとも削れた電信柱の皮のようなものが、粉塵《ふんじん》として立ち上っていた。

ワゴンから何らかの煙が出ている可能性もある。まさに今、できたばかりの、その事故現場の光景に、またしても僕は身動きできない。

ワゴンは音を立てず、しんとしていた。

繭美は無事だろうか。僕がのろのろと歩を進めると、がらがらとワゴンの横腹の扉が開いた。

制服を着た男たちが前のめりに、飛び出してくるのではないか、と身構えたが、そういう気配はなく、ゆっくりと繭美が降りてきた。頭に被さった布袋は半分脱ぎかけといった具合だった。腕や脚を留めていたバンドは外れ、少しよろめいたものの、後は、一歩一歩しっかりとした足取りで、こちらに向かってくる。

「だ、大丈夫か」繭美に声をかける。

布袋を放り投げ、首をぐるぐる回し、準備体操が終わりましたと言わんばかりの態度の彼女は、気だるさを浮かべるようで、「大丈夫に決まってるだろうが」と言った。

「あれはいったい」

繭美は背後を振り返り、白いワゴンを眺めた。「よく分かんねえけどな、わたしに恨みがあったみたいだな」

「恨み?」

「心当たりはないけどな」

心当たりがないわけない、と僕は咄嗟に大きな声で訴えそうになった。彼女の傍若無人な振る舞いは多くの人間を傷つけてきたに違いなく、また、法律に反した行動も多い。味方は少なく、敵だらけの状況ではないか。

「もしかするとあれかもな」繭美は肩を回転させる。「前に、おまえの女のマンションで、伸《の》した奴らがいただろ。質屋を襲った奴らで」

「いた」如月ユミの友人宅に入ろうとした男たちだ。繭美が張り切って、倒した。

「あいつらか」あの時の男たちが、繭美に復讐しようとやってきたのか。捕まったかと思ったが、その仲間がまだいたのだろうか。「でも、どうして場所が分かったんだ」

「どこかでわたしたちを見つけて、尾行してきたのかもな」

「というよりも、君はどうやって逃げてきたんだ」

「逃げたなんて言うなよ、人聞きが悪いだろうが。わたしは戦ったんだよ。車内で暴れてやったら、運転手がびびって、あのざまだ。情けねえな」

やっぱり、と僕は息を吐く。彼女は自力でどうにかできるのだ。

「でもよ」繭美はむすりとして、言った。「やっぱり、助けに来たじゃねえか、星野ちゃんは」

「ああ」返事に困る。「確かに」と小声で呟いた。

僕の頭に、無心でサッカーボールを追いかける子供たちの姿が浮かぶ。キーパーまでもが飛び出し、総勢二十二人が無我夢中で、ただ、ボールを追っているのだ。

★

どこからか救急車のサイレンが聞こえてくる。先ほどの白いワゴンの衝突事故のためにやってきているのに違いないが、繭美はどこまで本気なのか、「何だかうるせえな、どこかで事故か?」と嫌そうに言い、横断歩道のところで反対側の歩道へと移動する。

「やっぱり、呆れるほかねえよな」繭美は、走ったことで疲れが溜まり、足がもつれるようになった僕を横目に見ながら、息を吐いた。「おまえは正直というか、何と言うか。わたしがあのまま拉致されたら、その間に逃げよう、とか思わなかったのかよ」

僕はすぐには答えなかったが、結局、「あまり考えなかった」と口にする。「思いつかなかった」

「本当かよ、信じがたいな」

「信じてくれよ」

「そういう意味じゃねえよ、信じがたい馬鹿だ、ってことだ」

「でも、もし逃げたとしても助かるとは思えないのも事実だ」

「必死に逃げればどうにかなるんじゃねえか」

ビルとビルに挟まれた細い道を通る。あと少し行けば、バスが走る広い道路に出る。時計を見る気分にもなれなかった。〈あのバス〉が来るのは遠い未来ではない。少し時間が経てばやってくる、現実の約束事だ。そう思った途端、全身に鳥肌が立った。もしかすると、「人生」と呼べる時間は残すところほんのわずかではないのか。これから続くのは、何らかの苦痛や恐怖、もしくはそれすらもない平坦で無味乾燥の、気が狂わんばかりの沈黙で塗りたくられた時間だけではないか。〈あのバス〉の目的地も、運命の概要も把握できていない僕はここに来てようやく、さまざまな憶測を広げはじめた。牢獄や、強制労働所、手術台やら実験場、熱帯雨林の森まで、すべて自分がフィクションの世界で見たことがあるものばかりだったが、それらの絵が浮かぶ。

僕はこれから自由を奪われ、意思を削られ、ひたすらにただ、死ぬまで生きることだけを目的に過ごすのかもしれない。

〈あのバス〉に乗るとは、そういう意味ではないか。うろたえた。足が震え出し、力が入らず、かたかたと膝が笑う。足が前に出なくなった。

ふん、と繭美が見下すような目で、身長差からすれば視線は自然とこちらを下にした角度になるのだが、とにかく彼女は哀れみを浮かべた。「機械の身体になるのが怖くなったか」

その冗談でさえ、僕を突き刺すようだ。自分の肉体が途端に機械仕掛けになる感覚に襲われる。

「怖い」僕は認める。

「そうか、怖いか。どうする」

「でも、仕方がない。そうなることが決まっているなら、お腹に力を入れて、どんとぶつかるしかないよ」

「何だよそれは」

「子供の時に、母親が言ってたんだ」母を思い出し、僕はまた胸を締め付けられる。「やだな、怖いな、って思って腰が引けてると、やっぱりやられちゃう、って。かかってこい、ってぐらいに真正面から受け止めるほうがダメージは少ないんだ。喧嘩も病気も、何もかも、へっぴり腰じゃ絶対に負ける」

「おまえの母親は事故で死んだ時も、かかってこい、と思ったのかよ」

「かもしれない」繭美が皮肉を口にしたのか、それとも本当に疑問だったのかははっきりしない。ただ、僕は今まで、事故の時の母親のことなど考えたことがなかったため、最後まで逃げ腰ではなかった母を想い、心強くなった。「だから、僕もどんと行こうと思う」

繭美は眉をひそめた。「どんと行くも何も、がたがた震えて、歩けないくせに」と僕の足を指差した。

「そうなんだ。心は決まっているのに、身体が勝手に、震えてる」と僕も苦笑した。「どうにもならない。どうすればいいんだ」

「自分の身体の指揮すらできない奴が、〈あのバス〉に乗って、無事に帰れるわけがない」

僕は膝に手を当て、震えを止める。止まれ、と言い聞かせる。逃げるな、僕を幻滅させないでくれ、と子供に言い含める思いだった。

そのうちに、僕はまっすぐに立てた。足を上げれば、一歩、前に出せる。「行こう」

繭美が少し遅れて、ついてきた。

ビルの脇を通り、細い道を通り越す。大通りがだんだんと見えてきた。建物の壁沿いに、排水でも溜まっているのか、地面が湿った色になっている。じめじめと陰鬱《いんうつ》な思いがそこから広がっていくような兆しにも見えた。

「なあ、星野ちゃん、これからわたしが、びっくりすることをしてやろうか」

立ち止まり、彼女の顔を見た。「びっくりすること？　宙返りとか？」

そうは言ったものの、繭美の言動は、出会った時からこちらの想像を超えるものばかりであったから、宙返りくらいでは驚かなかったかもしれない。

「そうじゃない。いいか、びっくりするなよ」

「分かった。びっくりしない」

「わたしがこれから、おまえに助言をしてやる。助かる方法を考えてやる」

僕はびっくりした。「君が、僕を助ける？」

繭美は苦い表情をしていた。「そうだ。いいか、一度しか言わねえぞ。しかも、今、思いついたってだけだからな、具体的なアイディアじゃない。ただ、少し考えてみろって話だ」

「何を」

「おまえが、〈あのバス〉に乗らないで済む方法だ」

「あるのか、そんな方法が」

「いいか、人間が最後の最後に見捨てられないためにはな、『自分は必要な人間です』『役に立てます』と主張するしかねえんだ」

「必要な？」

「まあ、おまえはどう考えても必要な人間じゃねえけどな」繭美はあっさりと、こちらを傷つけてくる。「わたしが思ったのはな、ほら、おまえの別れてきた五人の女がいるだろ。あいつらが使えねえか、ってことなんだ」

五人の女、と言われ、僕の頭には、それぞれの顔が順番に、いや、それは瞬間的に同時に広がったのかもしれないが、並んだ。「使うってどういうことだ」

「まずな、おまえが最初に別れに行った、ジャンボラーメンの女がいるだろう」

「彼女はジャンボラーメンを食べなかったけれど」

「あいつが前に付き合っていた浮気相手ってのは確か、ディズニーみたいなキャラクターで儲けてるんだろ」

「確か、そういう男だったはずだ」

「世の中でな、権利持ってる奴は強いんだよ。著作権ってやつか？　で、その男は確か、美人に弱かっただろ」

繭美は、他人の話になど耳を貸さない人間だとばかり思っていたが、想像以上に、記憶しているらしく、僕は感心してしまう。

「で、そうなればあの女優女が役に立つ。だろ、あいつだよ。あいつに、その似非《えせ》ディズニーを唆《そそのか》させて」

「どうするんだ。結婚詐欺でもさせるのか？」それで大金を手に入れる？　ただ、そこで手に入るお金程度で、僕が解放されるとは思えなかった。

「どうせなら、もう少し手が込んでいるほうがいい。おまえの恋人の、子連れがいただろ。あいつは、銀行員だった」

霜月りさ子と、息子の海斗君を思い出し、僕は懐かしさに胸を衝かれる。あの、バッグのプレゼントを見た彼女がどういう反応を示したのか、僕は当然ながら、知らないでいる。僕と別れた後も、彼女たちの人生は続いている。続いているし、続いていく。その事実がなかなか受け容れられなかった。

「銀行員の扱う商品を、そのディズニーに買わせたらどうだ?」

「商品?」

「保険でも投資商品でもいい。とにかく、何年か経ったら結果が出る、ってやつだ」

「金儲けをしろ、というのか」

「そうじゃない。面白そうな手品をやるから、待ってくれ、とアピールするんだ」

そこでようやく、繭美の提案が、ぼんやりとではあるが、把握できはじめた。「君の、その君の仲間というか上司というか、彼らにそれで納得してもらうってことか?　僕が、その彼女たちと何かをやるから、それまで、〈あのバス〉に乗るのを待ってもらえるか、と頼むのか」

「おまえが、五人の女と同時進行で交際していて、で、その五人全員に別れを告げに行きたい、と言ってきた時な、わたしは絶対、そんなことは許されないと思った。そりゃそうだろ、おまえは我儘《わがまま》を言える立場にねえんだから。ただな、わたしが問い合わせたら、返事はこうだ。『面白そうだから、付き合ってやれ』」

「君の上層部は、面白いことに弱いのか」

「それだよ。ようするに、あいつらの判断基準は、面白いか面白くないか。そんな気がしないか？」繭美は真面目な面持ちで、自分自身も半信半疑であることを隠そうともしなかった。「ってことはだ、おまえが今すぐ、金をたくさん用意するなんてことよりも、『これから面白いことが起きますよ』と相手に期待させるほうが効果があるわけだ。そこで、おまえの五人の女たちは強力なネタになる」

繭美の話は、説得力があるものではなさそうだったが、僕は、説き伏せられそうになっていた。が、「ネタ」という言葉には少し引っかかる。

「あの、ロープの泥棒見習いみたいな女だって、活躍してくれるかもしれない。重要な書類を盗ませることもできるし、何より、若い女が高い建物に侵入するってのが、興味深いだろ」

繭美の上層部は、若い女となればとたんに判断が甘くなるような、単純構造の人間たちばかりなのか、と僕は呆れ、呆れる以上にさすがに訝った。これはおそらく繭美特有の、深刻な場面に相手の気持ちを考慮せずに発する冗談の一種だな、と理解した。ただ、「あくまでも可能性の問題だ。こんなことでうまくいくとも思えない。いくら、面白そうだ、なんて言ってもな、おまえに執行猶予を与えるほどの気持ちになるとは限らない」と喋る繭美はいつもとは少し異なる必死さに満ちていたため、僕は世渡りの基本を教授される生徒の気持ちになった。

繭美は腕時計を見た。「もう、時間だな」と顔をしかめた。「どうする。一か八かで試してみるか。間に合わないかもしれないけどな、今から電話をかける手はある。わたしが交渉してやってもいい。どうだ、やってみるか?」

足は震えていなかった。先ほどよりも周囲がよく見えた。脇のビルの空調設備の管も、いくつかの窓から照る室内の灯りも、そして、繭美が履いている靴も、落ち着いて眺めることができた。この二ヶ月半強の期間、僕は、繭美のこの黒いスニーカーをじっくり観察する余裕もなかったのかもしれない。ずいぶん古いが、丁寧に洗っているのか汚れは少なかった。傍若無人で、雑に仕事をこなしているようにしか見えない彼女が、味も素っ気もない、地味なスニーカーを履き、古くなったからといって新品を手に入れるわけでもなく、それは金銭的な問題なのか、彼女自身の信念によるものなのかははっきりしないが、とにかく、大切に取り扱っていることに気づくと、繭美の異常としか思えない言動も一面に過ぎないようにも感じられた。

君も普通の人間なんだね、とまでは思わなかったが、他の星の生き物というほど遠い存在にも感じられなくなった。

「やめておくよ」気づけば僕はそう言っていた。「彼女たちに迷惑をかけては元も子もない。せっかくちゃんと別れてきたのに」

「そんなことを言ってる場合じゃないと思うぞ、わたしは」

僕は構わず、歩きはじめた。すると、足が震え出した。自分の踏むこの道は、その大通りへと続いており、さらにその大通りも確実にどこかへ繋がっているはずであるのに、僕はどこにも繋がらない、先行き不透明の絶望に、押し潰されそうになった。情けない。が、震えながらも前進はでき、そのことが救いだった。「ほら、君のお祖父《じい》さんの名言通りだ」

「わたしの祖父ちゃんがどうした」

「千里の道も一歩から」

繭美は一瞬黙った後で、「おい、強がり言っても怖いんだろうが。よたよた歩きやがって。どうだ、わたしのアイディアに乗るか」と言った。

「アイディアと呼べるほど具体的じゃないじゃないか」僕はわざと、笑い飛ばすようにした。「いいんだ。僕はバスに乗る」

そうか好きにしろ、と繭美は言った。

バス停は当然ながら、ごく普通のバス停で、屋根があり、時刻表のついたパネルが立ち、ベンチには高齢の女性が三人腰を下ろし、女子高生が二人並んでいる。僕と一緒にやってきた繭美の、その体格と威圧感に全員が一瞬、ぎょっとしたが、それでもすぐに関心なさそうに視線を逸らした。

周囲はすでに暗く、街路灯の明るさが頼りだった。

「本当にここにバスが来るのか」

「来たぞ」

はっとし、右側に視線をやれば、緑色のバスが向かってくるのが見えた。深い緑色は、森を思わせた。バスの前部、額のあたりに行き先表示のパネルがあるが、そこには、「回送」の文字が書かれている。だからなのか、バス停にいる誰一人として、そのバスに反応しなかった。

「あれか」

「そうだ」

目を凝らせば、車内の様子が分かるかと思ったがスモークガラスなのか、中は見えない。運転手の姿も心なしか、朧《おぼろ》げだった。

「君は乗らないんだろ」繭美に声をかけると、彼女は、「まあな。わたしはごめんだ」と答えた。

僕は右手を出した。彼女は、それをとても珍しそうに眺めたが、すぐに握り返してきた。

「君の辞書に、握手、はなさそうだ」

「おまえ、考え直すなら、もしかするとぎりぎり可能性はあるかもしれないぞ」

繭美の顔は特に深刻そうではなかった。ぶすっと言ってくる。

「じゃあ、君が助けに来てくれよ」僕は思いつきで、笑いながら返事をした。

「わたしが？　どうやって」

「この間、一緒に車で、当て逃げ犯を追いかけたじゃないか。結局、当て逃げの犯人ではなかったけど。ああいう具合に、バスを追いかけて、僕を助けてくれよ」

頭には、その痛快な場面が映し出されていた。車で前に回り込み、バスを急停車させ、その後で繭美は、車内に飛び入り、暴れる。先ほどの、手足を縛られた状態で白ワゴンを、飄々《ひょうひょう》と脱出してきた貫禄を見れば、それくらいのことは難しくないだろう。そして、僕もできる限り、勇ましく大胆に振る舞い、彼女と一緒にバスから飛び出そう。「その後は」と言ってから僕は口ごもる。その後のことなど想像できなかった。

「馬鹿か」繭美が苦笑した。「わたしがそんなことをやると思うのか」

「思えない」と正直に答えた。「ただ、君の辞書に万が一、『人助け』だとか、『助ける』だとか、そういった言葉が残ってたら来てくれよ」と言う僕は、彼女の辞書にはそれらの単語がない、と知っていた。

緑のバスがこれきりというくらいに、路肩に寄り、愛想なく扉を開く。乗りたければ乗れ、と言わんばかりのぶっきらぼうな態度だった。

僕は、繭美に背を向けると、バスの横腹にある乗降口へと近寄る。回送表示のバスに乗ろうとする僕を、周りの人間はそれほど怪しまなかった。何か事情があるのだろう、と勝手にこちらの都合を想像してくれているのかもしれない。

バスに足を踏み入れた瞬間、息苦しさに覆われ、決して車内が暗いわけでもないのに、その場にうずくまりそうになった。心細さと恐怖で中に入ることができなかったが、別れを告げた五人の女性たちの顔を思い出し、彼女たちとの時間を必死に頭に蘇らせることで、自分を保った。どうにか座席にしがみつく。

ドアが閉まる音がした。

幼稚園の時、母親から離れて送迎バスに乗った際の、あの物寂しさと不安で充満した、悲しい気分を思い出した。あれとまったく同じだ。「お昼食べたら、すぐに帰ってくるんだから大丈夫だよ」と母は、泣きべそをかく僕を励ましたらしいが、今回はそんな声は当然、ない。僕は、お昼を食べても帰ってこないだろう。息を大きく吸い、吐く。もう一度、吸う。そしてようやく車内を見渡す。腰が抜け、座席に尻をつける。

緑のバスが発車し、遠ざかっていくのを見送った繭美は小さく息を吐き出し、首をぐるりと回した。少し凝ったな、と肩を上げ下げする。

「あの、今の回送じゃなかったんですか？」近くの女子高生が訊ねてきたが、無視をした。ゆっくりと足を前に出す。さて、仕事を終えた連絡でもするか、と思うが、どこか億劫さもあり、携帯電話を取り出す気分にもなれなかった。

かわりにバッグから、辞書を出した。ずいぶんと表紙が反り返っている。星野一彦の言葉を思い出し、単語を探した。黒く塗り潰した跡が現われる。鼻から息が出る。「人助け」や、「助っ人」もなければ、「救う」もない。いつ消したのか記憶はないが、思えば辞書には塗り潰しばかりであったから、残っている言葉のほうが少ないほどだった。

そりゃそうだな、と呟いた。

目を上げる。バイクを押しながら車道へと向かう若者が、視界に入った。考えるより先に、身体が動いていた。その若者の胸をどんと叩いた。唐突なことに若者は目を丸くし、かすれる悲鳴とともに、身体を強張らせた。バイクを倒しそうになり、体勢を崩すが必死の形相で踏ん張ると、スタンドを立てた。「な、何ですかいったい」と怯えを発散させ、両腕で自分の身体を抱くようにした。

「おい、辞書貸せよ。どうせ浪人生だろうが」繭美は言うが早いか、男が背負っていたリュックサックを引き剝がした。荷物を奪われた若者は、怒るよりも狼狽し、「浪人って決め付けないでくださいよ。学生です」と声を震わせる。

「どうでもいいんだよ」リュックから辞書を引っ張り出す。「あるじゃねえか、寄越せよ」繭美はすぐに箱を取り外すと、歩道に投げた。ついでにリュックも放った。ああ、と若者が弱々しい悲鳴を上げ、よたよたとそれを拾いに行く。

繭美は、奪った辞書をめくりはじめるが、すぐに、濁音のついた雄叫びを轟《とどろ》かせた。地面がぶるっと震えたかのようで、近くを通ったコートの男がすくみ上がった。そして、繭美は辞書を地面に叩きつける。「何で、ドイツ語の辞書なんだよ。ふざけてんのか」

だって、と学生がくねくねと弁解する。「第二外国語がドイツ語で」

「第二とか言ってんじゃねえよ。ラジオ体操かよ」繭美は引き続き叫喚し、当たり前のようにバイクの横に立つ。「おい、これ借りるからな」

「え」学生がきょとんと立ち尽くす。

「うるせえな。鍵差さってるし、ちょうどいいじゃねえか」

繭美は車道の先へ目をやる。緑のバスの後部が、微《かす》かではあるが、捉えられた。信号の切り替わりを待っている。

バイクに視線を戻し、繭美はまた怒鳴る。「いまどき、キックオンリーのバイクってどういうことだよ」と言いながらも、キックペダルを蹴った。空振りの感触しかなく、エンジンはかからない。

「すみません、古いバイクで、バッテリーもちょっと駄目です」学生は、申し訳なさそうに言い、両手をひらひら動かした。泡を食った様子だ。

知るかよそんなこと、と洩らし、繭美はもう一度、ペダルをキックする。うんともすんとも反応がない。

右の靴でまた、それは鼓動のない身体に、蘇れ、と呼びかけるのと似ていたが、蹴った。反応はない。

あと十回な、と繭美は言う。十回蹴って、エンジンがかからないのならば、星野一彦の未来がそれを選択したのだ。そういうことでいい。あと十回、十回だけだ。と口に出し、学生がそれを、はいそうですね、と素直に聞いている。

左脚で踏ん張り、右の靴で踏み、キックする。かからない。車道の先を見る。緑のバスが発進した。キックする。キックする。キックする。もう一度、バスを目で探す。バイクを見る。キックする。キックする。キックする。キックする。キックする。息を吸う。キックした。

解説

野崎 歓（フランス文学者）

一読、舌を巻かざるを得ない。なにしろみごとな技の冴えではないか。二股ならぬ「五股」もかけて、女たちのあいだをひらひらと舞ってきた星野一彦なる男。よんどころない事情から、彼女ら全員とお別れしなければならなくなった。雲隠れを決めこむのではなく、一人ひとりにちゃんと謝ってまわりたいというのだから誠実といえば誠実。しかし別れの儀式×五回分とは、小説の作りとしてくりかえしが多く、まだるっこしくなる危険大だろう。ところがご覧のとおりこの作品、反復すればするほどに新味が加わり、味わいが増すというあっぱれな展開ぶりで、そんな杞憂をふきとばしてくれる。

そのダイナミズムの根源にましますのが、異形のヒロイン、繭美にほかならない。なにしろ「身長が一九〇センチ、体重は二百キロ」である。男性プロレスラーなみである。作中では、いにしえの名悪役、アブドーラ・ザ・ブッチャーにたとえられている。しかしながら検索してみると、ブッチャーは身長一八六センチ、体重一五〇キロだったというから、繭美のほうが完全にしのいでいる。「モンスター」「風船」「なまはげ」等々の呼称が披歴されていくが、誇張とはいいにくいことが理解されよう。借金問題をこじらせたあげく、こういう人物に二十四時間、密着監視されるはめになったのだから、身から出たさびとはいえ、星野一彦の陥った境遇はつくづく情けないものである。繭美は色白の肌にブロンドの髪、目鼻立ちはけっこう整っている云々との記述もある。しかしあまりフォローしたことにはならないのは、彼女の言動がつねに、凶器をふるう悪役レスラーのごとき破壊性を帯びているためである。

だれに向かってもおまえ呼ばわりし、口調はつねに乱暴。下品で無礼、傲岸不遜なその態度は、ほとんどひとつの純粋形にまで高められている。他人の意向などおもんぱからなくていい、むしろまわりの人間に不快を与えることが愉快だ。そんな人生哲学に、繭美の巨軀は支えられている。その証拠に、彼女の辞書に「同情」の語はないし「気配り」の項目もない。「愛想」もなければ、「人助け」もありえない。それは彼女がわざわざバッグから辞書を取り出してその都度、示してくれるとおりだ。万一、そうした語がまだ生き残っていたとしたら、繭美はその項目を黒いサインペンですかさず塗り潰してしまうのだ。

この辞書という小道具が、じつに効いている。なぜ繭美はいつもバッグに辞書を入れて持ち歩いているのか。「ハーフ」だという彼女は、いまなお日本語を習得している途中なのか。あるいは、辞書をも書き換える徹底した自己中心ぶりを見せつけているのだろうか。だがそれ以上に、辞書はこの超ヘヴィー級ヒロインの粗暴な表情の内側、「肉食獣」的獰猛さの裏にひそむ心情をうかがわせるツールとして貴重である。辞書から消されていればその概念は自分と関係がなく、それにしばられる必要もない。そんな、言葉と行動のすがすがしいまでの一対一対応が彼女のふるまいの前提となっている。逆にいえば、そこにはごまかしがない。辞書は繭美にとって揺るがすことのできないルールブックなのだ。しかもそれは、彼女が生きていくために不要な項目をひとつひとつ塗り潰すことで形成されてきた、手作りのルールブックなのである。「想像力」も「色気」も早々に塗り潰し、抹消することで繭美は彼女の道を驀進してきた。少女時代から意図せずして身に帯びてしまった「怪物」性ゆえに、世上一般の幸福を断念して生きぬくほかなかった彼女の半生が、そこにゆくりなくも浮かび上がる。

星野とその恋人たちとのいわば五番勝負中、最後の「女優女」、抜きんでた美女である有須睦子との一番がとりわけ緊張感をはらむのも、「鎧のようなもの」をつねにまとって生きていかざるを得ない点で、実は繭美と睦子が似た者どうしだからである。繭美のいう「逆も真なり」をさらにおしすすめるならば、繭美の「樽」のごときうわべの下には、実は大変な美人がひそんでいるのかもしれないのだ（じつはこのあたり、本書の出発点となった太宰治の未完の遺作「グッド・バイ」との対比も興味ぶかいので、ぜひあわせて読んでみることをおすすめする）。

恐怖の「ジャンボラーメン」のあたりまでは、とんでもない女を主人公にしたものよとびびっていたくせに、読み進めるほどにかくも肩入れしてしまうのも、この小説が繭美というキャラクターの力を存分に引き出しつつ、物語を実に快調に推進していくからに違いない。もちろん、繭美パワーを間近にあびつつ、それを辛抱づよく受け止め、やがては絶妙なコンビを築くにいたる星野一彦その人の功績も大というべきだろう。

実際、★印のパートの語り手でもある星野一彦は、単なる快楽追求型の軽薄な遊び人でもなければ、甘い言葉で女たちを騙し、無防備につけこんで利益をむさぼろうとするプロフェッショナルな色事師でもない。小学生のころ母親が事故死した悲しみをいまだに引きずる彼は、子どもっぽいくらい素直で単純、そしてまた鈍感さを漂わせこそすれ、およそマッチョなオスっぽさとは無縁である。彼は単に、だれとでも調和的に、仲良くするのが好きなのであり、五股をかけているのも「誰か一人を選ぶつもりなんてなかった」、「どの人と一緒にいるのも楽しかった」というへなちょこな理由によるものでしかない。しかもそんな微温的な男が、五人の女性たちにとってはそれなりに大切な存在となっているのである。長い歴史と伝統を誇る肉食系ドン・ジュアンに対して、ここに描き出されているのは、ぎらぎらした欲望をほとんど感じさせない、草食系ドン・ジュアンという新種の姿である。

そしてまた、突然に別れ話を切り出された女たちも、決して修羅場を演じようとはしない。一彦との出会いの場面を思い返しつつ――これがそれぞれに意表を突く面白さの印のパートを形作っている――、「あれも嘘だったんですね」という言葉を異口同音に発して、男の不実を責めながら、彼女たちにはどこかさめた、諦めのいいところがある。「絶対に別れたくない」という女優・有須睦子だって、決して見苦しく取り乱したりはしない。そう言い放つ彼女の姿は「毅然とし、格好よく」、一彦は思わず「自分たちが洒落たドラマの中に置かれている気分になった」というのんきさなのだ。

三角関係（というより六角関係、あるいは繭美も加えて七角関係か？）の生み出す男女のどろどろとした愛憎の葛藤といったものはまったく見当たらない。それよりもはるかに、友情、あるいは共感というべき何かが広がっていく。そして実際、むしろ友愛の連鎖をつむぎだしていくことが、一彦と繭美の使命とさえなるかのようなのだ。

シングルマザーの霜月りさ子の車に当て逃げした犯人を追う第二話、「一人キャッツアイみたいな」如月ユミの無茶な計画を未然に防ごうとする第三話と読み進むうち、この二人組はそうやって女たちに善行をほどこしてまわるために結成されたかのように思えてくる。たとえば如月ユミのあとを追ってきた先のマンションで、二人が銃を持った覆面男たちと遭遇したそのとき、繭美は動じる様子をまったくみせず「大きな身体をその狭い場所で、弾むように動かし」「巨大な独楽《こま》の回転さながら鋭く身体を振り、後ろ回し蹴りを繰り出す」。見事なアクション・ヒロインぶりに喝采を送らざるをえない。正義はこの瞬間、まちがいなく二人の側にある。

一彦&繭美の一見ありえないカップルは、不思議なことに、実は強力な絆でむすばれたタッグチームを組んでいるのであり、全編は二人が連帯を深めていく、胸躍るバディムービーの趣を呈するのだ(「バディ」は本来、男の相棒だから、こんな呼び方をすると繭美を激怒させること必至だが)。しかしながら、その事実にぼくらが気づき始めたとき、すでに時間は尽きようとする。〈あのバス〉がやってくるまでのわずか二週間の、期間限定の物語だからこそ、一彦&繭美のあいだに徐々にかわされはじめた共感のありさまが、何とも胸にしみてくる。黒々とした恐怖、脅威がすべてを塗り込めようとするぎりぎりの瞬間まで、エモーションは高まり続ける。そして〈あのバス〉が、ついに姿を見せる。まったく平凡かつ日常的な一台の回送バスがはらむ、非日常的緊張感——ボリス・ヴィアンの傑作『北京の秋』冒頭のバスと肩を並べる、忘れがたい神話的乗物がここに誕生したといいたくなる。

語り手・一彦の姿の消えた最終節を読み終えながら、この二人の冒険をもっと追っていきたい、という思いに駆られる。だが読者は、ここで終わっているからこその余韻の深さに浸るべきなのだろう。危惧されるのはただひとつ、作者が世に送り出し続ける話題作、ヒット作の数々によって、この愛すべき作品がひょっとしたら目につきにくくなる恐れがないかということのみだ。構成の妙、キャラクター造形のあざやかさ、そしてたえず新たな展開を示しつついきいきと脈動するストーリーテリングの冴え。これはデビューから十年を経て伊坂幸太郎の到達した自在な境地をしるしづける、何とも痛快な逸品なのだ。

伊坂幸太郎ロングインタビュー

——本作『バイバイ、ブラックバード』は「ゆうびん小説」という珍しい方法で発表されていた作品であり、また太宰治の未完にして絶筆となった「グッド・バイ」へのオマージュ作品であるとも聞きました。現代作家が過去の作家の作品から影響を受けるというのは決して珍しいことではありませんが、太宰と伊坂さんという組み合わせは少々意外に映りました。というわけで、まずはなぜ「グッド・バイ」という作品が伊坂さんの視野に入ったのかという辺りからお聞かせいただけますでしょうか。

伊坂　そもそも、双葉社の担当編集者から来た最初の話は、「未完の『グッド・バイ』を完結させませんか?」という提案だったんですよ。ところが、僕は太宰治の熱心な読者というわけではないので、恥ずかしながら、「グッド・バイ」を読んだことがなかった。そこで初めて読んだわけですが、楽しかったものの、続きを書くのは難しいかなというのが率直な感想でした。いろいろな意味でハードルが高すぎますし。だけど、「グッド・バイ」

の設定を踏まえた上で、僕なりにまったく新しい小説を書くのならできるかな、と。

——たしかに、「グッド・バイ」の基本設定……つまり「何人もの女性と同時に付き合っていた男が、その関係を清算するために、全く恋愛関係になかった女性の協力を得て、一人ひとりを訪ねて歩く」というところはそのまま踏襲されています。

伊坂　そうですね。ただ、書いている最中、僕としてはそこ以外は特に共通する部分はないかなという気がしていたんです。だから、『バイバイ、ブラックバード』を伊坂流「グッド・バイ」と謳うことについては、「全然違うじゃないか！」と言われるのではと少々不安でした。ところが、脱稿してからしばらくして、改めて「グッド・バイ」を読み返してみると、明らかに影響を受けているのが自分自身でもよくわかりました。

——特にどのあたりが？

伊坂　一番は繭美の性格設定です。自分ではあまり気づいていなかったのですが、改めて比べてるみると「グッド・バイ」のキヌ子からかなり影響を受けていました。キヌ子というキャラクターは、怪力で大食いなんですが、読んだ時にそこがおもしろいと思ったんでしょうね。たとえば、「グッド・バイ」で、男が別れを告げるため訪れる美容院にキヌ子が同行し、パーマをかけてもらうというシーンがあります。そこでキヌ子は、美容院から出た後に美容師の腕をくさして「そんなに、うまくも無いじゃないの。」と言って男を怒らせるんです。こういう無神経なところなんかは、まさに繭美の性格を考える時に影響していた気がします。

——しかし、大きな違いもあります。それは二人の容貌です。太宰は、キヌ子を絶世の美女としましたが、伊坂さんは一種モンスターめいた女にしてしまいました。

伊坂　無神経な性格の場合、その人が美人だと逆に笑えないかなあ、と思ったのかもしれません。美人で嫌なヤツが、でも最終的にはいい人でしたって言われても、あんまりおもしろくないですよね。逆に、繭美ちゃんみたいな子だとむしろ許せる度合いが大きくなるというか。

——そうかもしれません。それに、繭美が不美人だというあたり、太宰よりもよっぽど女心を理解していらっしゃると感じます。

伊坂　え、そうなんですか？

——はい。太宰は、すごい美人を女房という事にして女性達に見せて回れば、みんなガッカリしてあきらめるとしていますが、実際にそんなことをしたら女性はむしろ敵愾《てきがい》心《しん》を燃やすだけだと思うんですよ。むしろ、繭美のような子が来た方があきらめがつくはずです。

伊坂　そうかもしれませんね（笑）。彼女のキャラクターは構想段階で書いていくうちに変化していったんです。辞書のアイデアも最初はありませんでしたし。

――では、最初からああいう「無神経の権化のようなモンスター的女性」というところを狙っていたわけではなく?

伊坂 最初からあんなだったわけではないんです。むしろもっと単純に嫌な人にしたかった。だけど、僕はあんまり嫌な人を書けなくて(笑)。そういうところも含め、この作品は、もやもや悩んでいる時期がとにかく長かったような気がします。僕が得意なパターンをあえて外したところで書きたいという思いも当初はあったので。

――それは興味深いお話ですね。私は、本作は大変伊坂さんらしい作品だと感じたのですが。

伊坂 そうですよね。僕もそう思います。ですが、書き始めたころは、いろいろと試行錯誤を繰り返していました。それで、いろいろ考えた結果、この作品は開き直って、僕らしい感じでそのまま書くことに決めたんです。

――伊坂さんが考えられる「自分らしい小説」とは、どういうものなのですか?

伊坂 あんまり分析すると味気なくなってしまうかもしれませんが、僕なりに考えるところでは、ちょっと変わったキャラクターとそれに振り回される人がいて、登場人物たちのやりとりが楽しくて、いろんなところに張ってある伏線が少しずつ繋がっていき、要所要所で「ああ、そうなんだ」とはっとする感じ、というところでしょうか。それが僕らしさ、僕自身がそう思っていると言うよりは、多くの読者が望んでいる「僕らしさ」のような気がします。

——おっしゃる通り、まさにそれが伊坂小説の魅力だと思います。「ちょっと変わったキャラクター」というところでは、先ほどから繭美の話が出ていますが、主人公である星野一彦も妙な男性ですね。

伊坂　星野くんは五股をかけているという設定ですからね。そういう人、実際にいるかも知れないけれども、やっぱり風変わりでしょう？

——実際にいるかもしれない、というところがミソですか。

伊坂　そうなんですよ。繭美ちゃんがとんでもないキャラクターな分、五股をかけているというところ以外は案外普通で、むしろ人のよい星野くんがバランスをとってくれています。でも、やっぱり五股っていう駄目なところが基本にあるから、繭美ちゃんが星野くんの悪口をいくら言っても嫌な感じにならない。正直、五股をかけてるような男に同情したくないじゃないですか（笑）。やっかみもあるし。そこをいじめてるから、もっとやれ！って感じになるところもあるのかな。

——なるほど、男性から見ると星野はやっかみの対象になるのですね（笑）。私には、星野という人物の性格や行動自体が太宰治という人物への評論になっているようにも感じられたのですが。

伊坂　例えばどんなところがですか？

——太宰という人は、『人間失格』で自ら書いているように人の顔色を窺う癖があったり、何度も女性と心中事件を起こしたり、ある意味だらしない人という印象が強いのですが、なんとも言えぬ愛嬌があったといいます。女性五人と同時に付き合い、さらになんらかの不始末を起こして〈あのバス〉に乗る羽目になった星野は、そんな太宰が性格モデルになっているのではないか、と。

伊坂　特にそういう意図はなかったんですが、「憎めない感じ」は出したかったところです。芸能人みたいにすごくカッコいいわけでもない、みんなにキャーキャー言われるわけではない、だけど、なぜか人に好かれる。星野くんはそういう人物なんですよ。全ての行動に計算がない。そこは大事ですよね。あと、繭美ちゃんを全くコントロールできないところ、これなんかは「グッド・バイ」の主人公の男とキヌ子の関係を踏襲しました。あの作品を読んで、一番おもしろかったのがその部分でしたので。

「ゆうびん小説」という形式

――ところで、冒頭でも触れましたが、本作は発表の仕方も大変ユニークでした。ご存じない方のために簡単に説明しますと、毎回抽選で選ばれた五十名の読者に、一話が書き上がり次第レター形式で印刷された作品が郵便で送られる「ゆうびん小説」という手法が取られたのです。これも本邦初の試みだったと思うのですが、やってみていかがでしたか？

伊坂　思った以上によかったです。送ったものに感想用葉書が封入されていて、読者から直に感想をもらえるので、モチベーションを保つのにもよかった。月刊誌なんかだと、感想なんてそんなに来ないじゃないですか。実際、僕はほとんどもらったことがないし。あと、送付物のデザインがすごくきれいでしたし、企画自体が楽しいですよね。

――小説が出来上がり次第、読者に送るというのは？

伊坂　もし、今回の作品が雑誌で決まった期間連載するという方式だったら、書けていなかったと思います。実は僕、連作短編という形式はあまり好きではないんです。だから、『死神の精度』とか『終末のフール』以降やっていませんでした。まず、短編を書くこと自体が精神的につらい。『死神の精度』を書いていた頃は、まだ仕事量も少なかったので、一ヶ月ぐらいじっくり考えて自分の満足のいくものを書こうってこともできたんです。でも、最近はそんな余裕もないから、もし連作でやれと言われたら一本ぐらいは不本意なものになるかもしれない。それがまず苦痛なんですよね。それに、「雑誌のために短編をいくつか書いて、それを一冊にまとめました」的な本は、読み手としてもあんまりワクワクできないというのもありまして。

——それはなぜでしょう?

伊坂　どうしてなんでしょうね。共通のテーマだから寄せ集めてみた、という感じが嫌なんでしょうか。収録作全てを読まなくても問題ないような作品集にはしたくない。五本あるなら五本をきっちり読まないといけない必然性みたいなものは欲しいんですよ。連作短編の最後に大きな仕掛けがあります、という趣向もやはり新鮮味を感じませんし。また、書き手としては、締切がある仕事で、五本書いて五本ともクオリティが高いものを発表できるという自信が僕にはないんです。雑誌連載だと、だいたい三ヶ月に一度ぐらいのペースで締切がくるのですが、それに合わせるために書くと、どうしても締切を優先して「今回はこれでいいや」とか思ってしまいそうで。いいものにしたいし、読者だってあせって書いたような作品は読みたくないんじゃないかな、と思ったり。

――では、「ゆうびん小説」が作者が書き上げ次第送る、という決まりだったから連作短編も可能だったということですか？

伊坂　はい。別にいつ届くというのは決めてなかったので、変な話十年後に届いても良かった。そこが一番よかったです。そろそろ書きたい気持ちになってきたら、担当編集者に仙台まで来てもらって、しゃべりながら構想を練って、という感じで。雑誌だと締切が決まっているので、アイデアを思いついていなくても書き始めなければいけないし、気持ちが整っていなくても書かなきゃいけない。それが一番辛いので、今回のように書きたいと思った時に書き始められるのは本当によかったです。感覚的には書下ろしに近い感じでした。

――そうは言いつつも、一年余りで五話書き上げたわけですから、雑誌連載に近いペースですよね。

伊坂　そうなんです。実際には三ヶ月に一度よりも、全然早いペースで書き上げたんですよ（笑）。一話目を渡したときに「じゃあ次は二ヶ月後ぐらいに」って言われて、僕としては「最初の話と違うし、むしろ雑誌より早いじゃん」と思ったんだけど、「別にそれが締切というわけではなくて、なんとなく目安として言ってみただけですから」みたいな感じだったんで、ならいいか、と。でも、それが植え付けられちゃったみたいで（笑）。暗示にかかっていたのかもしれないですね。でもまあ、催促されたことは一度もありませんでしたし、プレッシャーが少ない分、気楽に楽しめました。白いキャンバスが目の前にあるけど、そろそろ書かなきゃなあという気分になるまで書かないでいいというのがよかったです。この小説の話が出たときからイメージはあって、それを何ヶ月かモヤモヤ考え続けていたんですけど、そういった「考えている時間」というのが実は大事なので。

——では、伊坂さんとしては、やりやすい環境が整ったわけですね？

伊坂　今回のは、やり方としては理想的でしたね。

——ならば、この形式ならば短編も書いていけるということでしょうか。

伊坂　どうなんだろう。編集者と細かくやり取りしながら、一つの物語を作っていくというのは魅力的な作業でした。でも、しんどい部分もあって、毎回これやれといわれたら結構辛いかもしれない。今回、何年ぶりかで連作短編をやって、自分でも満足のいくものができました。今の僕が、連作短編という形で書くとして、やれることはやりつくしたという思いはあります。だから、この形式に関してのエネルギーや資源は、僕の中ではもう何もないですね。またしばらくはないと思います。

伊坂さんによる各話解説

――それだけ力が入った作品を読めるのは、読者としても大いに嬉しいところです。せっかくですから各話の見所や創作秘話なども教えていただけますでしょうか。

伊坂　そうですね。まず、星野くんが同時に付き合っている女性が五人であるというのは、「ゆうびん小説」で出すのが全部で五話と決まっていたから、という単純な理由なんです。一話目、二話目はけっこう自力で考えて、三話目は担当編集者と相談しながら決めて、四話目はほぼ実話という(笑)。僕としては、この四話目がとても気に入っているので、ここで終わりっていうのもいいかなと思ったんですが、最初に五話って言っちゃったのは僕だったので、やはりもう一話書かなきゃいけない。四話にしとけばよかったなと後悔したりもしたんですが、でも、最終的には五話にしてよかったなという感じです。

――第四話がほぼ実話というのは気になるところですが、とりあえずは第一話から順番にお聞きしていこうと思います。最初のヒロイン、廣瀬あかりという女性は、各話に登場する女性たちと比べてもいちばん平凡で、別れ話にも普通の反応をする人ですよね。

伊坂　僕の書く連作短編では、第一話は比較的、普通の話にすることが鉄則なんです。最初は自然な感じじゃないと、読者も物語に入りづらいかと思うので。なので、今回も最初の女の子は普通にしました。

——でも、そこは伊坂小説らしく、別れを納得させるための条件がまたキテレツですね。

伊坂　ラーメンの大食いのところですね（笑）。あのネタは、昔からいつか使おうと思っていたんですよ。僕としては気に入っているんですが。

——なるほど。「ラーメンの大食いで勝負」という、男女の別れを彩るにとてもロマンティックとは言い難い条件を納得させてしまうというのが、繭美という強烈なキャラクターを際立たせているように思いました。

伊坂　そこはあんまり意図していませんでしたが、もしそう読めたのであれば成功したということでしょう。同時に、星野くんの性格も見えてきますよね。それが書きたかったんですよ。だから、こういう言い方をすると、登場人物のあかりちゃんには申し訳ないんですけど、一話目に関しては女の子はわりとどうでもよかったんです。

——ですが、彼女が一つのスタンダードになったから、繭美や、あとに続く女性たちの個性も、より輝いたように思います。

伊坂　そうなっているとしたらよかったです。彼女の別れ方が一番自然なんですよね。

――二話目の女性はシングルマザーの霜月りさ子。彼女と星野の出会いもまたおもしろいですね。

伊坂 僕自身、前から不思議だったんですよ。刑事ドラマなどで車を止められ、持っていかれてしまった人って、その後どうなるんだろうなって。だから、今回はそれでいこうと思いまして。「車を持っていかれたのが、僕です」というところで。ですが、普通に語らせるだけではおもしろくないので、冒頭に映画『フレンチ・コネクション』の話がでてくるわけです。

――それにしても、いきなり車を止められて、唐突に映画の話をし始める男の話を最後まで聞いてやるというのは、母親ならではの我慢強さですね。

伊坂 そういえばそうかもしれませんね（笑）。作中、繭美ちゃんにもからかわれますが、りさ子はほんとついてない女性、という感じになっていまして。最初の結婚相手が思いやりのない男で、離婚後にできた彼氏は五股男で。僕も自分に子供がいるせいか、子持ち女性の大変さを考えちゃうことが多くて。しかも、シングルマザーとなるとよけいに大変そうじゃないですか。だから、シングルマザーの恋愛があってもいいでしょうねっていう気持ちがあって。まあ、結果的にはひどいことになっちゃうんですが。

――読み手としては、ここで「母」という存在が出てきたから、星野が子供のころ母と死に別れたのがトラウマになっているというエピソードが、より強く印象づけられました。

伊坂　ああ、そうか。それはそうですよね。僕としては、「なぜ星野くんは別れ話をしに全員の元に行かなきゃいけないいんだ」という動機を考えたときに、彼の根っこに人との別れに対するつらい原体験、恐怖感がなければならないと単純に思ったんです。それがないと、星野くんの行動はむしろ不自然ですからね。いや、僕自身はそういう部分は気にならないんですが、読者は不自然に思うかなあ、と。そこで逆算すると、子供のときに母を突然亡くした体験を持つのが一番説得力があるかなあと思いまして。小説としてはありがちですけれど。

――子供時代にそんな経験をしたから、星野の女性への依存がより一層強くなったのでしょうか？

伊坂　それはあまり考えていなかったけど、これからはそういうことでいきます(笑)。でも、そういうのはあってもいいかもしれない。

――物語全体として一番コミカルなエピソードの多い回でもありますね。

伊坂　そうなんですよ。エピソードは一番楽しく書けた作品です。不知火刑事とか、ゴリラが逃げ出したとか、ムチャクチャですけど(笑)。僕の場合、短編であっても、長編っぼくなっちゃうんですよね。

——そして、全体を通して読むと、二話目でこの小説が一種のテンプレート作品であったことにも気づきます。

伊坂　それも最初から意図していたわけではなかったんです。二話目ができて、冒頭の出会いのシーンをひっぱるというパターンができたというか。僕自身は、あまり話のテンプレート化は好きではありません。ですが、「ゆうびん小説」としてはありかなと考えたんですよね。それと、女性たちの名前でもちょっと遊びました。主人公の名前に星が入っているので、それに対応して月をどこかに入れようと。でも、思いついたのが二話目からだったので、最初の廣瀬あかりだけは入れられなかったんですよ。

——でも、もし「あかり」の漢字が「明」だとしたら、旁に月が入りますが。

伊坂　ああ、そうか！　それでいきましょう！　結果オーライということで（笑）。

——三話目の如月ユミ。彼女は繭美に並ぶ突拍子もない女の子です。

伊坂　この話が一番難航しました。女性たちの別れ際の態度には、いくつかのパターンを書きたかったんです。だから、彼女は星野くんに「別れよう」と言われて、「じゃあさよなら！」で終わってしまうのを書きたかったんです。

——星野くんが一番いいところなしの話になっていますよね。

伊坂　繭美ちゃんと対峙するぐらい変な女の子を出そうというのも目的の一つでしたから。怪獣対決みたいな。ですが、最初に考えていたストーリーではイマイチっぽくて、それからいろいろ設定を練ったんですが、書き始めるとどうもうまく動かなくて、編集者といろいろ相談しながら、やっと出来上がった話でした。

——ちょうど真ん中の位置にある話ですから、やはりそこを意識して？

伊坂　それはありました。間にこれがないと、普通に行儀のいい話が並んじゃうじゃないですか。それと、一本ぐらいはアクション映画みたいなのをやりたかったんですよ。繭美ちゃんが大暴れしたり、ユミちゃんがロープで建物に侵入したり。

——いかにも三話的というか、この話があって、本作の世界が広がったような感じを受けました。

伊坂　これがオーラスだと「なんかいいアクション映画観たな」って感じになっちゃいますよね（笑）。だから、位置的にはここしかなかった。ただ、最初から全体をこんな風に構成しようと決めていたわけではありません。毎回、どうしようというのを考えながらやっていました。前話を受けて、どんどん話が広がっていったという感じでしたね。

——そして、四話目。先ほどのお話ではほぼ実話ということでしたが、それはどのあたりが？

伊坂　三話目を書いていたときぐらいに、身近な人が次々と精密検査にひっかかったんです。この時、僕もやはりかなり心配しまして、もし結果がわからないまま二度と会えないようなことになったら、相当気になるだろうと思ったんです。もともと、一作は恋人が病気になってしまうベタな話を、僕なりにトライしようというのを決めていたので、じゃあ四話目はこれでいこう、と。「病気が治ってよかったね」的な単純な話でもなく、悪性でひどいことになるというのでもない、新しい突破口を見つけられるはずだというのをずっと思っていたので、そこにトライしようかと。きれいごとじゃなくて、だけど何か笑える感じで、前向きに終われる着地点を探したかったわけです。

――「病気」というテーマだからでしょうか。繭美の指摘もいつも以上に辛辣さを増しているような気がしました。どうしても神田那美子の病状を知りたいという星野に向かって、「それはお前が楽になりたいだけだろう」と喝破《かっぱ》する場面などは特に。

伊坂　それは全く繭美ちゃんの言うとおりですよ。僕自身、身近な女性の結果が出るまで心配でたまらないけれど、でも一番心配なのは本人なわけですから。まして、別れてしまう星野くんは、那美子ちゃんの病状を知ったって何もできないんだから、知る必要はないですし。だから、彼が知りたいと望むのは、あくまで自分のためといえば、間違いなくそうなんです。ですが、星野くんは心から那美子ちゃんのことを心配しているんですよ。人間って、そういう部分もあるじゃないですか。そこに計算はないような気がします。

——神田那美子は数字に強いこだわりを持つ女性ですが、ラストシーンは、その設定が見事に生きています。

伊坂 これも実話なんです。知人の女性が、まさにラストシーンのようなことが実際にあったと話していたのを思い出して、「あ、それでいけるんじゃないか」と。でも、まさか一彦という名前がああやって使えるとは。ミラクルでした(笑)。僕としては、今回の中で一番気に入っているラストです。なんか救われた感じがするので。彼女があの後どうなっちゃうのかは気になるところではあるんですけど、でもこれは小説だから、読者が勝手に考えていいわけですし。

——第五話、これは「ゆうびん小説」として発表された中では最後のお話になります。

伊坂 今までの女性が、比較的あっさりと別れを受け入れるので、最後は「絶対に別れない」と言う人の話にしようと思いました。女性の職業が女優になったのは、女優なりシンガーなりというのを出して欲しいという担当編集者の希望だったんです。「ステージ上から星野ちゃんを指差すのよ」みたいな(笑)。しかも、「皆がいる前でその女優が、グッと来るセリフを言うんですよ」とか曖昧《あいまい》な注文をつけておいて、「じゃあ、その線でよろしく」って後は丸投げなんですよ。まあ、たしかに小説を書くのは僕の仕事だからいいんですけど、丸投げかよって（笑）。

――ですが、ほんとうに素晴らしいラストになっていますよね。個人的な感想で恐縮ですが、私は五話目のラストが一番胸にきました。

伊坂　登場人物が泣いている理由を、読者だけが理解できるところは僕も気に入っているんです。それと、作中のパンのエピソード、あれもうちの子のお友達が実際に言っていた台詞なんですが、良い話だなと思ったのでここで使ってみました（笑）。

――それにしても、別れを告げられる女性たちの中で、最も美人である睦子が、ある意味一番繭美と通じあうというのもおもしろいですね。

伊坂　最初はいかにも「女優」という感じの、高飛車で性格悪い女にするつもりだったんです。でも、さっきも言ったように、僕はどうも性格悪い人の書き方がわからない（笑）。脇役ならいいんですけど、メインに据えるとうまく動いてくれないというか、どうにもわざとらしくなるんですよ。

――現実的に考えると、「高飛車で性格悪い女」というよりも、彼女のように「何事にも動じない」という性格の方がより女優らしくないですか？

伊坂　そうなんです。あまりにも美人過ぎると性格形成にも影響があると前振りで書いてたんですが、自分で書きながら、やっぱりそういうものかもしれないなと思いましたね。

賞賛には慣れっこだし、常に演技もしてるし。

――そして、書籍化にあたって書き下ろされた第六話ですが、ラストシーンは稀に見る名シーンとなったように思います。

伊坂　小説の終わり方は最初に決まっていました。でも、いざ書くという段になっていろいろ悩みましたね。思いつけば誰でもできるように見えるだろうけど、そうじゃないんだよというのを見せたかった。ラストから、読者ひとりひとりの物語が始まるというようにしたかったんです。また、全体としても、きれいごとで終わりにはしたくなかった。だから、最終話は最終話でしっかりとした物語を創らなくちゃいけないと思っていたんですけど、担当編集者からは「最終話はデザートみたいな感じでいいんじゃないですか?」って言われて、そこで気が楽になったんです。この小説は全部、担当編集者とのやりとりが濃かったんですよね。こういうのはどうですか、と提案すると、「いいですね」とか「ここはこんな風ではどうでしょうか?」というような返事をもらって、「じゃあ、こうしよう」みたいな感じで進めていくのが多かったんです。六話目が「繭美の物語」になっているのも、そのやりとりから生まれてきました。もう一人、別れる女性を出すということもできましたが、それより最後は繭美の物語がいいだろうということになったんです。担当編集者に、「この物語の主人公は星野ではなくむしろ繭美ちゃんじゃないですか? 星野は最初から最後まで変わらなくていいけど、繭美ちゃんが星野と過ごした二ヶ月で人としてどう変わったかが見てみたい」と言われたんですよね。

――たしかに、最後が星野と繭美の物語になったことで、全てのエピソードが有機的につながったような印象を受けました。

伊坂　それならばよかったです。書下ろしは六話目だけですけど、全作とも書下ろしで書いた感じがして、どの短編も好きなんですよ。正直、最初書いたときは一話目のラーメンのエピソードがすごく好きだったから、まだ一話しか書いてないのに、これは絶対超えられないだろうなと思っていたんです。ところが、書く度に今回のが一番いいなと思うようになって、四話目が最高だろうと思っていたら、五話目もすごくよくなって。そしてラスト一話も納得がいくように仕上げることができました。だからこれが、企画物みたいな感じで受け止められると少しつらいですね。企画とは関係なくかなり全力で書いたものなので。とにかく、無事終わってよかったです。

〈あのバス〉の話（伊坂幸太郎的小説論）

――ところで、この作品では実に不思議な体験をしました。作品を読みながら、こちらがあれこれ考えていたことを、登場人物が次々否定していくんです。たとえば、〈あのバス〉について、「これは〝死〟のメタファーなんじゃないか」と思っていたら、繭美にあっさり「そう思ってるなら違うよ？」と言われてしまいました。

伊坂　でも、実は、僕の中では〈あのバス〉はやはり死のメタファーなんですよ（笑）。でも、みんなもそう思うだろうから、それで終わらせたらつまらないな、と。繭美ちゃんが「違うよ」って言ったら、読んでいる人は「じゃあ、〈あのバス〉とは一体なんだろう」って想像するじゃないですか。だから、あえて繭美ちゃんにああいう発言をさせたんですが。

――しかし、〈あのバス〉の正体については読者の中でも意見がわかれそうなところです。

伊坂　そうでしょうね。読者の方からの葉書をみると〈あのバス〉がなにかわかるのが楽しみです、というようなことを書いているものが多くて。その期待に応えられたかは、まあ読んでみていただければと思うのですが、ちょっと申し訳ないです（笑）。ただ、昔の僕なら、〈あのバス〉にもなんらかのわかりやすい説明を加えていると思うんですよ。本作は、作風自体は昔の作品に近いんですけど、物事や謎に理屈をつけることには無関心という意味では、ここ最近何年かのスタンス寄りなんです。二〇〇四年に公開されたロシア映画に『父、帰る』という作品があって、作中で人物のディテールへの言及は一切ないまま物語が進んでいくのですが、その体裁がすごく神話っぽいなと思いまして。それと同じことをやりたくなったんですよ。神話と同じで、バスの中身がなにかわかってしまったらつまらなくなってしまうし、そこで読者を満足させる必要はないと判断しました。

――伊坂さんの狙い通り、〈あのバス〉に関しては繭美ちゃんが言を左右にするので、いたく想像力がかきたてられました。それに、仰る通り〈あのバス〉がなんであっても、物語そのものには影響はありませんよね。

伊坂　きっと〈あのバス〉の正体ついてモヤモヤする読者はいると思いますけど、説明がないところがおもしろい、というのはわかってもらえたらな、と。『ゴールデンスランバー』でも黒幕はあえて書いていないんですが、一部から「なぜそこを書かないのか」という指摘を受けて、本当に申し訳ないなあ、という気持ちだったんですけど、そこはもう僕の好みと方針としか言いようがなくて。でも、そこをあれこれ思い巡らせるのがおもしろい読書だと思うんです。たとえば作中に書いたように「借金のカタでマグロ漁に行きます」ということにしたら、それはそれで良いような気はするんですが、物語としてのおもしろみは半減してしまう。全てが説明される小説もありますが、そうでないものもある。そういう小説の楽しみ方もあるんだというのは、知ってもらいたいところではあるんですよ。でも、あんまりにもみなさんが葉書に「〈あのバス〉が何かわかるのが楽しみです」と書いているので、そこは胃が痛くて、冒頭「〈あのバス〉の正体は最後までわかりません」という注意書きをしておくべきなのか（笑）。どうしても、納得できないなら、繭美ちゃんが言う通りにギアナ高地にでも行ったと思ってもらえればいいのかな、と。

――伊坂作品では、エピソードの取捨選択というか、書くところと書かないところの判断が潔いですよね。

伊坂　全てをくどくど語るのも興ざめじゃないですか。できれば、各エピソードの余計な部分は全部端折りたい。作家ができることって、そこなんだと思うんですよね。選ぶのがその人の技術というか、感性というか。どこを残し、どこを削るかにセンスや個性がでる。おもしろいあらすじを思いつくだけなら誰でもできますし、それをそのまま文章化するのも難しくはないですよね。あらすじも大事なんでしょうけど、どうやって語るのか、そこからどうやって削るかということは大事にしたいんですよ。

――ということは、星野が〈あのバス〉に乗るシーン、あれは伊坂さんにとって必須だったわけですね。

伊坂　そうです。星野くんが〈あのバス〉に乗るシーンだけは、リアリティーが出るように心を配りました。〈あのバス〉が来た時、「トトロ」のネコバスじゃないけど、ああいう非現実的な物にただ乗っていくだけだと駄目かな、と感じたんです。そこをあっさりと書いてしまうのは、違うかな、と。「死」に近い局面に立会った時、自分の臆病さを考えると、僕ならばきっと耐えられない。だから、そこはちゃんと書かないとなという思いがありました。星野くんが〈あのバス〉に乗るシーンがないほうが、読者としては軽やかに読めるだろうなと思ったんですけど、やっぱり書かないとだめな気がします。ここで、メタファーが現実になるんですよ。それに星野くんがただ淡々と乗って行っても、なんだかきれいごとっぽいじゃないですか。

――バスに乗るシーンまで、星野という人物はどこか飄々《ひょうひょう》として摑みどころがないイメージが強かったのですが、あのシーンがあって一気に輪郭がはっきりしたように思います。

伊坂 別れの中で最たるものは、「死」ですよね。死は本当に問答無用のもので、本当に怖いです。誰かが病気になったりとか、死の危機にさらされたときに、周りの人は一生懸命に助けようとするし、なにかできないかなと思うはずですけど、でも、それが必ず届くのかっていうと、そうではないでしょうし、いや本当に考えるだけでつらいです。

――この作品を読んだ時、初めのうちは『死神の精度』と重ねながら読みました。

伊坂 それは僕もちょっと気がかりでして、読者はきっとそう思ってくるだろうから、どうやって差別化をはかろうかというのはありました。

――ところが、途中からははっきりとした違いがあるのに気づきました。『死神の精度』では、死神はどこまでいっても死神に過ぎませんが、本作の藺美は違う。彼女は、徐々に星野と距離が近づいていきます。これは大きな差異ですよね。

伊坂　まさにその通りで、死神を書いた時、死神と登場人物は絶対に心が通じ合わない、理解しあわないというところだけは守ろうと思っていたんです。『死神の精度』が映画化された時も、台本ではなぜか心が通じ合うようになっていたりして、そのたびに、「死神と人間は絶対に理解しあわないんです」って説明していたんですけども、でもこの作品に関しては通じ合ってもいい。読者にそうとられてもいいわけで、その点が決定的に違うんです。

――「死」は、伊坂さんにとってはどういうものなのでしょうか？

伊坂　死って一番理不尽で暴力的じゃないですか。今は本当に毎日、「死にたくないな」「死んでほしくないな」ということばっかり考えて、胸やら胃が痛くてしょうがないんですよね。『死神の精度』を書いた時には、むしろそんなことは考えていませんでしたが。

――しかし、「死」が底流にありつつも、本作は軽やかで、しかも前向きな読後感の残る作品になっています。

伊坂　そこで本当に救われない話を書いちゃったら、最悪な気がしちゃうんですよね。現実の世界を見れば、いくらでも笑えない暗い話はあるんだから。さわやかなだけの話やきれいごとだけで出来ている小説は書きたくないんですけど、どうせ読むなら読み終わった後にほのぼのしたり、ニコニコできるほうがいいじゃないですか。僕自身、そのためだけに書くし、そのためだけに読んでいるような気がするんです。この話もよくよく考えれば結構暗い話かもしれないけど、どこかでニヤニヤしたい。良い小説というのは、必ずニヤニヤできると思いませんか？　文章がおもしろいとか、気の利いたフレーズが出てくるとか。とにかく笑えないといやなんです。泣き笑いっていうのは大切だと思うんですよ。

――笑いの背後に死が潜んでいる、というわけですね。

伊坂　別に狙って笑わせたいという訳ではないけど、シリアスなことを伝えるためには笑いもないとだめなんじゃないか、とよく思います。子どもっぽいかもしれませんが、ある意味、中学生の馬鹿話の延長みたいなものなんですよ。どんな話でも、笑えないと友達に聞いてもらえないじゃないですか。そういうノリですよね、たぶん。ただ、底にずっと〝死〟があるというのは大事なんです。この作品に関していえば、「グッド・バイ」が太宰の死で途切れたという事実が、根底にあるのかもしれません。

――一方で、この作品は一人の男と五人の女性の恋愛を描いていますが、恋愛小説というところを狙ったというわけではないんですよね？

伊坂　そうですね。僕はもともと恋愛小説を読んできませんでしたし、恋愛小説が書けないんですよ。人によっては、この作品も恋愛小説と思うかもしれませんけど。でも、僕はあまり恋愛小説というジャンルを楽しめないので、僕でも楽しめる恋愛ものとなると、こうなるんですかね。描く場面は絶対「別れ」になるし、笑いがなくてはだめだし。そして、背後には問答無用の理不尽な暴力的なもの（＝死）というのがないといやだし。だから、僕としては本作は恋愛小説ではない。でも、これってどうなんでしょうか？　僕の読者にはいろんな人がいて、これは比較的喜ぶ人が多い小説とは思うんですけど、『ゴールデンスランバー』などに比べると軟弱というか（笑）。僕は男の子派なんで、外見からすると女性的な作品になったのではと心配になります。ああ、でも五股の男なんて最悪だ、という意味では、女性も怒りそうですけど（笑）、ただまあそこは浮気男というよりももう少しファンタジーの世界の存在だと大目に見てもらえれば。とにかく、これが一番好きっていわれたら「そうですよね！」と胸を張って言えるような作品になりました。

――たしかに、女性が喜ぶタイプの作品かもしれませんね。でも、星野の気持ちには男性の方が共感しやすいのではないでしょうか。それでは、せっかくですので、最後に読者へのメッセージをいただければと思います。まずは、「ゆうびん小説」ですでに本作の中のどれかを読んでいる方に向けてはいかがでしょう？

伊坂　〈あのバス〉の件については、モヤモヤしたままでごめんなさいと言いたいです（笑）。あと、「ゆうびん小説」を読んだ人たちは、たぶん登場人物の女性たちに一番近い位置にいたと思うんですよ。自分以外にも別れを告げられた女の子がいるはずだけど、他の女性がどういう別れを体験したのかがわからない。「他の人はどうだったんだろう」という気持ちになるというか。これを共有できるのは、「ゆうびん小説」の読者だけなんですよね。自分に届いたものしか読めなかったわけですから。だから、書籍では他の人のドラマを楽しんでもらえればというのと、自分がもらったのが一番おもしろかったと思ってもらえればうれしいです。

——受け取った人が、それぞれ自分の受け取った回の女性派になっているかもしれないですね。

伊坂　そうなるのが一番いいですね。

——では、全くの新作として読む人にはいかがでしょうか。

伊坂　久しぶりの連作短編集ということで、書下ろしと同じぐらい集中できた作品なので、楽しんでいただければと思います。

（聞き手＝門賀美央子／二〇一〇年四月仙台にて）

〈参考文献〉

『サイエンス脳のためのフェルミ推定力養成ドリル』ローレンス・ワインシュタイン、ジョン・A・アダム著　山下優子、生田りえ子訳　日経BP社

この小説は、双葉社の企画「ゆうびん小説」として、書かせていただきました。短編を一つ書き終えるたびに、五十名の方たちに送って読んでもらう、というものです。最近は、ネットによる電子書籍や携帯小説が話題に上ることが多いのですが、そういったものへの反発というよりは、「ある日、小説がポストに届いていたら、楽しいに違いない」という編集者の思いからできあがった企画のようです。僕自身、非常に楽しく仕事ができ、参加させてもらえて、ありがたく感じました。

抽選に応募していただいた方たちをはじめ、携わってくださった方たちに感謝申し上げます。本当にありがとうございました。

本書は二〇一三年三月小社より刊行された
同名文庫の新装版です。

双葉文庫

い-50-02

バイバイ、ブラックバード〈新装版〉

2021年2月13日　第1刷発行

【著者】
伊坂幸太郎《いさかこうたろう》

【発行者】
箕浦克史
【発行所】
株式会社双葉社
〒162-8540 東京都新宿区東五軒町3番28号
[電話] 03-5261-4818(営業)　03-5261-4831(編集)
www.futabasha.co.jp（双葉社の書籍・コミックが買えます）
【印刷所】
大日本印刷株式会社
【製本所】
大日本印刷株式会社
【カバー印刷】
株式会社久栄社

【フォーマット・デザイン】
日下潤一

ISBN978-4-575-52448-2 C0193
Printed in Japan

文豪怪奇コレクション

幻想と怪奇の夏目漱石

東雅夫編

国民的文豪の知られざる魅力が満載の一冊。妖怪俳句や怪奇新体詩など初めて文庫化された作品も収録。

双葉文庫

文豪怪奇コレクション

猟奇と妖美の江戸川乱歩

東雅夫編

残虐への郷愁に満ちた闇黒耽美な禁断の名作を総てこの一冊に凝縮。文庫初収録「夏の夜ばなし——幽霊を語る座談会」

双葉文庫